www.mayabook.co.kr

www.mayabook.co.kr

www.mayabook.co.kr

프로젝트
오벨리스크

프로젝트
오벨리스크 ❶

지은이 | AKARU
펴낸이 | 권순남
펴낸곳 | (주)마야·마루출판사

등록 | 2008. 1. 7 (제310-2008-00001호)

초판 인쇄 | 2015. 7. 22
초판 발행 | 2015. 7. 24

주소 | 서울시 노원구 상계 1동 1049-25 신영산업 BD 602호
대표전화 | 02-2091-0291
팩스 | 02-2091-0290
이메일 | marubooks@hanmail.net
ISBN | 978-89-280-6167-9(세트) / 978-89-280-6168-6
정가 | 8,000원

잘못된 책은 교환하여 드립니다.
저자와 협의하여 인지를 붙이지 않습니다.

「이 도서의 국립중앙도서관 출판시도서목록(CIP)은 서지정보유통지원시스템 홈페이지(http://seoji.nl.go.kr)와 국가자료공동목록시스템(http://www.nl.go.kr/kolisnet)에서 이용하실 수 있습니다.」
(CIP제어번호:CIP2015019131)

프로젝트 오벨리스크

1

AKARU 퓨전 판타지 장편소설

MAYA & MARU FUSION FANTASY STORY

Project Obelisk

마루&마야

▲목차▲

프롤로그. 대재앙 …007

페이즈 1-1. 적합자의 삶 …017

페이즈 1-2. 왠지 내 삶만 하드 모드 …037

페이즈 2-1. 야, 탱커 하지 마. 존나 구려 …059

페이즈 2-2. 가출 청소년 신고는 1388. *진짜입니다 …097

페이즈 2-3. 사람의 마음엔 늑대 2마리가 있다. 하나는 선, 하나는 악 …129

페이즈 2-4. 레어 클래스 …155

페이즈 2-5. VS 고블린 킹 …217

페이즈 2-6. 인터미션(Intermission) …241

페이즈 3-1. 인간이 5명이나 모이면 반드시 쓰레기가 1명 있다 …275

페이즈 3-2. Keep The Place! (1) …297

Project Obelisk

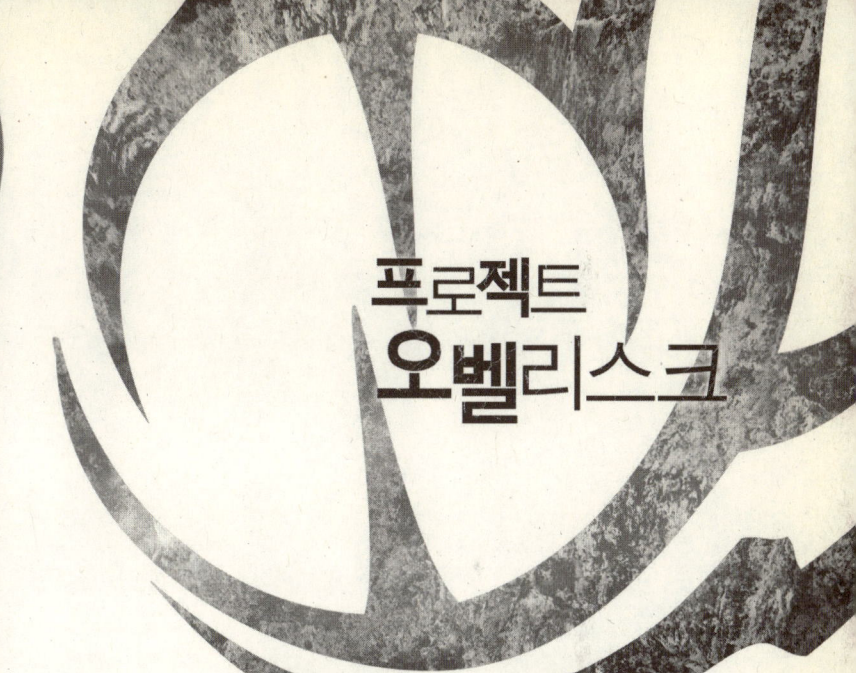

프로젝트
오벨리스크

프롤로그

대재앙

그날의 풍경은 아직도 기억한다.

서기 20XX년 1월 대한민국. 여전히 춥고, 눈이 엄청 쏟아지던 그날, 나는 당시 18살이었나? 한창 겨울 방학 중이라서 친구들과 함께 피시방에서 열심히 게임 중이었다.

"적 정글은 탑에 사는데~ 우리 정글은?"

이때는 정말 나도 평범한 인간이라고 말할 수 있었다. 친구들과 게임 이야기를 하며 떠들고, 학교에서는 야자에 대해 불평하며, 웃고 떠들던 시기였다.

"음, 탱템 하나 완성되면 한 타… 어라?"

파아아아아아아!

갑작스러운 세계의 폭발 소리와 함께 세상이 완전히 바뀌어 버렸다. 이유는 모르겠지만 갑자기 하늘의 색이 변했고, 땅은 지진이 일어난 것처럼 흔들리고 있었다.

"뭐야?"

도시에 푸른빛이 나는 돌의 기둥이 솟아나고, 거기서 보랏빛 문이 열린 다음 수많은 괴물들이 쏟아져 사람들을 습격하고 있었다.

영화에서 보았던 익숙한 괴물들도 보여서 난 처음엔 무슨 영화 촬영인가 싶었지만…….

크르르르르르.

쿠오오오오오오!

까라라라라락!

사람들이 먹히고, 비명을 지르고 고통스러워하는 모습이 긴급 속보로 전해졌다. 피시방 안에 있던 TV의 모든 채널은 특별 편성으로 바뀌었고, 이런 사실들을 재빠르게 알리고 있었다.

[긴급 속보입니다. 지금 세계 각지에서 알 수 없는 괴물들이 나타나 시민들을 해치고 있습니다. 정부는 이 사태를 시급히 해결하기 위해…….]

약 5,000만의 남한 인구 중 사망자만 약 300만.

약 1천 700만 명의 부상자와 수많은 고아, 과부, 이재민

등을 발생시킨 이 대재앙은 비단 대한민국뿐만 아니라, 세계적으로는 수억 단위의 희생자를 내 '제1차 오벨리스크 대재앙'이라고 역사에 남게 된다.

그리고 이 수많은 오벨리스크에 의해 세계의 법칙은 변하게 된다.

자연 과학으로 기존에 정립되었던 상식이 무너지고, 신의 능력이나 기적으로밖에 설명할 수 없는 사태가 벌어진 것이다.

대피하던 와중에 내 귀에 알 수 없는 소리가 들리기 시작했다.

[축하합니다. 당신은 적합자로 선정되어 '오벨리스크 프로젝트'에 참여하셨습니다.]

"뭐야, 이 소리는?"

['적합자'는 변혁된 세계의 법칙에 따라 새로운 룰을 가지고 살아가야 합니다. 자세한 사항은 첨부해 드리는 나노 머신 디바이스에 나와 있으니……]

세계의 변혁과 함께 들릴 리 없는 환청 같은 소리가 나의 운명을 한순간에 바꾸었다.

머리가 깨어질 것 같은 아픔과 환청 소리가 지나가고 나니 오른팔이 불타듯 아파 오기 시작한다.

"이, 이게 뭐야? 아아악! 겁나 아파!"

그리고 점점 새겨지는 문신. 알 수 없는 문자로 된 그것이 완성되고 나니 푸른빛을 내면서 눈앞에 SF 영화에서나 보던 홀로그래픽창이 뜬다. 그리고 거기엔 이렇게 적혀 있었다.

스테이터스

이름 : 강철 레벨 : 1 파이터

…라고 말이다. 한순간에 모든 법칙이 변해 버린 세계.

나는 어떻게 된 건지 모르겠지만, '적합자'라는 게임 캐릭터 같은 신세가 되어 살아갈 수밖에 없게 되었다.

사실 좋은지 안 좋은지는 모르겠고, 이때는 당황스러운 생각밖에 없었다.

그리고 그로부터 3년이 지나갔다.

지금 다시 대재앙에 대해 생각해 보면, 뭐, 그때도 공부라든가 진로라든가 생각하기보다는 빨리 방과 후가 되어 피시방에서 내 게임 캐릭터를 키우던 것이 이젠 날 키우는 거니까 그게 그거인가 싶기도 하고, 게임 같은 삶이라는 게 정말 이건가? 싶기도 하고…….

"야! 쇠돌이! 어글 튄다. 씨발! 으아아! 여기로 오잖아!"

정신 차리니 원래 나와 투닥거리고 있어야 할 오크 녀석이 내 후열로 뛰고 있었다.

 내 고용주이신 딜러님이 나에게 욕하며 어글을 잡으라고 난리다.

 이거 참, 저 양반은 어글 감소기 스킬도 없나? 미치겠네. 아, 참고로 '쇠돌이'는 내 코드 네임이다.

 내 이름이 강철이라서 크로니클에 등록할 때 대충 지었다.

 "〈액티브-도발〉야, 고추는 임프만 한 게 씨발, 수컷 보고 발기하네? 고추 달린 여자이신가(오크어)?"

 쿠르르르르르르르!

 그렇지. 그렇지, 날 보라고, 이 녹색 돼지 새끼야. 나랑 투닥거리자고. 그사이에 네 똥구멍이랑 등짝에 우리 딜러님들이 총탄, 마법, 화살을 듬뿍 박아 줄 테니까 말이야. 아, 지금 내가 뭘 하냐고 하면?

 "쇠돌이 님, 아직 치유 안 필요하세요?"

 "아, 아직은 괜찮습니다. 하하하, 제가 좀 많이 단단해서요."

 "세상에 이토록 단단하신 분은 처음이에요. 장비도 크로니클에서 지급하는 것뿐이신데… 아, 포션 몇 개라도 좀 드릴까요?"

 "아뇨, 나중에 급여에서 떼니 뭐니 하니까 걍 주질 마세요. 제 거 있습니다."

이 망할 던전들을 처닫기 위해 오벨리스크를 처부순다는 사명감을 지녔다고 간지 나게 말하고 싶지만, 그런 건 내 뒤에 계신 유명 길드분들이나 하는 소리고, 나는 비정규 고용직, 일용 시장에서 대충 한 명씩 구하는 탱커다.

보통 MMORPG라든가, 게임을 보면 귀한 취급 받는 게 탱커라지만… 사실 말이 좋아 탱커지.

'총알받이지, 뭐. 씨발.'

"쇠돌이! 이제 이동할 거야! 준비해!"

"아, 예이~ 가겠습니다."

그 망할 오벨리스크의 목소리에 많은 '적합자'들은 각자의 클래스를 받았다.

아, 물론 그 '적합자'라는 것도 전 세계 인구의 5~6퍼센트밖에 못 받으니까 대단한 셈이다.

지금도 오벨리스크의 목소리를 듣는 이가 있으니 앞으로 더 늘어날지도?

그런데 열린 던전을 닫으려면 그 던전의 오벨리스크를 부셔야 하고, 그걸 부수려면…….

"야! 쇠돌이! 오벨리스크를 찾았다. 오크 마을에 신전처럼 모셔지고 있어. 전투 준비해."

또 저 녹색 돼지들이랑 싸워야 하는 것이다.

아, 클래스 이야기를 하다가 말았지. 어쨌든 클래스가 너무 다양해서 전부 다 나열하긴 힘들기에 지금 던전 사회에서 통용되는 관념으로 깔끔하게 정리하겠다.

개쩌는 치유나 버프 클래스＞존내 개쩌는 딜러 클래스＞그냥 치유나 버프 클래스＞개쩌는 딜러 클래스＞딜러 클래스＞아, 몰라. 이 클래스 이상해. 그냥 이 고기 방패나 해, 새퀴들아.

참고로 치유가 버프보다 좀 더 인기가 좋다.

실제 교통사고 현장에서 반죽음된 사람을 하이 프리스트 클래스를 가진 사람이 와서 단숨에 고쳐 버린 사건이 있었다.

그 이후 의사 양반들 다 망하는 소리가 들릴 정도였는데, 정부에서 규제했기에 그 사태까지 가진 않았지만, 어쨌든 귀하신 치유사나 버프 클래스들은 엄청난 대우와 연봉, 거기에 정부 지원금까지 쥐어 줘서 딴짓을 못하게 했다는 거다.

대충 설명은 이렇고. 어쨌든 난 맨 밑에 있는 그 고기 방패님이시다. 그래, 웃어. 밑바닥이라 미안하다.

그래도 적합자라서 일이 많을 때는 수입은 중견 기업 회사원 이상일 때가 많고, 잘하는 탱커는 정규 길드에 들어가서 고정 탱커가 되기도 하지만, 할당량과 수입에 치여 몸 상하는 그런 미친 정규직 따윈 사양이다.

사상률이 더럽게 높아서 보험사도 안 받아 주는 게 정규직 탱커다.

'결국 먹고살자고 하는 짓이지. 죽으라고 하는 짓이 아니니까 말이지. 아오! 이 녹색 돼지 새끼들아, 나 좀 봐라!'
"원거리 저격 성공. 자, 쇠돌이, 이제 일할 시간이다."

그렇게 오늘도 난 〈도발〉 스킬을 사용하며, 내 뒤로 가려는 오크 새끼들에게 쌍욕을 날린다.

이 〈도발〉이라는 스킬은 종족을 가리지 않고 의사소통을 하게 해 주는 일방적 언어폭력 스킬이다.

스킬 사용 후 다음 말 한마디까지는 상대 종족의 언어로 자동 치환해서 나간다.

'누가 말했던가? 탱커 하면서 느는 건 쌍욕과 상처뿐이라고. 자자, 집중해서 일하자.'

이것은 누가 멋대로 변하게 만들었는지 모르는 세계를 살아가는 최하층 '적합자'의 생존 이야기이다.

페이즈 1-1

적합자의 삶

어느 날 세계에 '대재앙(katastrophe)'이 일어났다.

세계 각지에 오벨리스크가 튀어나와 몬스터가 사람들을 습격하기 시작했고, 적합자가 탄생하고, 던전이 나타났다.

평화로움에 취해 있던 문명은 갑작스럽게 온 세계를 급습해 온 몬스터들에게 유린당해 인류의 4분의 1이나 되는 사상자가 발생하는 초유의 사태를 맞이하게 된다.

초창기엔 '탱커', '딜러', '힐러', '군인'들 모두가 대재앙의 위기를 극복하기 위해 힘을 합쳤고, 세계는 1년 만에 던전 밖에 있는 몬스터들 중 인류 거주 구역을 확보할 만큼만 없애는 데 성공한다.

사태가 진정되고 벙커 안에 숨어 있던 정부 요인들이 다시 돌아왔다. 각 도시의 안전이 확보되어 사회에 평화라는 게 어느 정도 돌아오자마자 무너진 문명을 다시 세우기 위해서는 자본과 인력이 들어가는 건 인지상정. 거기에 난민 문제, 계속 거주 구역 밖에 있는 몬스터와 지속적으로 열리는 던전의 제압. 할 일은 태산인데 돈 들어갈 곳은 엄청 많았다.

그렇기에 정부는 이런 문제를 해결하기 위해 어디선가 급히 수익을 만들어야만 했고, 당장 급히 찾은 곳이 바로 의료 업계와 힐러들의 '의료비 현실화' 건이었다.

제약 업체, 의사 협회는 힐러들의 치유 능력으로 인해 밥그릇을 빼앗길까 걱정되어서 정부와 손을 잡고 힐러들의 의료적 전문성이 없다는 이유를 들고, 그들에게 전문적인 교육을 할 테니 힐러들의 치유와 재생 능력에 따른 비용을 현실화하자는 것이었다.

참고로 이 힐러들의 재생 치유를 가장 많이 사용하는 것은 바로 탱커 적합자로, 던전에서 얻은 인건비보다 훨씬 높고 비싼 의료비를 지불하게 되어 버려 난리였다.

이들은 대재앙 초기, 오벨리스크의 목소리에 의해 정해지는 기초 클래스의 40퍼센트가 탱커로 시작하는 '견습 기사', '파이터', '무투가'였다.

물론 스킬 트리에 따라 달러나 힐러로 갈 수 있는 클래스였지만, 성장을 위해서는 일단 탱커로 던전을 가고, 필요에 의해 탱커 스킬을 찍어 인류를 지키기 위해서 희생했지만 돌아온 것은 의료비 현실화라는 뒤통수였다.

그리고 정부는 이로 인한 탱커들의 이탈을 막기 위해 각종 제도들을 통해 적합자 탱커들의 던전행을 강요시켰고, 딜러들을 고용해 그들의 반발을 막았다.

상대적으로 방어 스킬만 가진 탱커들만 뭉쳐서는 딜러들을 이길 수 없던 것이다.

또 나름 의사들과 같이 대접을 받는 힐러들은 그런 탱커들의 현실을 외면한다.

의료비 현실화와 탱커들의 희생을 계속해서 강요해 온 지 어언 2년.

대재앙이 일어난 지 3년째 되는 해.

어느 정도 문명이 복구되었어도 한번 올린 '재생 치유 비용'은 그대로라서 여전히 탱커는 사회 최하층의 던전 노예 취급을 강요받고, 익숙해진 채 살고 있었다.

"푸하~ 이제야 살 것 같네. 예이~ 수고하셨습니다."

물 한 잔을 걸치고 나니 상쾌한 기분이었다.

여기는 날 고용한 '쓰리 스타즈 얼라이언스' 길드의 주둔지.

주변이 쇠로 덮인 건물 내부로 각종 첨단 기기들이 우글거리고, 수많은 사람들이 바삐 움직이는 곳이었다.

길드 인원만 총 2,300명.

그중 적합자의 숫자 350명인 대기업의 스폰서를 받는 대형 길드다.

거대한 길드이니만큼 A~Z반, 총 26개의 반으로 나뉘어져 있고, 거의 다 고 레벨에, 특수한 클래스를 가진 자들이 풍부했다.

'나야 뭐, 신입 사원들 데리고 나들이 가는 쪽이었지만~'

오늘 나 쇠돌이가 맡은 임무는 입사 3개월 된 신입 적합자들의 실전 연수에 필요한 고용직 탱커.

신 서울 근교에 있는 오크 던전의 오벨리스크 파괴 임무까지, 그 망할 신입들을 상처 없이 실전 경험시키고 돌아와야 하는 것이었다.

뭐, 무사는 했다. 이래 봬도 적합자 탱커 업계에서 3년이나 일한 몸이다 이거야!

"어이! 철이 왔냐? 진짜 오랜만이다."

"얼씨구, 차현마 대리님, 안녕하신가?"

나에게 다가오는 저 안경 쓰고 샌님 같은 녀석은 차현마 대리라고, 이곳 쓰리 스타즈 얼라이언스 길드의 간부다.

나이는 나랑 동갑이지만 클래스는 자그만치 크루세이더(Crusader)라는 SSS급 레어 클래스인 놈으로 버프와 치유, 또 몇 가지 신성 마법이 가능한 개사기 클래스였다.

그래서 클래스가 밝혀지고 나서부터 저놈은 정부에 가서 전문 훈련을 받고, 곧장 이곳 쓰리 스타즈 얼라이언스 길드의 간부가 되었다.

연봉만 수십억에 던전 한번 갈 때마다 몇 억씩 수당까지 챙기는 개쩌는 놈이다. 참고로 내 고등학교 동창이다.

"그런 소리 하지 마. 우리 절친이잖아. 네 덕에 신입들 오크 워 로드까지 만나고 왔는데도 상처 하나 없었어."

"아, 그 뼈 투구 쓰던 놈? 그거 워 로드였나? 좀 빡셌다. 더럽게 아프던데."

"희귀 등급의 마법 무구도 드롭해서 지금 감정 중이야. 소재도 깔끔하게 다 챙겨 와서 부장님도 좋아하셔. 역시 믿고 쓰는 탱커 쇠돌이야. 우리 길드에 이력서 내라니까. 너라면 즉시 채용이다."

"나보고 죽으라는 거냐? 힐 변태 놈. 지금 던전에서 탱들이 겪는 현실 모르냐? 걸핏하면 죽거나 다치는 게 부지기수. 게임이야 뒈지면 리스폰 하면 되지만, 여긴 현실이라 라이프 무조건 한 개인데 힐러가 어버버해서 죽어도 우린 할 말도 없고, 설사 수십 년 살아남는다고 해도······."

맨날 쳐 맞아야 하니 펀치 드렁크, 늘 몬스터와 지근거리에서 마주 보고 싸우는 것 때문에 걸리는 PTSD, 허구한 날 도발질만 하다 보니 생기는 성격 장애 등등 각종 직업병이

만연한 게 바로 이 탱커다.

적합자들 중 가장 빈도수가 많아서 수입도 적합자들 중 가장 낮다.

결론을 말하자면 쓰다 버리는 말 혹은 부품인 셈이다. 솔직히 제정신으로 할 짓은 아니다.

"그놈의 대재앙 때문에 집도, 부모님도 없어지고, 망할 보험 회사 새끼들은 파산 신청하고 돈 떼어먹고 외국으로 날아 버리고. 돈은 없지, 세상은 개판이지. 그나마 오벨리스크의 목소리 덕에 탱커질 하며 먹고사는 게 나야. 그리고 언제나 탱커는 가늘고 길게 가는 게 최고지."

"흠… 그러게 말이야. 대재앙 이후 세계 영토의 5분의 1이 던전이 되어 버리고, 그 수많은 오벨리스크들을 철거하기 위해 적합자들을 모아 크로니클과 길드가 나서는 형편이고. 그래도 지금은 많이 나아졌지. 적합자들도 레벨 업이 꽤 되었고, 던전에서 얻은 소재와 마법, 몇몇 적합자들의 엔지니어 계열 클래스 덕에 과학 기술도 빠르게 발전해서 인류가 살아남았지."

"수십억 대 연봉을 받는 너야 즐겁게 말하지. 그래서? 나 얼마쯤 받을 거 같냐?"

"음, 일단 되도록 그 희귀 아이템 부분은 감정가를 너에게 챙겨 주라고 이야기하긴 했는데……. 이번 건만 한 200만 원 정도 나오려나? 희귀 아이템이 포함되면 훨씬 더 오르겠지만 말이야."

"씨발, 안 챙겨 줄 거면 그 말 빼! 그냥 지네가 홀라당 한다는 거구만. 오크 워 로드 데미지 존나 아픈데, 씨발! 하~ 대재앙 도대체 어떤 새끼가 일으킨 건지. 아, 씨발 살기 힘들다."

악몽 같은 대재앙의 폭풍 이후 세계의 군대는 던전을 파괴하려고 온갖 난리를 쳤고, 몇몇 개는 파괴했지만 계속해서 다시 나타나 소모전 형태가 되어 점점 군이 밀리기 시작했고, 그사이 몇몇 적합자들이 모여서 만든 길드에 의해 빠른 속도로 진압되었다.

그 안에 있는 신소재와 마법 물품의 기술 해석에 대한 이득이 커졌고, 또 가장 결정적인 것은 일반적인 군대보다 유지비와 던전을 처리하는 비용이 훨씬 쌌기에 아예 대기업들이 후원하는 거대 길드가 탄생한 것이다.

적합자들을 군대로 영입하려고 군 장성들이 나섰지만, 던전 안에서 얻는 소재와 각종 물품, 기술 등의 이익에 눈이 먼 기업들이 정계에 로비를 하고, 적합자들도 국가의 명령에 저항함으로써 국방과 치안은 군대랑 경찰이 하되 던전은 길드가 처리합시다, 라는 형태로 갈라지게 된 것이다.

더구나 적합자로서 연봉과 수익금을 군대가 챙겨 줄 수가 없게 되니 각 나라의 군대는 정부의 중재로 국방비로 운용하는 단체로 존재하게 되며, 적합자들과 서로 영역 분리를 체결하게 되어 한시름 놓은 현실이다.

그리고 이제는 위급 시 함께 협력할 수 있게 합동 훈련도 한다더라. 난 어차피 고용직 야생의 적합자라 상관없는 소리지만 말이다.

"그래도 적합자가 된 덕에 군대는 안 가도 되니까 괜찮잖아. 아, 맞다. 너 데미지 리포트 내라. 수당 증명해야지."

"개씨발. 같이 간 거 다 아는데 리포트까지 내야 하다니. 알았어. 뽑아 올게."

나는 인쇄실로 가서 시커멓고 나보다 더 거대한 프린터로 향한다.

오벨리스크의 목소리에 변혁된 세계의 규칙에 따라 우리 '적합자'들은 게임 캐릭터 같은 모양새가 되었고, 팔에 있는 이 문신을 통해 자신의 스테이터스를 확인할 수 있으며, 그것 이외에도 전화번호부 기능, 메모장, 지뢰 찾기, 프리셀 같은 잠복 중에도 사용할 수 있는 기능도 있으며, 가장 좋은 건 역시…

"전투 기록 시스템 열람. 어제 아침 8시부터 밤 10시까지의 기록을 열어 줘."

반투명창에 어제의 기록을 연 나는 손을 프린터에 넣어 동기화를 시킨 다음 인쇄 버튼을 누른다.

기가 막힌 기술의 발전이다. 그러고 보면 어떤 미친놈

이 대재앙은 신이 인류에게 준 선물이라고 싸지른 논문도 있었지.

물론 그 자식은 인터넷에서 개까이지만, 일부 동조하는 새끼들도 있는 게 어이가 없었다.

"씨발, 이딴 게 뭐가 선물이야. 음~ 역시 클래스 부분은 자동으로 필터링되네."

웬만해서 적합자는 클래스를 밝혀서는 안 된다. 길드에 등록한 경우는 어쩔 수 없지만, 경쟁 길드가 암살하러 오는 경우도 있으니까 말이다.

클래스 중에는 어쌔신이나 닌자도 있었다.

자신의 이름은 밝히되 클래스를 비밀로 한다라. 무슨 성배를 가지고 다투는 게임의 반대인걸?

내 몸 안에 있는 시스템도 자동으로 클래스를 필터링해 주니 웬만해서는 스스로 말하지 않는 한 들킬 염려가 없지만…….

"그래 봐야 난 천민 탱커니까. 보자, 데미지 리포트가 2만 8천인가? 높게 나왔네. 역시 워 로드 탱 하다 그렇게 된 거 같은데… 뭐, 수당은 알아서 챙겨 주겠지. 빨리 내고 가야지."

"높긴 해도 오크 워 로드면 네 장비치고는 엄청 적은 건데… 크로니클에서 지급한 초기 장비 그대로 아니야? 2년간 이 짓을 했으면 돈 좀 모았을 텐데, 한번 싹 바꾸지 그래? 그 엉성한 장비 가지고 계속 일하다간⋯⋯."

"⋯돈 없어, 씨발 놈아. 걍 수리나 해서 크로니클에 보내 줘. 거기서 받아 갈 테니까~"

"어, 지금 바로 가게? 기왕 온 거 회식 있으니까 저녁 얻어먹고 가지."

"조까. 걍 갈 거임. 입금이나 확실히 해 놔라."

난 차현마 대리에게 가운뎃손가락을 날려 주고는 그대로 쓰리 스타즈 얼라이언스 길드를 나온다.

건물도 더럽게 커서 나오는 데만 5분. 그리고 익숙한 정류장으로 가서 버스를 타고, 지하철로 약 30분.

그렇게 한 시간에 걸쳐 도착한 곳은 허름한 원룸 맨션.

예이, 내 집. 신 서울 22번 빈민가에 있는 '구름맨션'이었다.

"휴~ 이번 출장도 더럽게 빡셌네. 그 신삥 자식들 더럽게 건방지고 말이야. 자, 간만에 뉴스나 볼까~"

익숙한 솜씨로 컴퓨터와 보일러를 동시에 켠 다음 탈의하며 샤워실로 골인.

빠르게 샤워를 하고 나와 인터넷 뱅킹으로 계좌부터 체크한다.

스마트폰도 되지만 기왕 컴퓨터를 켠 김에 보는 거다. 그리고 오늘의 수확을 확인하는데, 350만 원의 입금 기록이 있었다.

그 오크 워 로드가 준 희귀 물품의 값을 주긴 했다는 것이리라. 그다음 바로 돈 나간 기록이 있었고, 결국 잔금은······.

"잔액 222,453원이라. 하아··· 칼같이 빼가네. 아~ 빨리 다음 건수를 찾아서 일하라는 건가? 이놈의 빚. 지금 추세면 앞으로 한 1년 더 탱질 하면서 개고생해야 하나?"

내가 위험하고 부작용 많은 탱커 일을 할 수밖에 없는 이유.

사실 그렇게 위험하고 무서운 일이면 그냥 안 하면 그만이다. 내가 암만 학력이 없다곤 해도 대학을 안 나온 만큼 학자금 대출이라는 무서운 빚이 없을 테니 말이다.

하지만 이 빚은 정확히 내 것이 아니었다.

"하··· 진짜 자식에게 빚만 물려주고 떠나면 어떡하라고!"

부모님. 자식에게 수십억 단위의 빚을 남기고 떠난 양반들.

대재앙이 끝나고 난 이후 어머니는 몬스터의 습격으로 식물인간이 되었고, 가뜩이나 도심 기반 시설들이 개판된 상황에서 어머니를 살리려고 재산을 탕진하는 건 물론 빚까지 지게 되었고, 결국 사채까지 손대서 조폭들에 의해 죽은 게 끝이다.

당연히 어머니도 쥐도 새도 모르게 돌아가셨다.

그나마 나는 적합자에, 차현마 대리라는 동창이 신원 보증을 해 준 덕에 변제의 기회를 받아 열심히 갚는 중이다.

'나도 편히 죽을 수 있었으면 얼마나 좋겠냐? 에휴~'

그 멍청한 아버지의 유언이 '끝까지 살아라'란다. 빚이나 안 주고 떠났으면 모를까?

수십억 빚더미에 앉혀 놓고 하는 말이 '끝까지 살아라'라니.

나도 오기는 있었다. 도대체 어떤 새끼가 오벨리스크를 만들고 세웠는지, 그걸 꼭 내 눈으로 보고, 따지고 싶었다.

그다음은 그 자식의 면상에 죽빵 한 대 갈겨 주고 싶었다. 사람을 벌써 2년이나 개고생시켰으니 말이다.

현마 녀석은 빚을 변제 혹은 무이자로 갚을 수 있게 빌려준다는 소리를 하긴 했지만 내가 거절했다.

'애들도 아니고, 큰돈을 주고받았다간 더 이상 친구 못 돼, 인마.'

친구끼리는 돈 거래하지 않는 내 주의와 더불어 그 망할 놈의 아버지에게 떳떳해지고 싶었던 점도 있다.

하아~ 빚을 생각하니 암울해지는군. 그러고 보니 오늘 경험치가 상당했었는데.

"아, 맞다. 스킬 찍어야지, 스킬. 근 한 달 만의 레벨 업이네. 보자, 오크 워 로드 잡고 레벨 업 했는데~ 빨리 찍어 놔야."

나는 다급히 문신을 만지며 스테이터스 창을 연다.

엄연히 변해 버린 세계 규칙에 따라 나는 적합자로서 오늘 전투를 했고, 경험치를 얻은 다음 레벨 업까지 했다. 레벨 업이 무엇이냐면?

 적합자의 성장. 체력, 마력, 근력 등이 각자의 클래스에 따라 성장하고, 스킬 포인트 한 개가 주어진다. 특히 가장 중요한 것은 이 스킬 포인트이다.

스테이터스

이름 : 강철 레벨 : 45 클래스 : (노이징 처리 됨)

현재 칭호 : 아, 저게 안 죽네(업적 칭호)

칭호 보정 : 근력 감소, 민첩 증가, 체력 재생 증가, 마력 재생 감소(수치는 사용자 레벨에 비례합니다.)

추가 스킬 포인트 : 1

선택 가능 스킬

〈패시브-강철처럼 단단하게〉

설명 : 근데 더 단단한 것도 많은데? (2/3)

〈패시브-바이러스야, 비아그라야?〉

설명 : 병에 걸리면 몸에 좋다네요. (1/3)

〈액티브-스톰프(Stomp)!〉

설명 : 그냥 밟는 게 아니야! 꽝! 하고 밟는 거야! (0/3)

〈액티브-타운트(Taunt)!〉

설명 : 관심 종자인 당신에게 추천하는 스킬 (0/3)

〈패시브-저기, 불 좀 더 때 주실래요?〉

설명 : 세상에, 불지옥에서 춥다 할 기세 (2/3)

〈패시브-땅거지〉

설명 : 엄마, 쟤 흙 먹어. (0/3)

〈패시브-몬스터 피부〉

설명 : 인간은 누구나 괴물을 마음에 품고 있습니다.

(1/3)

스킬들 뒤에 있는 숫자는 내가 선택했다는 것을 표시해 주는 것이고, 마스터 하면 (M)으로 표시되어서 별도의 마스터 스킬란으로 이동하게 된다.

나는 여러모로 고민 중이었다.

새롭게 나타난 액티브 스킬이 2개인데… 내 클래스가 좀 많이 쓰레기라서 그런가, 아니면 오벨리스크의 목소리는 날 놀려 죽이려는 건가? 스킬 설명이 좀 불친절하다.

나머진 찍어 보고 스테이터스창의 숫자로 알아내야 한다는 것.

'씨발, 진짜 이게 게임이었으면 운영자는 분명 매일매일 고객 문의에 시달려야 했겠지.'

물론 저런 불친절한 설명을 알아서 해석해야 한다니, 그래서 난 레벨 업 때마다 개고생했던 것이다.

 어쨌든 난 여러모로 고민 끝에 〈패시브-강철처럼 단단하게〉를 선택한다. 기본 물리 방어력 및 신체에 냉병기가 닿을 경우 일정 확률로 튕겨 내서 데미지를 무효화한다는 사실을 알아냈기에 주저 없이 신뢰할 수 있는 스킬이었다.

 내가 스테이터스창에서 스킬을 선택하고 승인을 하자…

 "크으윽! 또 이 느낌인가?"

 몸이 뜨거워지는 격통과 함께 문신이 달아오른다.

 방금 샤워했는데, 통증이 끝나니 전신은 땀범벅.

 스킬이 적용되면서 갱신된 것이었다. 어쨌든 스테이터스를 다시 확인하니…….

 [〈패시브-강철처럼 단단하게〉를 마스터하셨습니다. '내가 고자라니'라는 말은 이제 영원히 안녕입니다. 왜냐구요? 전신이 강철처럼 단단하면 당연히 고추도…….]

 [상위 패시브 스킬인 〈패시브-다이아몬드처럼 엄청 단단하게. 설명 : 탄소 주제에!〉가 개방되었습니다.]

 [상위 액티브 스킬인 〈액티브-가시 갑옷. 설명 : 만지면 따가워요.〉가 개방되었습니다.]

 "진짜 이거 만든 새끼 만나면 반드시 턱을 날려 주겠어. 고자라니 드립은 어떻게 아는 거야? 하아~ 그나저나 상위 스킬도 떴네. 음~"

적합자의 삶 • 33

한숨을 쉬며, 아무도 없는 방에서 혼자 스테이터스창을 보며 화내는 모습이 나 자신이 봐도 어이가 없었다.

그러곤 이제 자세한 수치를 보기 위해 심화 수치 부문으로 넘어간다.

이 부분은 오직 나에게만 보이는 것으로 그 누구도 확인할 수가 없고, 또 자신의 능력치가 어느 정도인지 남에게 말해 줄 바보도 없으리라.

'여긴 게임 내가 아니라, 망할 현실이니까……'

게임을 해 본 놈이 더 잘 알다시피, 능력치를 까발리는 순간 이제 위아래가 갈리고, 조금이라도 높은 녀석은 낮은 놈을 깔보곤 한다.

과거 유명했던 L모 게임에서 전해지는 말이 있지 않은가?

"그래서 님 티어가?"

자신보다 낮으면 깔보고 높으면 숙이는 그 태도에서 나온 말이니, 그래서 적합자들은 자신의 심화 능력치를 공개하지 않으며, 오직 근력, 마력, 지력 같은 수치를 측정실에서 측정해 적합자 데이터베이스에 등록하는 것이다.

"흠~ 보자. 내 건 근력 C+, 마력 해당 없음, 지력 E+. 이러니 탱밖에 할 게 없지."

알다시피 이 측정의 기준은 모두 딜러와 힐러 기준에서 짜인 것이다.

탱커들은 딱히 측정할 필요가 없고, 측정한답시고 해야 하는 건 쳐 맞는 일이니 SM 클럽도 아니고, 맷집을 측정할 리가 없다.

또 체력 부분은 장비로 방어력을 커버하든가, 나 같은 잉여 적합자들을 탱커로 삼아서 딜힐만 하면 되기에 굳이 잴 필요도 없었다.

아, 참고로 E-가 일반 성인 남성 기준이다.

그래도 근력이 C+면 좀 높아 보이는 거 같지만, 무사, 검성 같은 딜러들의 근력은 기본이 B랭크다. 적합자라서 이 정도지 엄청 낮은 거다.

"아, 내일은 크로니클에 가서 장비를 수령하고, 레벨 업 보고해야 하네. 귀찮게. 그런 건 인터넷으로 해결할 수 있게 하란 말이야. 얼마 전에 산 게임이나 해야겠다."

탱커 적합자의 경우 스트레스가 심하기에 어떻게든 해소하라고 의사나 정신계 마법사 적합자들이 말한다. 부작용과 정신적 외상이 가장 심하기에 탱커 적합자들은 자기만의 스트레스 해소법으로 스트레스를 푼다.

나의 경우 게임이지만, 보통은 게임이 아닌……

[그, 그런~ 테츠 군~ 놀리지 마아아~]

"헤헤헤, 미유키 짜응, 귀엽다능~"

미소녀 연애 시뮬레이션 게임이다.

원래 나도 RPG나 AOS를 중심으로 플레이하는 건전한

적합자의 삶 • 35

소년이었지만, 매일같이 피 튀기는 일상 속에서 생활하다 보니 스트레스를 풀려고 이것저것 해 보다가 발견한 게 이것이었다.

보라, 저 귀여운 미소와 목소리를! 미유키 짱 덕에 날카로워진 신경과 스트레스가 사르르 녹아내린다.

좋았어, 오늘은 밤샘 플레이다! 구헤헤헤! 모조리 공략해서 모든 CG와 에로신을 모아 주지!

페이즈 1-2

왠지 내 삶만 하드 모드

 오늘도 힘든 하루를 보내고 돌아와 열심히 던전에서 쌓인 스트레스를 풀며 미연시 게임을 열나게 플레이하던 중 사건이 일어났다.

 [테, 테츠 군, 엣찌이이~]

 "구헤헤헤~ 아이고, 귀여어라~"

 [아나타노 하토니~]

 미연시 오프닝의 벨소리.

 틀림없는 내 스마트폰 벨소리다.

 도대체 누구야? 기껏 일 끝났는데 귀찮게시리. 나는 폰을 꺼내서 그 무례한 인간의 전화를 받는다.

 귀중한 하루의 소중한 시간을 보내는 난 최대한 무례한

목소리로 대답한다.

"뭐냐?"

(아, 복귀했네. 썹덕후~ 천민 탱커야, 살아는 있니?)

전화 너머로 들리는 청아한 여성의 목소리.

아주 귀에 박힌 목소리라서 잘 알고 있다.

윤미래, 나와 차현마와 함께 대재앙에서 살아남기 위해 노력했던 악우이다. 올해 21세로 사격계 클래스를 가진 적합자였다. 즉, 딜러 공학계 클래스였다.

"닥쳐, 딜 고자. 갑자기 전화로 무슨 난리야? 오늘도 DPS 꼴찌해서 나한테 징징대려고?"

(난 던전 안 다니고 연구원 하는 거 알면서 그 소리니? 그러고 보니 그 이상한 뾰로롱 소리. 또 야겜 하지?)

클래스 플라즈마 런쳐.

사용 무기는 에너지건 계열인 플라즈마 건이지만, 그녀는 던전을 가지 않고, 자신이 가진 현대 과학의 범주를 벗어난 스킬들의 기술력을 연구하는 에너지 연구 기업에서 고액 연봉을 받으며 일하고 있었다.

그녀뿐만 아니라, 레이저, 메카닉, 전자, 무기, 유전 공학 등 미래형 무기나 기술을 사용하는 직업들을 통틀어 공학계 클래스라고 따로 묶어 표현하고 있으며, 대부분 기업에서 영입 0순위로 뽑는 적합자들이다.

결론은 나보다 엄청 잘나가는 사람이라는 거다.

"어, 좀 있으면 미유키 짱 에로신이다."

(…저질 새끼, 여자 앞에서 못하는 말이 없어. 뭐, 탱커 적합자들의 스트레스 해소법이니 뭐라 할 순 없지만, 솔직히 기분 나쁘긴 하네. 너도 혹시 그 안고 자는 베개 사서 껴안고 자니?)

"아, 부록 베개 커버들은 잔뜩 받았는데~ 내가 쓰면 세탁을 분명 안 할 거라 그냥 미개봉 상태로 보관하고 있어. 한 50개인가 있을걸? 귀여운 로리 소녀들이 안아 달라는 포즈로 있지."

매번 게임을 살 때마다 부록으로 주는 그 베개 커버들을 난 창고에 보관하고 있다.

되팔면 값이 꽤 될 텐데… 어디다 팔아야 하는 거지?라는 의문을 품으며 계속해서 미래랑 이야기를 한다.

(그냥 거기 꼼짝 말고 있어. 내가 당장 경찰서에 신고해서 음란물 소지죄와 아동 청소년 보호법으로 잡아가라고 할 테니까.)

"…하아, 그래서 무슨 용무? 남의 취미에 대해 이야기할 시간 있으면 연구나 하시지."

(지금 일 마치고 너희 집 앞으로 지나갈 거야. 나와. 현마도 불렀어. 셋이서 호프집이나 가자.)

"꺼져. 나 방금 현마 녀석이 회식 따라오라는 거 거절하고 온 건데 무슨 배짱으로?"

(이미 너희 집 앞이야. 5분 준다. 안 나오면 내가 쳐들어 가서 내 플라즈마 런처로 네 똥구멍을 넓혀 주지.)

무슨 여자가 입이 나보다 더 걸레야.

나야 직업병이니 그렇다 쳐도 얘는 클래스를 알아차리고 대재앙에서 복구 좀 되자마자 기업에서 차를 몰고 와 모셔 가는 몸인데, 연구실 안에서만 있으니 정신 줄을 놓은 건지, 아니면 나이가 차서 치매기가 온 건지 미쳐 가는 것 같았다.

어쨌든 온다는데 안 나갈 수도 없고. 빨리 옷 입고 나가야……

콰아아아아앙!

"야! 나오랬는데 왜 안 나와! 야 빨리 바지 벗고 저기 쳐누워."

아, 씨발, 뭐 저런 년이 다 있어? 5분이 아니라 5초밖에 안 지났는데 문을 부쉈어? 나 지금 팬티에 러닝셔츠 차림인데?

내가 경악해서 얼른 바지를 챙겨 입자, 염색한 갈색 머리에 연구직 아니랄까 봐 하얀색 가운, 안에는 스웨터와 팬티스타킹과 스커트를 입어 깔끔한 차림의, 입에 물고 있는 담배와 어깨에 걸친 플라즈마 런처가 참 안 어울리지만 겉보기엔 새끈한 미녀가 나타난다.

"…벗으랬잖아 왜 입어? 저기 엎드려. 오늘부터 변비라는 단어를 네 머릿속에서 사라지게 해 주지!"

"돌았냐? 5분 준대 놓곤 5초 만에 쳐들어오는 년이 어디 있어? 윤미래, 너 진짜……."

"아. 죄. 송. 합. 니. 다. 도망갈 거 같아서 페이크치고 들어왔는데 말이지. 문 수리비는 줄 테니까 걱정 마."

 주면 되는 게 아니라, 맨션 주인이랑 다른 집 사람들이 전부 나한테 불평을 한단 말이다.

 이 레이저 광년. 어쨌든 사과하는 척하기는 하지만, 전혀 미안한 기색이 없다. 진짜 어디까지 뻔뻔한 건지.

 아니, 돈 잘 벌고, 능력도 있으면서 적당한 혼처나 구해서 시집이나 갈 것이지. 가뜩이나 대재앙으로 인구도 부족한데 말이야.

 철컥.

 어라? 머리에 차가운 느낌과 함께 내 몸 안에 있는 패시브 스킬들이 경고음을 외치기 시작한다.

 다 생존용으로 찍어 둔 패시브들이다. 보통은 꺼두는데 일상 모드로 들어오다가 전투가 걸리니 자동으로 안내음이 머리에 울린다.

 [〈패시브-저, 오늘은 통금이 있어서…….〉가 발동됩니다. 모든 공격, 주문 시전을 취소하고 회피 행동을 시전할 수 있습니다.]

 [〈패시브-거, 거긴 안 돼요.〉가 발동됩니다. 사격 공격을 받을 시 조준자의 위치가 표시됩니다.]

[〈패시브-차가운 심장? 그거 죽은 거잖아.〉가 발동됩니다. 심장 박동이 강제로 낮아지고, 체열을 낮추는 오라를 생성합니다.]

저 뒤의 설명들은 읽어서 알아낸 게 아니라, 체험으로 알아낸 사실들이다.

크흑… 패시브 성능 밝히려고 별짓을 다했었지.

"네놈 생각 따위 다 보인다. 시집이나 가라니, 난 아직 너랑 같은 21세라고! 흥!"

"거둬 줄 사람이나 있냐? 아, 현마가 있구나! 누가 봐도 엄친아인 녀석이 말이야."

"멍청이… 하아~ 됐으니, 어서 옷이나 갈아입어. 엔지니어링 스킬로 문은 고쳐 놓을 테니까 그 안에 빨리 쳐나와."

역시 현마 이야기가 답인가? 그 난폭한 녀석이 순해지다니.

문 쪽에서 무언가 뚝딱거리는 소리가 들리는 동안 나는 잽싸게 셔츠와 재킷을 걸치고 나온다.

금세 문을 고쳐 놓은 윤미래를 따라 맨션을 내려가자 익숙지 않은 차가 있었다. 어라?

"또 차 바꿨냐? 전에 보던 거랑 다른데? 전엔 아우디이지 않았나?"

"이거 우리 회사에서 테스트 중인 전기차야. 연비 효율 계산하려고 끌고 온 거고. 일단 타, 현마는 따로 간댔어."

"예이~ 예이~"

그렇게 난 윤미래의 차 조주석에 탄다. 쿠션감 죽이네.

차가 움직이고 난 바깥 풍경을 구경하면서 이동하고 있었다. 대재앙 이후 3년. 세계에 나타난 오벨리스크와 던전 몬스터들 때문에 반년간 일방적으로 유린당하다가 길드의 설립 이후 반격을 시작해 남은 2년 반, 필사적으로 살아온 덕에 세계 대부분의 대도시들은 안정을 찾았고, 재건되어 있었다.

다만 여전히 새로운 오벨리스크와 던전이 솟아나면서 골칫거리지만……

'지금 인류에겐 적합자들이 상당히 있으니까…….'

"아, 저기, 탱커 생활은 할 만해? 3년째인데 용케 살아있네."

"씨발, 할 만하겠냐? 맨날 몬스터에게 처맞거나 아군이 맞을 즉사기를 맞아 주는 게 일상. 힐러 녀석 마음에 안 들면 치유량이 급격히 낮아지고, 힐러 없이 가면 사용하는 포션의 개수에 욕이 나오지. 그놈의 빚만 아니면 진작에 때려치웠다. 왜, 너도 탱 하게? 그 쭉쭉빵빵한 몸매면 몬스터들이 침을 질질 흘리며 매혹되긴 하겠네."

"…에휴, 〈도발〉 스킬은 액티브 아니었어? 패시브처럼 아주 입에 걸레를 무셨네. 뭐, 그 입이 그렇게 된 것도 탱커들의 직업병 때문이겠지. 아는 정신 병원 소개시켜 줄까?"

"닥쳐! 병원 소리 꺼내지도 마! 그 마귀 같은 새끼들 손에 내 몸은 죽어도 안 맡겨!"

"크로니클 치유 시설은 잘만 이용하면서……."

"거긴 병원이 아니야. 그 엿 같은 의사라는 인간이 없어."

정확히는 의사라는 인종이 만나기 싫어서 병원을 가지 않는 것이다.

어머니도, 아버지도 우리 집안이 이렇게 된 게 그 약냄새 풍기며 사람 목숨 가지고 장사하는 개자식들 때문인데, 내 몸을 맡길 수는 없다.

그래서 나는 어차피 탱커 생활밖에 못하는 클래스라서 모조리 생존 스킬만 찍었다. 죽고 싶지 않고, 병원도 가기 싫어서 말이다.

그래, 이건 나만 가진 편견이다.

다행히 크로니클 치유 시설에는 의사가 존재하지 않으며, 치유 기기를 작동하는 간호사 몇 명이 전부다.

"그 있잖아, 철아."

"왜?"

"우리 회사의 내 연구소 경비, 이번에 적합자로 뽑거든? 너 탱커 생활 3년차니, 엄청 베테랑이잖아. 지원해 보는 게 어때? 급여도 꽤 되고, 무엇보다 위험한 일이 적은데……."

"얼마 정도인데? 월 천 정도는 안 줄 거 아냐? 널리고 널린 게 탱커 적합자들인데… 끽해야 월 500 정도가 상한선

이겠지. 그래서 언제 빚을 갚아?"

 장난하는 것도 아니고, 탱커 적합자들이 미쳤다고 경비 일을 하냐?

 물론, 세계가 그나마 안정화된 만큼 이젠 던전 탐험과 몬스터만을 적으로 두지 않고, 인류가 서로 적합자를 이용해 이권을 다투는 시대가 점점 다가오고 있다고 한다.

 예를 들어 투명화 마법의 사용이 가능한 클래스를 가진 녀석이 다른 회사의 기밀을 캐내거나 연구직 적합자들을 암살한다던가?

 충분히 있을 수 있는 일이다. 하지만 정부에서는 무조건 적합자는 '던전'의 일을 우선으로 하라며 단속한다느니 개소리를 하고 있긴 하지만, 돈이 되는 곳에 사람이 몰리는 법인데…….

 "…바보, 다 네 걱정해서 하는 말이야! 보통 던전 다니는 탱커들 중 3년을 넘기는 사람이 없는 거 너도 알잖아! 현마도 네 걱정 엄청 하고 있단 말이야."

 "아이고, SSS급 힐 버프 클래스 크루세이더 님이랑 A+급 딜러 클래스 플라즈마 런처 님이 나 같은 잡쩌리 탱커 클래스를 걱정해 줘서 고맙다."

 "장난으로 하는 소리가 아니라니까. 네 덕에 우리가 살 수 있었는데!"

 거, 또 옛날이야기 하네.

대재앙의 날, 나와 옆의 윤미래와 차현마는 같은 피시방에서 게임을 하던 도중 갑작스럽게 몬스터들이 몰려왔고, 공교롭게도 3명 다 적합자로 선정되었었다.

맞다. 차현마는 크루세이더, 윤미래는 플라즈마 런처였다. 그리고 나는… 뭐 쟤네에 비하면 엄청 초라한 클래스였다.

탱커 짓 하는 거 봐라. 더 말할 필요가 없다.

"됐어. 평생 빚 걱정하며 살 바에야 던전에 한 번 더 들어가서 왕창 벌고 오는 게 낫지."

"…바보! 그러다 진짜 죽는다고!"

"예이~ 예이~ 어쩔 수 있나? 탱이 죽으면 빠른 전멸 가야지. 으게게게엑?"

부우우우웅!

그 말에 액셀을 더 강하게 밟는 미래였다.

어이! 내가 뭘 화나게 한 거야?

그렇게 20분을 달려서 나와 미래는 자주 가는 호프집에 도착한다.

안에는 고급스런 양복 차림의 현마가 먼저 와 있었다.

자세히 보면 넥타이고, 시계고 죄다 명품이었다. 역시 현 적합자 세계 최고의 명품 신랑감다운 치장이다.

"아, 왔어? 역시 미래에게 맡기길 잘했어."

"현마 네가 사주했냐? 하마터면 머리에 구멍 날 뻔했잖아! 나와 미유키 짱의 단란한 시간을 방해하다니……."

"하하하, 일단 앉아. 내가 살 테니까 먹고 싶은 거 마음껏 시켜."

"안 그래도 그럴 거다. 네 녀석 수입이랑 내 수입의 차이가 얼만데! 마음껏 먹고 마실 테니 각오해."

메뉴판을 열고 난 생맥주와 치킨 세트를 주문한다. 던전에서 가장 그리웠던 음식이라면 역시 이거였다. 따끈따끈하고, 바삭하게 튀겨진 치킨에 맥주. 음~ 역시 이거지.

"아, 미래, 넌 뭐 먹을 거냐?"

"난 됐어. 다이어트 중이니까."

"가슴 말곤 뺄 데도 없으면서. 현마, 너는?"

"나도 그냥 맥주로~"

종업원을 불러 주문을 마치고, 기다리는 동안 난 이 망할 적합자 세계의 승리자인 녀석을 노려본다.

도대체 뭐 때문에 이제 막 던전에서 복귀해 나온 사람을 계속 잡으며 밥 먹자고 하는 건지 알고 싶었기 때문이다.

"그래서 용건이 뭐야?"

"흠~ 좀 알고 싶은 게 있어서 말이야."

"뭐?"

"철이 너의 클래스."

이 새끼가? 현마 녀석의 눈이 빛난다.

고작 탱커 녀석의 클래스 하나 물어보려고 온 거였어? 솔직히 말하기 싫은데 말이지.

왠지 내 삶만 하드 모드 • 49

누군가에게 가르쳐 줘서 하나도 좋은 구석이 없는 게 바로 적합자의 클래스였다. 난 묵비권을 행사했고, 미래는 깜짝 놀라서 현마에게 반박한다.

"현마, 왜 굳이 그걸 알려 달라고 하는 거야. 적합자의 클래스 이야기는 불문율인 거 알면서? 게다가 철이의 능력치는 이미 알고 있잖아. 근력 C+, 마력 해당 없음, 지력 E+인 거……."

"후~ 뭐, 그렇지. 나야 원래 유명인이라 어쩔 수 없는 거고, 너도 업계에서 유명하니까 클래스가 밝혀져 있지. 사실 나도 철이가 보통 탱커 적합자들이 가지고 있는 파이터에서 진보한 전사, 검성, 무투가, 야만인, 실드 파이터 등의 클래스라고 생각했어."

"그런데 그게 왜?"

"지난 3년간 철이는 꾸준히 한 달에 평균 6개의 던전을 돌았어. 물론 대부분 코볼트에서부터 최대가 오크에 이르는 C에서 D 랭크의 던전뿐이었지. 하지만 이 녀석, 1년간 돈 던전의 수만 70여 개, 3년간 총 231개! 더불어 임무 실패율 0퍼센트."

아, 진짜 이래서 현마 새끼는 짜증난다.

왜 쓸데없는 데이터들을 모아서 주절거리는 건지. 왜, 임무실패율 0퍼센트면 안 되냐?

씨발! 실패하면 뒈지는데 내가 뒈지는 거 보고 싶어서 이야기하는 건지, 씨발 새끼!

"나 간다. 치킨이랑 맥주, 너나 쳐드셔!"

"나 참! 현마 너 때문에 기껏 불러온 애가 가려 하잖아! 철아, 잠깐······!"

"〈빛의 수호〉! 내 이야기를 끝까지 들어! 강철!"

화아아아악!

내 주변을 금빛 섬광이 둘러싸며 날 움직이지 못하게 막는다.

〈빛의 수호〉. 대상자는 아무것도 하지 못하고, 움직이지 못하지만 모든 데미지를 무시하게 만들어 무적으로 만드는 방어막.

누가 크루세이더 아니랄까 봐! 적합자 스킬까지 쓰면서 날 막고 있어? 이거 그런 용도로 쓰라고 있는 거 아니거든? 이거 호의적 스킬이라고 해제고 뭐고 아무것도 못하네?

웅성웅성.

"세, 세상에, 적합자인가 봐."

"뭔가 방어막 같은 거면… 와! 버프인가? 실제로 보니 개쩐다."

"나 처음 봤어. 밖에서는 웬만해선 적합자 능력을 못 쓰게 하지 않나?"

"저거 분명 벌금감일 텐데? 신고할까?"

"저어~ 손님, 가게 안에서 적합자 능력을 쓰시면 안 됩니다만……. 그, 그리고…….”

"하아~ 바보들…….”

점장으로 보이는 사람이 와서 현마에게 더듬더듬 따지듯 말한다. 그러자 현마 녀석은 고개를 숙이며 사죄하더니…

"아, 죄송합니다. 가게 여러분, 사과의 뜻으로…….”

때앵!

녀석은 카운터로 가서 골든벨을 울린다. 오늘 밤, 술값이랑 음식 값을 자기가 다 내겠다는 거다. 와, 치사하다!

더불어 손님들은 언제 웅성거렸냐는 듯 순식간에 분위기가 고조되며 호의적인 모션을 취한다. 자본주의 만만세구만…….

"하하하! 얼마든지 쓰십쇼! 멋쟁이 적합자님!”

"신고 안 할 테니 더 쓰셔도 됩니다요!”

"맞아. 벌금은 이미 우리 술과 밥으로 해결된 거지!”

"아저씨! 여기 치킨이랑 술 추가요! 적합자님을 위하여 건배!”

"꺄아~ 거기 오빠, 너무 멋져요!”

"망할 자본주의! 너 진짜 너무한 거 아니냐?”

"네가 내 이야기를 다 듣지도 않고 나가려 한 게 나쁜 거야.”

"듣기 싫은 소리 해서 가려던 거거든? 개새끼! 알았어. 더러워서 안 나간다! 이거 풀어!”

내가 포기 선언을 하자, 그제야 〈빛의 수호〉를 해제하는 현마. 진짜 더러운 새끼.

이런 게 어째서 크루세이더라는 클래스를 받게 된 건지. 오벨리스크 녀석은 진짜로 제정신이 아닌 거 같았다.

"흠, 아까 어디까지 이야기했지? 그러니깐 231개의 던전을 돌고, 임무 실패율 0퍼센트라는 것까지 했군."

"…흥!"

"크로니클의 자료에 의하면, 보통 일반적인 탱커들은 한 달에 2~3개의 던전밖에 돌지 않지. 더불어 사망률도 높고, 공략 실패로 퇴각하는 경우도 많아. 갈 때마다 부상도 많고, 병원에 입원하기도 해서 너처럼 미친 듯이 돌 수가 없지. 포션이나 좋은 힐러를 만나는 경우도 있지만, 포션은 비싸고, 힐러는 고용비나 운용비가 비싸기에 군소 길드에서는 다수의 탱커를 로테이션 돌리면서 자연 회복을 이용하거나, 주로 회피 탱 위주로 운용하지. 그래서 더더욱 사망률이 높고 말이야."

"요점이 뭐야?"

…이 자식, 남의 뒤를 캐면서 이것저것 잘도 조사했구만.

그렇다. 빛 때문이라지만, 난 사실 탱커로서 엄청난 오버워크를 해 대고 있는 게 사실이었다.

그럼 어쩌라고? 빚이 십억 대인데! 던전 안 가면 난 장기고 뭐고 다 팔리고 죽을 신세라고!

그 망할 사채업자 새끼들이 돈 주고 길드에서 적합자까지 대절해서 와 협박하는 판인데!

"결론은 넌 매우 비정상적인 탱커라는 거다. 보통 3년쯤 되면 어느 한곳이 부러지거나, 아예 없어지거나, 아니면 정신과 치료를 받아야 하거든?"

"씨발, 내 상태가 정상으로 보이냐? 게다가 그놈의 병원 이야기하지 말랬지? 진짜 다 터뜨리고 싶은 데가 병원이거든? 그리고 나 빚에 시달리는 거 알면서 그런 개소릴 찍찍 해 대냐?"

"빚이라면 내가 변제해 주겠다고 제의했었다만……."

"꺼져. 그 조건으로 쓰리 스타즈 얼라이언스 길드에 들어오라는 거잖아. 빚쟁이에게 죽는 거랑 정규직 탱커 하다가 과로로 죽는 거랑 뭐가 달라? 그리고 정규직이 되려면 그 망할 병원이라는 데도 가야 하잖아!"

"…그야 건강 검진을 받고 서류를 떼어야 하니까. 더불어 세상에 공짜도 없고 말이야. 흠흠, 이야기가 좀 돌아섰지만, 그래서 네 클래스가 뭔지 정확히 알고 싶다는 거다. 나, 너, 미래. 엄연히 대재앙으로부터 서로의 등을 지키고 살아남은 친구 아니더냐? 그냥 궁금해서 묻는 거야."

진짜 간사한 새끼. 꼭 이럴 때만 친구 찾냐?

사실 못 알려 줄 것도 아니지만, 이 녀석이 내 클래스를 굳이 알아야 하는가?

나는 한숨을 쉬면서 내 상태창을 연다.

노이즈된 나의 클래스 부분. 내가 설정으로 눌러서 지우고 녀석들에게 보여 주면 단숨에 내 비밀이 드러난다. 설정을 바꾸려는 순간, 미래가 나를 말린다.

"휴우, 됐어. 현마야, 그만해. 철이도 어떤 클래스인지는 모르지만 필사적으로 살고 있다고. 철이 너도 암만 친구가 그렇게 부탁해도 그렇지, 그걸 알려 주는 건 빚보증 서 달라는 거랑 똑같다고……."

"어, 고, 고맙다."

"하아~ 앞으로 한 발자국이었는데……."

미래 덕에 정신을 차린 나는 겨우 마음을 다잡는다.

그래, 하마터면 공개할 뻔했다. 최하층 탱커 인생, 그래도 클래스를 감추는 게 적합자로서의 마지막 자존심이랄까?

알아 버리면 두고두고 날 부려 먹을 게 분명했기에, 이 잘난 녀석에게만큼은 결코 알려 주고 싶지 않은 부분이었다.

"손님, 주문하신 치킨 세트와 맥주가 나왔습니다."

"와~ 지겨운 선생님의 질문 시간에서 해방이다! 먹을 때는 개도 안 건드린다는데 매너 없이 굴진 않겠지?"

"후~ 어쩔 수 없군. 우선 던전에서 무사히 생환한 강철군을 위해 건배를 할까? 오, 미래가 따라 주는 건가?"

"주인공이니까. 이번뿐이야. 그리고 현마, 너는 직접 따라 마셔."

오오! 넘친다. 미래가 그래도 센스가 좋아.

이후 우리는 즐겁게 대화하면서 평범하게 술자리를 즐겼다. 미래는 운전을 위해서인지 자제했다.

끅, 도대체 왜 녀석이 남의 클래스를 알려는 거지?

술자리를 마친 나는 침대로 돌아와 내 상태창을 열어 본다.

'어찌어찌 여기까지 왔는데 말이지.'

노이징 된 내 클래스 부분을 내 손으로 지워 낸다. 그리고 간만에 나의 클래스를 눈으로 확인한다.

원래 초기형 파이터였던 나의 클래스는 대재앙으로부터 친구들을 지키기 위한 세팅을 우선시하였고, 인류가 자리를 잡았을 무렵 나의 클래스는 변화해 있었다.

내가 선택한 스킬들의 조합에 나의 클래스가 굳어진 것이리라.

클래스 저거노트(Juggernaut)

소위 게임에서 말하는 퓨어 탱커(Pure Tanker) 클래스.
모든 전문화 스킬이 방어, 생존에 몰린 극한 생존 직업.
물론 원래 온라인 게임과 AOS에서도 탱커를 즐겨 하긴 했지만, 그건 게임 안에서는 탱커가 귀해서 그랬던 거고, 현실은 갈아 끼우기 쉬운 고용직 고기 부품이니 절망할 노릇이다.

'절대 말 못해. 꿈도 미래도 없는 영원한 탱커 인생이라고, 절대 말 못해. 절대로 내 클래스는 안 가르쳐 줄 거야!'

다른 근접 직업들은 그나마 레벨 업 해서 딜 스킬이라도 찍어 전향의 기회가 있지.

내 패시브랑 액티브는 무조건 진형 돌파와 어그로, 방어, 생존만 몰려 있으니 미래가 없다.

예이, 죽으나 사나 탱커 인생. 희망이 없다. 평생 딜러든 힐러든 그 양반들의 똥이나 치우다가 가야 하는 인생이다. 아, 생각하니 우울해졌다.

혹시라도 장비발로 어떻게 안 되나요?라고 말하고 싶은 녀석들도 있겠지만, 아쉽게도 내 클래스는…….

〈클래스 고유 패시브-몬스트러스 크리처 핸드
(Monstrous Creature Hand)〉
설명 : 무기를 사용하지 못합니다.

그래, 씨발, 어떤 걸 들어도 그게 '무기'라는 개념 안에만

들어가면 저절로 손에서 빠져나가는 거지 같은 클래스다.

아, 물론 착용의 개념만 아니면 그냥 잡고서 인벤토리에 넣거나 가방에 넣는 것은 된다. 무기로 쓰려는 순간 빠져나가니 말이다.

좋았어, 거기 울어도 괜찮아. 도대체 오벨리스크는 뭐 하러 이런 클래스를 만들어서 나에게 던져 준 걸까?

'씨발, 장비발로 어떻게 되지도 못하는 개똥 클래스. 저거노트(Juggernaut)라는 이름이 아깝다. 같은 이름의 뮤턴트는 영화에선 겁나게 센데. 난 씨발…….'

어그로든 뭐든 그냥 맨손으로 쳐서 어글 잡아야 하며, 뒷목을 잡거나, 방패로 막거나, 걸레처럼 욕설을 해서 어글을 잡아야 하니까 더 빡센 게 내 클래스다.

이름만 번지르르한 개쓰레기 퓨어 탱커 클래스!

'망할 현마 녀석, 자기는 힐, 버프기, 유틸기 다 되는 최상위 카스트니 이 소리 저 소리 멋대로 하는 거지. 하아~ 내일은 크로니클도 가야 하고, 또 일을 받아야 하니까 잠이나 자자.'

페이즈 2-1

야, 탱커 하지 마. 존나 구려

다음 날, 크로니클 서울 지부

대재앙 때, 모 외국 재벌이 세계에 적합자들이 나타나자 가장 빠르게 적합자들을 규합한 조직을 만들기 위해서 나섰고, 그 이름이 바로 크로니클이다.

대재앙의 몬스터와 던전 때문에 읍이나 면 단위로 갈가리 찢겨 소규모로 저항하던 적합자들을 모으고 교육시켜 길드를 만들 수 있게 도와준 조직이다.

더불어 적합자들이 정부에게 저항할 수 있게 하고, 자신들의 독립성을 지키게 해 주기도 했지.

이들이 아니었으면 아마 정부는 적합자를 국가의 개로 만들었을 것이다.

어쨌든 크로니클은 적합자들을 위한 기관이며, 그 영향력도 이미 커져 있어서 이제는 미리 대비도 할 수 있게 되었다.

"그러니까 아드님의 클래스는 파이터로, 그 적합자로 각성한다면 주로 탱커를 맡게 되실 겁니다."

"태, 탱커라구요? 아, 안 돼요. 우리 애는 그런 미친 짓을 시킬 수 없습니다. 게다가 탱커들은 2년 안에 70퍼센트 이상이 죽는다고 얼마 전에 뉴스로 봤는데!"

"뭐, 아직 각성한 게 아니니까요. 하지만 언젠가는 적합자로 각성할 거고, 일단 크로니클의 관리를 받으셔야 합니다, 어머님."

저렇게 오벨리스크의 목소리도 듣기 전인 어린아이 때 적합자인지 아닌지 직접 알아낼 수 있는 경지까지 오게 된 것이다. 과학의 진보, 만세다. 즉, 우리 인류가 오벨리스크를 앞서게 된 것이었다.

난 뭐 하러 설명하고 있는 거야? 젠장, 내 일도 많은데 말이지.

"어머~ 오늘도 무사히 왔네, 강철 군?"

캬~ 오늘도 미현이 누나는 예쁘다니까. 어딘가 괴팍한 이과녀와 다르게 청순하면서도 색기 있고, 게다가 크로니클의 제복이 몸에 딱 맞아서 몸매가! 우와!

아, 물론 미래도 색기가 있지만, 이쪽은 올해 24세. 적절

한 누님의 자태가 살아 있다는 말씀!

크로니클의 적합자 관리 창구 담당 김미현 누님은 미소지으며 날 기억해 주신다.

"오크 던전쯤이야, 3년차 탱커에겐 뭐, 크게 어렵지 않지요. 게다가 그 유명한 쓰리 스타즈 얼라이언스 길드의 고용직이니 힐러도 마련되어 있어서 편했어요."

"어쨌든 살아 돌아와서 다행이야. 이젠 많이 늠름해졌네. 아 참! 레벨 업 정보 갱신하러 온 거 맞지?"

"예, 맞아요. 아, 천천히 해 주셔도 돼요."

친절하고 사랑스러운 미현 누님이랑은 오래 이야기할수록 이득이니까.

내가 문신이 새겨진 팔을 내밀자, 미현 누님은 컴퓨터에 연결된 단말기를 꺼내 내 문신을 스캔한다. 그리고 누님의 컴퓨터에는 내 정보가 나타난다.

"어머나~ 45레벨이라고? 보통 탱커들은 35레벨도 못 넘고 죽는 경우가 대부분인데, 굉장하네. 칭호가 '아, 저게 안 죽네'네. 이거 뭔지 아니? 신기하네. 이런 칭호는 처음 봐."

나도 따고 나서야 안 칭호. 정확히 칭호 획득 조건이 뭐더라? 생각난 김에 조건 확인이나 해 보자.

미현 누님이 궁금해하시는 걸 해결해 드릴 겸 난 스테이터스창을 열어서 칭호 획득 조건을 살펴본다.

> 체력 10 이하가 된 순간 오벨리스크 파괴하기 25/25
> 완료됨.
> 보상 : 아, 저게 안 죽네 칭호

"미, 미안해, 강철 군. 내가 생각이 짧았어. 탱커들의 칭호는 그만큼 잔혹하고 무서운 전장을 넘어선 증거일 텐데 내가 그만……."

"아, 아뇨! 아뇨! 저도 보고 나서야 알았거든요! 괘, 괜찮습니다, 누님!"

"고마워, 강철 군. 자, 일단 정보 갱신은 끝났고. 또 던전 일거리 필요하니?"

"물론이죠. 설마 없다곤 하지 않겠죠?"

"뭐, 늘 넘치는 게 탱커 일이지. 잠시만 기다려 줘, 리스트를 뽑아 줄게. 잠시만 기다리렴. 서 있기 힘들면 의자에 앉아 있어. 시간이 좀 걸리거든."

길드가 없는 적합자들은 크로니클에서 이렇게 던전 일을 받을 수 있다.

그렇게 나는 의자에 앉아서 멍하니 TV를 바라보며 광고를 보는 중이다. 흠~ 'H프라이멀' 길드의 신입 탱커를 구하는 광고가 나오고 있었다. 탱커가 3D 직업으로 굳어지자 탱커 기피현상 때문에 이런 광고까지 나오는 것이었다.

[아군을 수호하는 탱커의 길, 적합자인 당신도 이 명예로운 길을 택하세요!]

"이 광경을 보고도 저런 소리가 나오나 몰라? 개념."
모 걸 그룹 가수가 새끈한 타이즈 같은 걸 입고, 방패를 들고 하는 개소리에 반박하며 내 주위를 둘러본다.
참고로 여기 크로니클에 오는 사람들은 나처럼 정보를 갱신하거나 일감을 얻는 일상적인 일만 하는 게 아니다.
"예, 그러니까 크로니클에서 적합자 사퇴 신청을 하시겠다는 거죠?"
"됐어, 씨발! 안 한다고! 이 손가락 안 보여? 씨발, 그 망할 새끼들이! 내 손을! 내 손으으을!"
아저씨 한 명이 다른 창구에서 크게 떠드는 중이었다. 보나마나 던전에서 다친 거겠지.
적합자는 엄연히 생명력이라는 수치가 목숨의 지표가 되지만, 이런 부분은 참 현실적이었다. 몬스터에게 뜯어먹힌 장기, 안구, 손은 물론 적합자가 받은 데미지에 반영되지만, 상태 이상으로 처리되고, 골절, 절단 등등의 신체 불구가 된다.

물론 시기적절한 힐링과 응급조치나 치료로 회생도 되긴 하지만 현실은 가혹하다.

"그래도 적합자 전용 병원에 가시면 충분히 나으실 수가 있는데."

"개소리 집어치워! 신체 복구 비용 같은 경우 천만 단위가 넘는다고! 내가 그 망할 던전을 다섯 번 가야 벌 수 있는 금액이라고! 이런 몸으로 갈 수 있다고 생각해? 설사 빚을 내서 고치면 다시 빚 갚으러 던전을 들어가야 하는데. 시발! 때려치울 거야. 그냥!"

그래, 맞다. 미친 치료비가 문제지. 신체 복구가 되는 힐러의 경우 의사 새끼들이 무슨 헛바람을 쳐 넣었는지 비용이 엄청나게 비싸다. 나도 가격을 듣곤 소름이 돋을 정도였으니 말이다.

결국 그 아저씨는 눈물을 글썽이며, '사퇴 신청서'를 써 두고 사라진다.

이제 앞으로는 없어진 신체에서 오는 고통과 자신의 신세에 한탄하며 크로니클에서 주는 작은 보조금으로 알코올 중독자가 되는 길을 가겠지.

'씨발, 이게 현실이지. 그러고 보니 현마도 신체 복구되는 힐러였지? 하! 그 새끼는 씨발, 뭘 해도 되는 새끼네.'

참고로 이 신체 복구는 일반인들에게도 통용되는지라 시세가 이 모양이다. 결국 세상을 움직이는 건 권력과 자금.

어차피 던전은 인원 제한이 없어서 대충 주력 딜러와 힐러 육성에 주력한 다음, 탱커는 우리 같은 고용직 새끼들 적당히 긁어모아서 가면 될 일. 그렇다고 탱커 새끼들이 뭉치냐? 그런 것도 아니다.

'다 던전 가서 어떻게든 레벨 업을 하려 하고, 장비를 바꿔 딜러로 올라가려고 난리 치니까 탱커들에게 권리나 그런 게 있을 리가 없잖아.'

적합자들의 클래스와 포지션은 레벨 업을 하면 변하는 것이 가능하다. 예를 들어 기존에 탱커인 클래스도 이후 스킬과 아이템 세팅을 통해 포지션의 변경이 가능하다. 즉, 엿 같은 탱커 생활을 빠져나갈 길이 있다는 것이었다.

당연히 탱커에서 딜러가 되면 길드에서 전폭적으로 지원도 해 주고, 치유도 잘 받고, 돈도 많이 버니 신체 복구건 뭐건 자유롭게 할 수 있다. 그리고 자신도 정규직 길드의 딜러로서 고용직 탱커 새끼들을 굴려 가며 편하게 일할 수 있고 말이지.

'뭐, 나도 내 클래스만 아니었으면 어떻게 해야 딜러가 될까 하고 발악했겠지. 씨발, 엿 같은 클래스!'

어쨌든 결론은 탱커 인생은 시궁창이라는 거다. 다른 탱커끼리도 서로 무시하거나 친해지려 하지도 않을뿐더러, 직업병 탓인지 주둥이는 걸레고, 성격도 개판.

다들 하루빨리 레벨 업 하고, 템 먹고 해서 딜러로 전향

할 생각뿐이고, 자신이 딜러가 돼서 탱커 새끼들을 굴릴 생각에 빠져서 절대 나아질 생각을 하지 않는 게 탱커 생활이다.

"강철 구운~ 리스트 다 뽑았어요."

"아, 예이~ 그럼 볼까?"

컴퓨터로 정리해 준 탱커 구인 광고. 화면을 보며 난 마우스를 움직여 파티를 잘 살펴본다.

정규 길드들이 올린 광고들로, 어느 던전, 어떤 몬스터가 나오는지, 최소 요구 레벨(어차피 고기 방패 할 거라 도발 스킬이랑 한 대 맞고 안 죽을 정도의 체력이면 충분하다)과 선금과 보수, 이익 배분 등등 꼼꼼히 따지고 가야 하니 말이다.

그리고 가장 중요한 건 파티의 구성이었다. 힐러가 있고 없고도 중요하지만, 이런 파티를 볼 때 가장 중요한 것이 있었으니……!

"아, 무슨 죄다 검성(劍星) 새끼들이네. 이거 다 프로 검성이죠?"

프로 검성(Pro 劍星). 정확히는 프로보크(Provoke)를 사용하는 검성(劍星)을 뜻한다.

이런 특정한 스킬과 조합한 직업의 축약어는 당연히 게임에서 유래되어 지금 이 현실에서도 적용된 것이다.

어쨌든 설명을 하자면 검성은 근접 딜러 직업 중에서 가장 흔하게 볼 수 있는 자식들로, 양손 검을 주로 사용해서 적을 썰어 버리는 클래스다. 그리고 그놈들은 〈액티브 스킬-프로보크(Provoke)〉를 사용할 수 있는데, 이게 효과가 뭐냐면 말이지.

〈액티브 스킬-프로보크(Provoke)〉
설명 : 네가 기르는 그 화분은 잡초야! 숨겨진 분노를 깨우고, 방어를 약화시킵니다.

즉, 대상의 공격력을 증가시키고, 방어력을 깎는 액티브 스킬이다.

검성 새끼들은 이걸 몬스터에게 걸고서 죽자 살자 마구 잡이로 썰어 대는 것. 특히 방어력이 강력한 고급 던전의 몬스터일수록 더 빨리 잡기 위해서 이걸 사용해서 딜을 해야 하는데… 그러면 이 스킬이 걸린 몬스터에게 처 맞아야 하는 탱커는 어떻겠는가?

'어떻긴 씨발, 졸라 아프지. 게다가 그냥 막을 일격도 방어를 뚫고 들어와서 엄청 아프지.'

이게 고 레벨 검성일수록 프로보크의 효과는 더 올라 방어를 더 많이 깎고 공격력을 더욱 올리는지라 탱 하는 새끼들만 뒈질 맛인 거다. 그래서 파티를 잘 골라야 한다는 것.
 '아, 그냥 갈까? 사실 난 프로보크 상위 기술이 있어서 그걸 건다고 하고, 걍 가면 되는데.'

〈패시브 스킬-첫날밤의 추억은 벗긴 것뿐이라네〉
설명 : 물리 공격이 닿을 때마다 적의 방어력을 퍼센트 단위로 감소시킵니다. 감소량 최대치는 레벨에 비례하며, 최대 10타까지 적용. (M)

 지금 내 레벨이 45고, 저 패시브가 레벨당 0.5퍼센트였나? 최대 22.5퍼센트를 감소할 수 있군. 그러므로 한 대당 2.25퍼센트군.
 이것도 물론 내가 직접 알아낸 거다. 원래 스킬 설명은〈손은 눈보다 빠르다.〉였다. 몬스터에게 걸린 디버프 스택을 보고, 전투 리포트를 해석해서 알아낸 사실이다.
 물론 이걸 알려 준다고 프로보크를 안 걸 검성 새끼들이 아니다. 이 딜에 미친 검성들은 분명 이렇게 말하며 내 말을 생 까고 프로보크를 쳐 걸 것이다.

 '방어 감소 스킬을 중첩해서 쓰면 더 빨리 잡을 수 있잖

아. 네가 좀 참으면 되겠네!'

눈에 선하다! 선해! 개새끼들! 그래서 난 무조건 검성이랑은 안 가려고 한다. 이게 게임도 아니고, 내 목숨이 달린 일이란 말이다!

그 딜러 새끼들은 지들 데미지 리포트의 딜량을 올려서 보수를 올리려고 분명 프로보크를 걸고서 풀딜을 쳐 넣을 거니 말이다.

'씨발, 그렇게 고생시킬 거면 보수나 세게 주든가? 다른 데랑 똑같이 주면서 고생은 배로 시킨다니까. 봐, 광고에 검성 있는 데는 죄다 탱커들이 모자라서 난리잖아.'

"감사합니다. 그럼 일정은 차후에 메일로 발송될 거예요."

어? 그사이에 광고 하나가 사라졌다. 아까 내가 보았던 광고로 프로 검성이 있던 곳이었는데, 옆에 마침 일을 받은 녀석이 있는 것 같았다. 난 무심결에 고개를 돌려 그쪽을 바라보는데 눈을 마주치게 된다. 3년간 이곳 크로니클을 다녔는데 저런 애는 처음이었다.

'어라? 쟤 뭐지? 처음 보는데? 내가 여기 3년 다녔지만 처음 보는데 우왁! 어려!'

"안녕?"

담담한 목소리를 내며 무표정으로 나에게 인사를 하는

녀석. 키가 한 160센티미터 정도로 작은 녀석이었다.

 검은색 단발머리에 미소가 귀여운 소녀였다. 나랑 거의 10센티미터 정도 차이 나는 녀석은 16세 정도로 보이는 어린 녀석이었다.

 차림새는 갈색과 회색의 치마로 된 교복인데. 고등학생인가? 아니지, 적합자는 학교를 안 다니고, 교육소를 다닐 테니 거기 옷인가? 이 녀석, 첫 적합자 임무를 받은 건가?

 "어, 어. 그래? 너 혹시 포지션이 뭐니?"

 요즘은 어릴 때 다 클래스 감정이 되었고, 이미 귀한 재능은 다 파악되어 미리미리 교육시켰다.

 그리고 나이가 차면 바로 길드에서 집어 가는 체계가 되어 있어서 결국 여기 크로니클에 와서 일을 받을 녀석은 탱커질 할 놈이 라는 거다. 아니면 내가 어제 신입들을 끌고 다니던 것처럼 길드에서 조합을 짜 주고 던전에 들어갔을 테니까 말이다.

 "탱크."

 "탱커겠지. 그래, 레벨은?"

 "10레벨. 어제 교육소를 나왔어, 아저씨."

 "아저씨라니, 나 21세거든? 그나저나 탱커라고? 여자애가 탱커?"

 여자애가 탱커라니. 아, 물론 아예 없는 건 아니지만. 참고로 여자 탱커의 평균 수명은 1년이다. 자, 설명 끝. 어,

새로 왔네? 싶다가도 얼마 지나지 않아 사라지는 게 여성 탱커다.

가뜩이나 빡세기도 빡센 일인데, 여자애가 탱커 하면 힐러나 딜러 새끼들이 일부러 여성 탱커를 탈진시킨 후 강간하거나, 완전 널널한 던전에 데려가서 윤간하거나, 아예 협박해서 길드에 들여놓고 매춘까지 시키는 등 막장 중의 막장으로 갈 수 있는 게 여성 탱커다.

물론 여자 딜러 쪽에도 이런 일이 있지만, 딜러는 저항이라도 가능하고, 여성 힐러나 버퍼는 죽으면 모든 길드의 지탄을 받아 아예 업계 퇴출 레벨이다.

당연하지만, 요즘은 미리미리 적합자인지 아닌지 걸러낼 수 있기 때문에 여자애가 탱커 하는 경우는 없다고 봐야 된다. 그리고 녀석은 자신이 냈던 신청서의 사본을 나에게 보여 준다. 경악할 노릇이다. 차라리 이럴 바엔 지금 그냥 마포 대교에 가서 뛰어내려! 미친 새끼!

"야, 이 미친!"

방금 양성소 졸업한 10레벨 녀석이 평균 레벨 25레벨짜리 파티에 신청했어?

개체별로는 약하지만, 몬스터의 수가 비정상으로 많은 고블린 던전이네. 미친 거 아냐? 이거 누가 받아 줬냐? 난 급히 녀석이 신청한 창구로 가서 그쪽 상담원에게 따진다. 딱 봐도 안경 쓴 노처녀 티가 팍팍 났고, 성과를 올리려고 막 준 느낌이 들었다!

"아줌마! 미쳤어? 무슨 10레벨짜리 애새끼를 평균 레벨 25레벨 동네로 보내! 게다가 프로 검성도 있잖아. 진짜 암만 탱커가 봉이라지만 너무하는구먼!"

"히, 히익! 그, 그게 말이죠."

"난 괜찮은데?"

내가 필사적으로 항변해 주고 있는데 녀석은 뒤에서 무표정으로 괜찮다고 하고 있다.

너, 지금 죽으러 가는 꼴인 거 모르냐? 너 가자마자 3시간 이내에 프로보크에 걸려서 미친 듯이 발광하는 고블린 새끼한테 쳐 맞아 죽어. 그게 아니면 이 길드 새끼들의 손에 걸려서 강제로 길드에 가입된 다음 성 노예 짓을 하든가, 다른 적합자를 상대로 매춘 트리 직행이야, 이 철없는 년아.

암만 생각해도 너무하다 싶어서 따졌지만 상담원은 벌벌 떨면서도 자기 할 말을 다 한다.

"그, 그게 이미 선금이 입금된지라."

"씨발, 누굴 봉으로 아냐? 파티 취소하고 돈 되돌려주면 그만이지! 야! 여기 계좌 보고 빨리 돈 되돌려……."

"그, 그건 좀……!"

적반하장도 유분수지. 아니, 이건 물에서 꺼내 줬는데 보따리 내놓으라는 격이다! 우리가 소란스럽게 굴자 옆 창구에 있던 미현 누님이 우리 쪽으로 와서 사정을 묻는데…….
"저기, 무슨 일이신데 싸우시는 거예요?"
"아, 글쎄, 방금 크로니클 교육소에서 나온 10레벨짜리 탱커 애한테 25레벨 동네 파티를 신청해 줬다니깐요. 이건 그냥 살인이지!"
"아, 아니, 그 사람이 직접 신청한 건데 왜 참견하고 그래요? 당신, 뭐 하는 사람이야?"
"저기, 춘자 언니. 이분 3년차 탱커분이에요. 레벨은 45의 강철 군. 코드 네임 쇠돌이. 클리어 던전 수만 232개에 빛나는 초베테랑 탱커분이에요. 크로니클의 높은 분들이 주시하는 분이라니까요."

직위나 그런 걸 이용해 다른 사람을 찍어 누르는 건 내 성미가 아니다. 어쨌든 김미현 누님에게 내 이야기를 듣자, 역으로 화를 내던 태도가 달라진 상담원 아줌마였다. 이름이 춘자였구만. 이름도 진짜 촌스럽네.
"아, 알겠습니다. 그럼 취소해 드리겠습니다. 그 선금부터 입금해 주세요."
"야, 들었지. 너 운 좋은 줄 알아. 나 아니었으면 너 진짜로 줄초상 날 뻔했는데, 뭐 하냐?"

뾰롱뾰롱.

지금 자기 생명이 왔다 갔다 하는데 휴대폰으로 게임을 쳐 하고 있는 소녀였다. 진짜 태연해서 좋겠다. 이 바보 년,

그러니까 빨리 받은 선금 반납해.

"선금? 이미 썼어."

"아니, 방금 받은 걸 어떻게 써? 미쳤냐? 뭐에 썼는데? 얼마나 썼는데?"

"여기 80만 원 중 40을 썼어."

자기 스마트폰을 가리키는 무표정 무개념 소녀.

난 어이가 없어서 말이 안 나왔다. 아니, 목숨 값을 게임에 투자해? 아, 아니지. 얘가 미쳐도 적당히 미쳐야지!

아, 뭐 게임에 돈 쓰는 건 나도 마찬가지지만, 이건 정도를 벗어난 일이었다. 나도 어제 일하고 받은 돈 한 방에 나가서 거지 신세인데… 그렇다고 잘 보이고 싶은 미현 누님에게 빌릴 수도 없지.

"저기, 던전 임무 취소하실 건지?"

"아, 잠시만 있어 봐. 하아~"

"왜 그런 표정이에요? 세연이가 뭘 잘못했나요?"

고개를 갸우뚱하는 게 걸 그룹이나 아이돌보다 귀엽지만, 진짜 한 대 패 주고 싶었다. 전체적으로 이 녀석 웬만한 걸 그룹보다 귀엽고 예쁜데 왜 하필 탱커 짓을 하려는 거야?

하아… 일단 임무를 받았고, 선금을 써 버린 이상 이 녀석은 그 던전을 가야 했다.

"아! 몰라! 세연인지 세월인지! 너 알아서 해! 어이! 아줌마! 얘 선금 써 버려서 이제 취소 못해! 가서 뒈지든지 말든지 이제 몰라!"

외모가 외모이니만큼 아마 이 녀석이 가면 그곳 길드 놈들은 횡재했다면서 덥석 하고 잡아먹을 게 눈에 선하다.

아니, 도대체 왜 이런 애가 이 미친 업계에 발을 들이민 거야? 이해가 안 된다고! 어쨌든 난 할 만큼 했으니까 죽든 말든 몰라!

모른 체하며 다시 원래 내가 이용하던 창구로 돌아가 리스트를 바라보는데 미현 누님이 말을 건다.

"정말 저대로 보낼 거야?"

"지가 죽겠다는데 어떻게 말리나요?"

"꽤 귀여운 애라서 이대로 두면 분명 험한 꼴 당할 텐데……."

"저도 빚 때문에 난리거든요?"

"으음~ 강철 군, 레벨도 압도적으로 높은 만큼 웬만해선 안 죽을 텐데, 이 누나가 밥 한번 사 줄 테니까 저 애가 가는 파티 따라가 줄래?"

미현 누님과의 식사라. 단숨에 의욕이 샘솟는군. 고민할 것도 없다. 저 무표정에 개념 없는 애야 어쨌든 섹시한 OL에 이런 상냥함을 지닌 미현 누님과 식사할 찬스를 버리는 건 바보짓이니까!

내 레벨은 45. 이 던전은 25레벨짜리니까 어렵지는 않을 것이다.

"누님, 알겠습니다. 저 멍청이가 안 죽게 지키도록 하지요."

"그리고 이왕이면 저 애랑 밴드(Band)를 짜 주었으면 하는데 말이야."

밴드(Band). 2~5인 사이로 작은 그룹을 이야기한다.

길드는 엄연히 국가에서 지원을 받는 거대한 그룹을 이야기하고, 밴드는 소그룹이라고 하면 이해가 쉽지만 솔직히 말해 밴드는 그냥 자주 다니는 친구들이랑 맺는 작은 길드라고 보면 된다.

길드처럼 기업과의 연계나 국가적 지원은 없지만, 그래도 크로니클에서는 둘 다 똑같은 모임 취급을 해 주어서 밴드에 들어가면 길드에는 들어가지 못한다.

"밴드를 하면 뭐, 세트 상품 판매처럼 구직 광고를 올릴 수 있어서 일을 구하긴 좀 더 쉽긴 하지만 조합이 망인데요? 저랑 쟤랑 레벨 차이가 겁나게 나는데, 어딜 가요?"

"그냥 이상한 길드에 들어가지 않게 보호하는 정도면 충분하다고 보는데. 저 아이, 귀엽기도 하고 세상 물정을 너무 모르는 거 같잖니. 분명 이상한 길드에 들어가서 좋은 꼴 못 볼 텐데."

"그게 세상인데. 쟤 하나 구한다고 달라지진 않잖아요. 지금도 던전에서 막 죽어 나가는 게 탱커인데······."

"그러니까 나는 어엿하게 어른이 된 강철 군이 누군가 하나쯤은 지켜 주는 모습이 보고 싶어. 원래 탱커란 그런 거 아니야?"

아, 진짜 천사다, 천사야! 정말 상냥한 누님이다. 과거 수많은 기사들이 공주나 귀부인들에게 목숨을 바쳤다는 이야기를 믿을 수 없었는데, 지금 이 순간 난 이해하게 되었다.

미현 누님, 그런 미소 함부로 다른 남자에게 보여 주지 마요. 반하는 건 나 하나면 충분하니까 말이에요.

"그럼 누님, 밴드 신청서 주고, 아까 그 녀석이 갔던 파티 신청도 같이 해 줘요. 난 방금 그 녀석을 쫓아가서 사인 받고 올 테니까요."

나는 신청서를 챙긴 후 그 무표정에 무감정한 녀석을 찾기 위해 뛰어다니기 시작했다. 이게 내 평범한 탱커 일상을 바꾼 악연의 시작이었음을 이때는 몰랐다.

밴드 신청서를 들고 뛴 나는 크로니클 건물 밖의 벤치에 앉아 있는 세연을 발견할 수 있었다. 녀석은 무표정한 얼굴로 멍하니 휴대폰 게임을 하고 있을 뿐이었다.

도대체 이 녀석은 어떻게 돼먹은 건가? 난 터덜터덜 걸어가 녀석의 옆에 앉으며 일단 대화를 하고자 녀석의 주의를 끌 만한 주제를 던졌다.

"야, 뭔 게임 하냐?"

"'라운드 나이츠'요. SR 란슬롯이 안 나오고, SR 갤러헤드가 나왔어요."

"아, 그 원탁의 기사를 배경으로 만든 온라인 판타지 카드 게임이었나? 나도 한두 달 전쯤인가 했었는데. 지금은 안 하지만 말이야."

"근데 아저씨는 세연이에게 무슨 용무세요?"

"나 아저씨 아니거든?"

무표정한 얼굴로 날 쳐다보는 소녀. 인형같이 귀여운데 감정의 기복이 안 느껴지는 녀석이었다.

도대체 이 녀석은 신경이라는 게 있기나 한 걸까? 난 한숨을 쉬며 내 스마트폰을 꺼내 조작해서 메일을 연 것을 보여 준다.

역시 미현 누님, 신청서를 빨리도 냈구만. 거기에 돈도 이미 왔군. 난 선금이 120만 원이네. 역시 경력자라서 후하구먼~

"자, 너랑 같은 파티야. 이야기 좀 하려고 말이야."

"탱커끼리 굳이 이야기할 필요 있나요?"

"그럼 넌 이 망할 탱커 짓이 개판인 줄은 아냐?"

"몰라요, 이번이 첫 일이니까요."

그런 녀석이! 레벨도 생각하지 않고 덥석 아무 임무나 받은 거야? 그럼 우선 이야기의 관점을 반대로 돌려서 전해 줘야겠다고 생각했다.

"그럼 무슨 생각이 있어서 이 파티를 신청한 거야? 여기 봐."

난 휴대폰에 나와 있는 녀석들의 구인 광고를 읽어 준다.

〈탱커 2인 급구합니다.

길드 : 슈퍼파월

던전 : 25레벨 고블린 던전(위치 및 이미지 첨부했습니다.)

목표 : 오벨리스크 파괴

맴버 구성

검성, 호크아이, 거너, 닌자, 프리스트

보수 : 탱커 레벨에 따라 차등 지급. 기본급 200만 원, 20레벨 미만은 160만 원

30레벨 넘으시는 분은 250만 원. 기타 소재, 장비로 얻는 이익금 1/N로 추가 지급합니다.

선금은 기본급 보수의 절반이며, 남은 절반은 이익금 배분량과 던전 클리어 시 함께 지급합니다.〉

알다시피 나는 45레벨이다. 미현 누님도 말했지만, 보통 탱커들은 35레벨을 넘어가는 경우가 거의 없다(죽는 경우가 부지기수니까!). 어떤 의미로는 진짜로 희귀한 존재라는 거다.

근데 돈 진짜 짜다. 크! 어제 신뼁들만 데려가서 대충했는데 380만 원을 받았던 쓰리 스타즈 얼라이언스의 임무보다도 더 힘든데 돈은 짜다. 빚 때문에 고생하는데 고작 이런 돈도 적게 주는 던전을 가야 한다니. 미현 누님만 아니었어도 죽어도 안 갔지!

"자, 어쨌든 무슨 생각으로 여길 신청한 거야?"

"……."

"생각 없이 그냥 맨 위에 있어서 누른 건 아니겠지."

휙~

이 녀석, 고개를 돌려서 대답을 피하네. 내 말이 맞다는 건가? 진짜 생각 없네! 15레벨이나 차이 나는 던전을! 게다가 교육소에서 방금 나왔으면서 다른 장비는 어떻게 사려고? 선금은 원래 예비용 포션이나 그런 준비물을 사라고 주는 건데?

"야, 설마 너 선금만 먹고 쨀 생각은 아니겠지? 그랬다간 크로니클의 적합자 헌터들이 너 잡으러 온다."

"던전 갈 거예요."

"당연히 가야지. 계약 깨고 도망간다고 이길 상대가 아니야! 그 헌터 자식들은!"

적합자 헌터. 크로니클에 고용된 대인전(對人戰)에 특화된 적합자들을 모아 교육시켜 써먹는 경찰 같은 거다.

쉽게 게임적으로 설명하면 PVP 전문가들이다. 특히 이 녀석들은 크로니클의 재력으로 모은 인간형 추가 데미지 장비, 팀 간의 조합도 철저히 짜고, 스킬들도 과거 프로게이머들의 의견을 받아 세팅한 말 그대로 인간 사냥꾼이었다.

"하아~ 그래서? 레벨도 안 맞는 이런 파티에 들어간 주제에 선금도 까먹고, 장비는 있긴 하냐? 이거 진짜 총체적 난국이네. 너, 교육소에서 던전 갈 때 필요한 거 안 알려 줬냐? 실습도 해 봤을 거 아니야."

"아저씨는 왜 그렇게 세연에게 관심을 가지는 거예요?"

"그야 가면 죽을 게 뻔한데 내버려 두면 사람이냐? 안 그래도 뒤숭숭한 일이 많은 탱커 짓인데, 살릴 수 있는 건 그래도 살리려고 해 봐야지."

사실은 미현 누님의 부탁이었지만, 그 점을 감추지 못할 정도로 바보는 아니었다.

내 변명에 의아하다는 표정을 지은 세연은 날 지긋이 쳐다보기 시작한다. 근데 이 녀석, 피부가 창백할 정도로 하얗고, 표정도 없고. 정말 사람인가?

"뭐, 뭐야. 왜?"

"아저씨, 강해요?"

"안 강해. 강하면 이 엿 같은 탱커질 3년이나 하겠냐? 아, 떠들었더니 목 탄다. 뭐 마실래? 아저씨가 음료수 사 줄게."

"설마 음료수에 미약이나 수면제 같은 것 넣고 저한테 이상한 짓을?"

살짝 떨면서 이야기하는 세연이었는데, 무표정에 무감정한 말투로 그러니까 왠지 다른 의미로 무서웠다.

지금 그걸 농담이라고 한 거냐? 자판기 음료수에다 도대체 무슨 짓을 한다고? 괘씸하니까 맛없는 녹차 밀크 티 캔 음료를 뽑아다 주었다. 나도 한번 먹어 본, 그 더럽게 쓰고 텁텁해서 치를 떤 개 같은 음료다.

"자, 마셔, 잘 봐, 따진 데도 없고, 주사 자국도 없지? 그리고 나 절대 너 같은 어린애 취향이 아니니까 안심해라."

"……."

딸칵.

참고로 난 달달한 캐러멜 마키아토다. 탱커들은 스트레스를 엄청 받으니까 당분이 중요하지.

달달함을 음미하면서 이제 녹차 밀크티에 고통받는 모습을 구경하려는데, 이상하다. 비명이라든가, 맛에 대한 악평이 없다.

"다 마셨어요."

"엑? 너, 괜찮니?"

"…역시 뭔가를 탔군요?"

"아니, 아니! 그런 의미가 아니라, 그 음료……."

"목이 말랐던 차라 그냥 마셨어요."

젠장! 도대체 제대로 된 미각을 가지고 있는 거야, 이 녀석은?

뭐, 골탕 먹이려 한 내 잘못이니까 어쩔 수 없다고 치고. 난 옆에 앉아서 내 캔 커피를 마시며 계속 이야기를 한다. 다시 던전 이야기로 돌아가자.

"뭐, 생각을 했건 안 했건 간에 어쨌든 가야 하는 던전. 살아 돌아와야 할 거 아니냐? 그러니까 이 아저씨랑 밴드를 맺어서……."

"살고 싶지 않아요."

"그러냐?"

"네. 그냥 가서 죽으려고 신청했어요. 근데 아저씨가 자꾸 방해를 하니까… 어?"

난 가슴에서 끓어오르는 감정을 못 이기고 그만 세연의 멱살을 잡아들어 올린다.

이게 계속 이야기를 들어 주니까, 뭐? 그냥 가서 죽으려고 했다고! 지금 누구 앞에서… 누구 앞에서 개소리를 해 대는 거야?

"야, 너 사람 죽는 거 봤냐? 바로 앞에서! 옆에서! 뒤에서! 씹어 먹히고, 잘리고, 독에 당하고, 별의별 수단으로 죽는 거 봤냐고? 내가 이 레벨이 될 때까지 얼마나 지옥 같은 광경을 봐 왔는지 알아? 그럼에도 다들 살려고 발악하고 난리인데 죽겠다고? 죽는다고? 장난해?"

"……."

"232개의 던전을 돌 동안 아무도 안 죽은 적은 거의 없어. 탱커들은 들어가면 누군가는 꼭 죽는다고 봐야 돼. 고위 던전일수록! 상급 몬스터일수록! 더 많은 탱커가 죽지! 자살 루트로서는 최선이지만! 근데 너만 죽으면 되는 게 아니라고! 자살하고 싶으면 말이야! 그냥 혼자 던전에 들어가서 죽으라고! 같은 파티의 목숨까지 위협하지 말고! 하아… 하아……."

아, 저질렀다. 난 그대로 세연을 내팽개치고 숨을 고른다. 주위의 시선도 곱지 않았다.

젠장, 이래서야 미현 누님과의 식사도 끝장났군. 그나저나 이 녀석, 끝까지 무표정이네. 이 녀석, 사람 맞아?

나에게 내팽개쳐진 세연은 일어나더니 다시 내 얼굴을 쳐다본다. 뭐, 뭐야?

"땀, 체온, 열기."

"아, 흥분해서 그런 거야. 젠장, 미안하다. 탱커 인생 살 바엔 자살이 훨씬 낫기도 하지. 씨발!"

"뜨겁네."

그리고 내 뺨에 손을 올리는 세연.

이 녀석, 손이 꽤 차가워서 기분이 은근 좋았다. 음료수를 만지고 있어서인가, 아니면 선천적으로 냉혈증인가?

보드랍고 차가운 손에 은근히 기분이 좋았지만 주위의 시선이 또 묘해졌다. 게다가 부끄럽기도 하다.

"뭐, 뭐야? 왜? 할 말 있으면 해."

"나, 이세연. 아저씨는?"

"강철. 흔해 빠진 이름이야."

"철이 아저씨, 나 아저씨랑 다닐게. 부족한 몸이지만 잘 부탁드립니다."

어라? 뭐지, 이 녀석? 갑자기 무슨 바람이 불어서 태세를 바꾼 거야? 영문은 모르겠지만, 미현 누님의 미션을 클리어 하기만 하면 그만이지.

난 밴드 계약서를 보여 주고, 녀석의 사인을 받는다. 갑자기 사인도 흔쾌히 해 주네. 사인을 확인한 나는 이제 다시 이 녀석을 데리고 크로니클 창구로 간다.

"그럼 다시 들어가자. 밴드 계약했다는 거 크로니클 데이터에 인증해야 하니까 따라와."

"응, 아저씨."

"저기, 나 너랑 나이 차이 별로 안 나거든? 게다가 미혼이고. 그 아저씨 소리 집어치우면 안 되냐?"

"그럼 여보? 달링?"

"갑자기 허들이 높아졌어? 그냥 아저씨라고 해라."

에휴, 범죄자보단 아저씨가 훨씬 낫지. 씨발, 난 아직 21살인데 벌써 애 보기라니.

하지만 이것도 미현 누님을 위해서이니 참자, 참아. 그냥 아저씨 할게. 근데 갑자기 이 녀석 왜 이렇게 나한테 붙어 대? 아까 그 무표정에 건방지던 애 맞아?

"어머~ 잘 해결하고 왔나 보네, 강철 군. 아예 애인으로 만들어 버린 거야?"

"미현 누님까지 그런 소리를? 아니에요. 그냥 애가 멋대로 붙는 것뿐이에요. 어쨌든 자요, 밴드 신청서."

이걸로 이제 이 이세연이라는 여자애는 정식으로 내가 설립한 밴드의 일원.

서류를 접수하고, 나와 이세연의 나노 머신 문신을 등록하면 끝.

밴드에 등록하니 내 스테이터스도 변했고, 더불어 이점도 있었다. 밴드의 일원이 되면 특혜가 뭐냐면?

"아저씨, 머리 위에 뭐가 보여요."

"나도 보인다. 밴드는 이렇게 체력이랑 마력을 확인할 수 있거든. 이 이상은 네가 네 스테이터스 조작을 누르면 보여주기가 확산되니까 잘 알아 둬."

서로의 체력이 안 보이면 어떻게 힐을 하나요?라고 묻는 등신들이 있을 것 같아서 말해 둔다. 우린 실시간으로 대화하거든? 여긴 현실이거든?

자기 체력은 자신이 늘 보고, 게다가 게임에서처럼 급하게 싸우는 게 아니라 충분히 대처가 가능하다. 게다가 다쳤다 싶으면 주기도 하고 말이지.

힐러들은 기본적으로 힐 줄 대상의 체력이 보이는 스킬도 찍는다.

"일, 십, 백, 천… 으읍."

"이 멍청아! 남의 스탯은 함부로 말하는 게 아냐! 교육소에서 안 배웠냐?"

이 멍청이가 내 체력 수치를 보고서 말할 뻔했다. 이거 들키면 내가 퓨어 탱커 계열이라는 게 들킨다고! 더불어 내 아이템이나 돈 같은걸 노리는 '스캐빈저'들이 딜 계산을 하기 쉬워진다.

참고로 내 체력 수치는 58,454이다. 마력이 0이라서 모든 기술이 체력 코스트고, 퓨어 탱커 계열이라서 체력만 오질나게 높다. 젠장, 어디 보자, 그럼 네 녀석은?

이세연
체력 : 12,221/12,221 마력 : 4,500/4,500

"너 설마?"

"네? 왜요?"

너도 퓨어 탱커 계열이냐?라는 말을 가슴으로 삼키는 나였다. 저 비범한 체력 수치.

저거노트(Juggernaut)인 내가 참고로 10레벨 때 저거랑 비슷한 양의 체력이었다.

물론 당시의 내가 더 높긴 했다. 체력을 대가로 사용하는 캐릭이니까 말이다.

어째서 이런 확정적인 대답이 나올 수 있냐면, 클래스에 따라 HP 성장 공식이 기본적으로 다르지만, 크로니클은 세계 모든 적합자의 정보를 가지고 있어서 포지션의 기준을 기본적으로 정립해 놓은 데이터가 있었다.

그래서 그들은 스킬 보유 상황과 스테이터스를 분석한 결과, 퓨어 탱커 클래스의 구별 기준이 되는 것은 바로 레벨X1,000 이상의 순수 HP 성장력이라고 발표했다.

'나처럼 클래스의 이름이 생소한 경우를 대비해 짜 놓은 공식들이지. 실제로 난 공격이나 딜 스킬도 없고, 무기도 착용 불가지. 저거노트(Juggernaut), 이름만 멋있고 말이야.'

내 경우 45레벨인데 HP가 58,454인 이유는, 모든 기술 사용이 체력 코스트인 점 때문에 HP 성장력이 엄청 높고, 패시브 스킬로 HP를 증가시켰기 때문이다.

그것도 3~4개인가가 HP에 적용되는 패시브일 거다. 어쨌든 난 세연을 보면서 안타깝다고 생각한다.

'아, 갑자기 엄청 미안해진다.'

이 불쌍한 녀석, 너도 꿈이고 미래고 없는 클래스였구나!

일단 마력이 있는 걸로 보아 나랑 같은 저거노트(Juggernaut)는 아니겠고, 난 마력이 해당 없음이니까 나랑은 엄격히 다른 클래스다.

"아니, 아까는 진짜 미안했다. 오늘 점심 내가 살게. 뭐 먹을래?"

"갑자기 아저씨가 세연에게 친절해졌어요."

사람이란 참 간사하고, 마음이 금방 변하는구나.

이 녀석의 사정을 안 순간, 아까의 내 자신이 한심스러웠다. 그야 퓨어 탱커(Pure Tanker)면 얘도 나처럼 템빨이든, 스킬 조합이든 미래가 없는 거니까 자살하려 하는 기분도 이해가 된다.

난 빚까지 엄청나고, 이 망할 오벨리스크를 만든 새끼를 보겠다는 일념으로 살고 있으니까 말이다.

"후훗~ 뭔지는 몰라도 사이가 좋아져서 다행이네."

"그, 그런 게 아니라요, 그러니까 얘도 탱커라서 남 일 같지 않달까? 15레벨이나 높은 던전을 가게 될 판이니 위험하기 짝이 없죠. 이, 일단은 가 보겠습니다! 절차도 다 밟았고, 준비해야 하니까요! 야, 야! 가자!"

"어머나~ 후훗."

뭔가 장가보내는 어머니 같은 표정으로 나와 세연을 쳐다보는 미현 누님이었는데, 저는 저 애랑 그런 사이 아니에요. 차라리 부녀 사이라고 해 주세요, 라고 하기에는 그것도 위험했다.

일단 난 이 녀석을 맡은 만큼 확실히 챙길 셈이라 우선

야, 탱커 하지 마. 존나 구려 • 91

크로니클의 도구점으로 갔다.

도구점이라고 하니까 옛날 게임의 그 나무 계산대처럼 주문한 대로 물건을 준다고 생각할 테지만 전혀 다른 모습이다.

"실상은 마트랑 다를 게 없지. 아예 상표까지 냈네. 크로마켓이라니."

"이거면 오늘 밤 당신의 한 방에 그녀 뿅 갑니다?"

"그냥 평범한 근력 도핑 물약이다. 은근히 섹스어필 같은 문구로 손이 가게 만드는 습성이지. 내려놔라. 그거 우리가 먹는 거 아니다."

"우리?"

오크의 피로 만든 힘 물약 한 세트(6병) 40만 원짜리를 들었다 놨다 하면서 사람 떨리게 하고 있는 녀석이었다.

이외에도 마나 회복약이랑 체력 회복약. 누가 보면 약국 같지만, 이외에도 부츠, 침낭, 서바이벌 키트 세트, 전투 식량 등 먹고 잘 수 있는 장비가 다 있었다.

이걸 다 챙겨 가야 한다. 던전이 얼마나 넓은지 아무도 모르니까.

물론 초대형 길드는 던전 공략전에 패스파인더 클래스와 레인저 클래스를 운용해 미리 지도를 다 보고, 몬스터의 구성을 다 까발리고 갈 수 있지만, 중소규모의 길드는 그런 것 없이 자신들끼리 가야 한다.

"아저씨, 저 영상 뭐야?"

"아, 대형 길드 공략 영상이네. 쓰리 스타즈 얼라이언스 A팀의 미노타우로스 킹 공략이네."

세연이는 지금 한창 대형 화면의 레이드 영상을 구경하고 있었다. 영화 같지만 엄연히 현실.

던전 '미노타우로스의 성'이라면 엄청난 수의 미노타우로스와 보스 몹 미노타우로스 킹이 있을 것이다.

그 안에는 자그마치 10톤가량의 금, 은, 귀금속들이 있었으며, 레어 아이템이 산더미같이 있다는 완전 노다지 던전이었다. 물론 그만큼 희생도 크지만 말이다.

"저 빛 쏘는 금 삐까 갑옷 아저씨, 기분 나빠."

"아, 저거 현마네. 대한민국 최고의 힐 버퍼, 크루세이더 차현마."

절묘한 솜씨로 치명상을 입은 아군을 치유하고, 죽음의 위기를 맞은 딜러에게 유틸 스킬을 칼같이 집어넣어 살린다.

한 손으로 힐링을, 다른 한 손으로는 유틸기를 넣는 장면! 와! 2개의 주문을 동시에 시전한다고? 진짜 개사기네!

영상의 자막에서도 '마틸드마키 님의 화려한 힐과 유틸 컴비네이션!'이라고 하면서 슬로우 화면으로 죽어 가던 사람을 살리는 장면을 한 번 더 보여 준다.

개쩐다, 새끼. 근데 분명 이 녀석은 기분 나쁘다 했지?

"저 황금색 풀 플레이트 메일에 빛의 검을 든 사람 말이니?"

"응. 세연은 저 안경 아저씨 싫어."

'퓨어 탱커라서, 확실히 저런 걸 보면 기분 나쁘겠지. 그래, 맞아. 저 레이드 하나에 과연 몇십 명의 탱커가 갈려 나갔을까?'

소름 돋는다. 현마가 아무리 대단한 힐러라곤 해도 마력의 양은 한정되어 있다.

분명 저 던전 하나를 위해 수많은 탱커들의 목숨을 갈아 넣었겠지. 얘도 교육소에서 그런 이야기를 분명 들었을 것이다.

"나 진짜 저 아저씨 싫어."

"세 번이나 강조할 정도로 싫은 거야? 쩝……."

뭐, 무리도 아니다. 나나, 얘나 도저히 닿을 수 없는 경지이니 말이다.

아무리 레벨을 올려도 탱커라는 테두리를 벗어나지 못하는 불행한 클래스.

그렇다고 과학에 도움이 되기를 하나? 상업성이 있기를 하나? 오로지 몸만으로 살아가는 클래스다. 나는 고개를 흔들며 다시 준비를 지속한다.

"일단 기본 세트부터 맞추자. 식량과 식수는 개네가 줄 테니까 우린 최저한도로 챙기면 될 거야."

"나, 필요 없어."

"개소리하지 말고 챙겨. 넌 필요 없어도 다른 데 쓸데 있다고! 아저씨 말 들으렴."

"알았어, 아저씨 말 들을게."

서바이벌 키트, 침낭, 최소한의 비상식량, 물통 등등 바리바리 싸 준다.

내 건 집에 있으니까 얘 거만 챙기면 되고, 이 녀석의 기본 장비는 크로니클에서 줬을 테지만 딱 10레벨 기준의 장비라서 조금 불안하긴 했다.

'음 방탄조끼라든가, 뭐 하나도 더 걸쳐서 방어업을 시켜야 하는데.'

25레벨 던전이긴 하지만, 고블린들 개인 레벨은 14~15 정도가 오질 나게 많고, 보스 몹의 레벨 때문에 25레벨 요구지만, 어쨌든 졸들은 장비만 좀 갖춰 주면 못 버틸 정도도 아니고, 얘도 명색이 퓨어 탱커 클래스.

어떤 클래스인지는 자세히 모르지만, 일반 근접 클래스보다는 방어력과 보정이 뛰어날 거고, 방어 스킬을 찍었을 테니 버틸 순 있을 것이다.

'음, 내가 메인 탱커를 보고, 얘는 세는 거 잡으라고 하면 되겠네.'

힐도 프리스트보고 얘 위주로 봐달라고 하면 되니까 말이야. 뭐, 지금 나 정도면 고블린들의 평타는 간지러울 거니까 이 정도면 충분하겠군. 다만 문제는 돈이지. 던전이 짧길 빌어야겠군. 빨리 깨고 나와야 하는데 말이야. 아, 그놈의 돈이 원수네! 씨발! 진짜 원수야! 어쨌든 다음 일이 정해진 이상 어쩔 수 없다.

"자, 이게 네 몫. 사용법도 다 안에 있으니 가져가."

"응. 고마워, 아저씨."

"어차피 네 돈으로 산 거잖아. 고맙긴……."

"아저씨, 좋은 사람이야. 세연이가 보증할게."

"뭐, 맘대로 해라. 그럼 던전 앞에서 보자. 약속 시간 늦지 말고, 진짜 무서운 아저씨들이 쫓아간다고!"

결국 쇼핑을 마친 나는 세연에게 물건을 주었고, 이제 서로 헤어지면 될 뿐이었다.

페이즈 2-2

가출 청소년 신고는 1388.

*진짜입니다

 어쨌든 일은 구해서 그렇게 뒤돌아 떠나는데 등 뒤에서 인기척이 아직도 느껴진다.
 "야, 뭐냐?"
 "응? 아저씨 따라가."
 "아니, 너 집에 가라고, 오늘 일 끝났으니까. 위급하면 밴드 메신저를 통해서 연락하면 되니까……."
 "세연은 집이 없어. 교육소 나온 걸로 끝."
 "부모님은?"
 "없어. 다 돌아가셨어."
 즉, 갈 데도 없다는 건가? 하아~ 뭐, 흔한 일이다. 그래, 대재앙 때 고아가 되어 적합자 판정받고 크로니클 교육소에서 교육을 받고 나오는 과정은 나도 비슷하게 겪은 일.
 나의 경우는 망할 부모님이 십억 단위의 빚을 쳐 남겨 주고 가셨다는 거지만 말이지.
"남은 돈으로 찜질방에서 잠을 해결하든가?"
"나 아저씨 따라간다고 했어. 아저씨도 허락했고. 안 돼?"
"안 되는 게 당연하지. 나 젊은 아저씨라서, 너같이 귀여운 애가 같은 잠자리에 있으면 크엉! 하고 덮칠지도 몰라."
"세연이는 괜찮으니까 허락할게. 아저씨는 뜨거운 사람이라 좋아."
 무표정에 담담한 말투이면서도 은근 에로틱한 이야기라니? 뭐냐, 얘는? 안 되지, 안 돼. 나에겐 미현 누님이라는 소중한 사람이 있다고!
 그사이에 내 뺨에 다시 차가운 감촉이 느껴진다. 다시 내 뺨에 양손을 올리는 세연은 날 바라보고 있었다. 서로의 눈이 마주친다.
"안 돼?"
 졌다, 졌어. 외모가 사기인 것도 사기지만, 이 녀석의 눈동자는 뭔가 심연같이 깊고 아름다워서 내가 빨려 들어간 느낌을 받을 정도였다. 진짜! 진짜!
"어, 어쩔 수 없지. 그럼 우리 집으로 가자."
"고마워, 아저씨."

비, 비겁한 녀석. 사람 눈을 그렇게 똑바로 쳐다보면서 이야기하니, 거, 거절할 수가 없잖아.

자신의 외모를 무기로 이용하다니! 딱히 유혹에 넘어간 게 아니라고! 그러니까 그거야. 이 위태위태하고 세상 물정 모르는 애를 그냥 뒀다가 무슨 일이 생기면 미현 누님이 약속한 식사를 할 수 없게 되니까, 어쩔 수 없는 거야. 그래!

"같이 가, 아저씨."

"…파, 파, 파, 파, 파, 팔짱?"

"걸음이 너무 빨라. 아저씨, 나 못 따라가."

갑자기 팔짱을 껴 오는 세연.

뭐야, 뭐야? 애 왜 이리 적극적이야? 요즘 애들은 이런가? 아니지, 나 얘랑 5살밖에 차이 안 난다고! 비슷한 세대란 말이야. 그, 그거야, 그래. 신뢰할 수 있는 어른을 만난 덕에 안심하기 위해서 붙어 있는 거야. 저, 절대 이상한 의미는 아닐 거야. 진정해라. 진정하자, 강철.

아니, 근데 왜 이럴 땐 내 〈패시브-차가운 심장? 그거 죽은 거잖아. (M)〉가 발동 안 하는 거야? 이거 엄연히 피격이라고! 피격! 연약한 동정남 마음에 크리티컬 히트라고!

크로니클에 다녀오니 마침 점심때였다. 기왕 내가 밥을 사 주기로 했으니, 뭐 먹을까 하고 물어봤다.

내 팔에 여전히 매달려 있는데, 네가 매미냐? 뭐가 그리

좋다고 매달려 있는 건지.

주위 사람들은 우리를 훈훈한 커플이라고 생각했는지, '귀엽네', '어머나~'라고 한마디씩 던지며 지나가고 있었다. 그래서 나는 세연이를 데리고 근처 구역 도심으로 들어왔다.

"점심때인데, 뭐 먹을래?"

"세연이는 배 안 고픈데."

"너, 아침 뭐 먹었는데? 말해."

"세연이는 안 먹었어요."

뭐야, 얘는 밥을 왜 안 먹어? 하긴, 몸이 작으니까 적게 먹어도 되나? 연비가 좋네, 는 개뿔이고, 먹어야 살지.

아, 고민되네. 여자애를 데리고 밥 먹으러 다닌 적이 없어서 어디를 가야 할지 난감해졌다. 혼자라면 패스트푸드든, 삼각 김밥이든 대충 처먹으면 땡인데.

'미래한테 물어볼까? 개도 일단은 얘랑 비슷한 나이 대의 여자고, 식사 중일 테니 전화해도 되겠지.'

"아저씨, 왜요?"

"아, 잠시만. 전화 좀 할게. 점심 뭐 먹지~"

(Fuck YOU~!)

아! 미래 녀석! 컬러링도 겁나 시끄러운 걸로 쳐 해 놨어! 그러고 보니 얘랑 노래방에 가면 맨날 메탈리카니 하는 메탈 록만 쳐 부르던데. 게다가 듣자마자 욕설이 나오는 컬러링이야. 이거 오버킬이던가?

잠시 시끄러운 컬러링을 듣자 띠꺼운 듯한 미래의 목소리가 들려온다.

(뭐야, 탱 노예. 밥 먹는데 왜 전화질이야?)

"예이, 딜 고자. 너 지금 뭐 처먹냐?"

(그건 왜?)

"일단 너는 우아한 전문직 여성이라는 카테고리 안에 쳐들어가 있으니까 그냥 대답해 주세요."

(나 놀리냐? 지금 일 바빠서 삼각 김밥에 라면 처먹는다. 탱 노예, 설마 너 그거 물어보려고 나한테 전화했냐?)

연구실에 마련된 휴게실에서 컵라면을 휘휘 저으며 대답하는 게 딱 보이는군. 괜히 전화했나?

어쨌든 난 일단 솔직하게 대답했다.

"맞는데? 지금 내가 점심 메뉴 때문에 고민이야."

(헤에~ 정말 할 일이 없으셔서 전화했어? 뭐야? 혹시 혼자 밥 먹기 쓸쓸해서 전화했던 거야? 아쉽게 됐네~)

무슨 김칫국 처먹는 소리를 하는 건지 모르겠지만, 아닌 건 아니라고 대답하는 게 내 성격이다.

"아닌데. 그저 뭐랄까, 여자애랑 같이 먹을 만한 메뉴나 그런 걸 몰라서 말이야."

(뭐? 너 지금 뭐라고 했어? 여, 여자애? 그럼 지금 여자애랑 있는 거야?)

"아저씨? 저거, 파란불. 파란불!"

전화에 한눈판 날 대신해 횡단보도의 신호등이 바뀐 걸 알려 주는 세연이다.

근데 왜 굳이 전화하는 내 머리 옆에까지 다가와서 말해야 하냐고?

무표정한 얼굴로 폴짝폴짝 뛰면서 알려 주는 건 기특하고 어떤 의미로 귀엽고 소녀다운 모습이었지만! 그걸 들은 미래가 갑자기 난리를 치기 시작했다.

(아저씨? 지금 그, 그거 여자애 목소리지? 그것도 어린애 목소린데? 너, 너 설마? 탱커의 스트레스를 푼다고 씹덕후 같은 게임만 하더니, 기어코! 현실에서 사고 쳤냐?)

"개소리는 적당히 하라고. 같은 던전 들어갈 애라서 일단 밥이나 사 주려고 하는데, 여자애들은 뭘 먹는지 몰라서 전화한 거야. 근데 이제는 망할 범죄자 취급까지 하냐?"

(그렇군. 던전에 들어가서 손을 대겠다는 거군. 그리고 여자라고 뭐 대단한 거 먹을 거 같냐? 그냥 편의점이나 가서 나처럼 라면에 김밥이나 처먹어! 끊어!)

뚜… 뚜…….

왜 화를 내는 거야? 미래 이 녀석, 일 때문에 스트레스가 그렇게 심한가? 아니, 그래도 맨날 사경을 헤매는 탱커들보단 훨씬 나을 텐데 말이야.

그럼 뭘 먹을까? 음~ 근처 번화가의 건물 간판들을 보며 고민할 때 세연이가 또 내 옷깃을 당기며 날 부른다.

"아저씨, 저거."

"아이스크림? 우리 식사해야 하는데?"

"안 돼?"

뭐 안 될 건 없다. 전문점이라고는 해도 2인분이면 가격도 그렇게 안 비싸고 딱 디저트 정도다. 열량도 꽤 되니까 말이지.

근데 지금은 5월이라 아이스크림을 먹기엔 좀 이르지 않나 싶은 느낌도 들었지만, 안 먹겠다던 여자애가 택하니 나야 좋다는 생각으로 아이스크림 전문점에 들어가 내 카드를 주고 주문은 모두 세연이에게 맡긴 후 먼저 좌석에 앉았다.

'이거 먹고, 나는 가볍게 햄버거 하나 씹으면 되겠군. 식사는 그렇게 해결되었고. 자, 그럼 임무의 내용이나 복기할까?'

던전에서 모이는 날짜는 앞으로 2일 뒤.

파티 구성원은 나와 이세연으로 구성된 2탱커, 2근접 딜러, 2원거리 딜러, 1힐인가? 조합은 깔끔하군. 다만 프로 검성이 구성원에 들어가 있어서 짜증이 확 솟는다.

닌자는 군중 제어 스킬도 많고, 연막도 뿌려 주는 유틸기 많은 근딜이라 괜찮은 편이다.

'음, 닌자 녀석, 〈액티브 스킬-인법 : 바꿔치기의 술〉을 배웠으려나? 던전 닌자라면 필수 스킬인데 말이야. 그리고 프리스트 레벨이 딱 21렙, 적정 레벨 턱걸이라서 불안한데. 에휴, 힐러님이시니 없는 거보단 낫지. 호크아이는 워우, 저격 궁수라는 거네. 풀링 잘하겠고, 거너는 어떤 총기를 쓰느냐가 문제인데. 씨발, 제발 샷건이나 미니건만 쓰지 마라. 탱도 화망에 휩쓸려 겁나 짜증 나는데.'

결론은 프로 검성 하나 빼면 괜찮은 구성이었다.

아, 존나 아플 거 걱정해야겠네. 아, 맞다. 파티장! 파티장은 누구지? 씨발, 제발 프로 검성만 아니어라.

고용직 탱커인 나는 어쩔 수 없이 파티장의 오더에 따라 행동해야 하는 만큼 파티장의 클래스가 무엇인가가 가장 중요했다.

파티장 코드 네임 : FF7티파짱진짜천사/검성

씨발, 망했다. 으아아아! 씨발! 분명 이 새끼, 내가 방어력 감소 걸어 줘도 지 좆대로 프로 포크 써서 자기 데미지 폭딜 넣겠다고 날 고생시키겠네. 으아아아! 아니지, 내 패시브 이야기 안 해 줄 거니까 오늘따라 딜이 잘 나오네요. 하하하! 하면서 즐거워할 거야. 으갸아아악!

"왜 그러세요?"

"으어어어! 씨발, 개망 파티야."

어느새 주문한 아이스크림을 들고서 나타나는 세연이었다.

근데 뭔가 커? 사이즈를 보니 패밀리 사이즈라고 한다. 이렇게 많이 먹을 수 있나? 아니, 이 정도면 그냥 끼니를 때우겠는데? 열량을 생각한다면 말이야.

어쨌든 나도, 세연이도 아이스크림을 숟가락으로 퍼먹기 시작했다.

"……?"

"아, 파티 조합 분석하고 있었어. 던전 가면 대충 어떤 식으로 싸울지 계산하고 있었던 거야. 그리고 내가 겁나게 고생해야 한다는 것까지 답이 나왔고. 하아~ 하필 왜 이런 데 신청해 가지고 고생이냐."

"죄송해요, 아저씨."

"어쩔 수 없이 내가 겁나 고생해야겠지. 그래도 처음 만난 퓨어 탱커 클래스 동지이니 도와야지."

난 씨익 웃으며 세연을 바라본다. 그녀는 무언가 당황한 표정이었는데, 내가 눈치를 채서 그런 것이리라.

그리고 솔직히 퓨어 탱커라는 점은 부끄러운 일이기도 했으니까! 아, 내가 눈치가 없었구먼!

"아저씨?"

"아아~ 미안해, 미안해. 퓨어 탱커라는 점도 솔직히 말하면 엄청 부끄럽고, 슬픈 부분인데 내가 말을 잘못 꺼냈어! 정말 미안해. 이것도 간접적으로 너의 클래스에 대해 거론한 것이니 정말로 미안… 읍!"

"진정해요."

야, 야야야아아! 갸아아악! 뭐 하는 짓이야?

세연이는 자신이 먹던 스푼으로 아이스크림을 떠서 내 입에 넣어 버렸다.

도대체 무슨? 요, 요즘 여자애들은 정말 아, 알 수가 없다니까!

입에 들어온 아이스크림의 차가움과 단맛에 나는 머리가 식어 내리면서도 부끄러움에 얼굴의 체온이 올라가는 기현상을 겪고 있었다.

"맛있어요?"

"마, 맛이야 있지만! 하아~ 알았어. 이 이야기는 그만. 서로 상처만 후벼 파는 일이구만! 그래서 이거 먹은 다음엔 뭘 해야 하나? 음~ 아, 너 우리 집에 들어온다면 이것저것 구입해야겠네. 칫솔, 치약, 소, 소, 소, 소, 소, 속옷 등등 말이야. 내 건 남자용이니 먹고 나서 다 사러 가자."

"응."

[아나타노 하토니~]

아, 전화 왔다. 누구지? 딱히 나한테 이 시간에 전화할 녀석이 없는데?

 상대 길드에서 먼저 전화를 한 건가? 세연이 레벨 때문에?

 일단은 난 밴드장이니 날 통하는 게 빠를 거라 생각한 건가? 싶어서 폰을 올려 보니 익숙한 번호와 글자가 있었다.

 [지존짱짱 크루세이더 차현마 님에게 전화가 왔습니다.]

 이놈은 언제 내 스마트폰에 손댔어? 어제 술 마실 때였나? 녀석, 잠시만 줘 보라고 하더니 이런 짓을?

 어쨌든 친구이기에 안심하고 전화를 받았다.

 (강처얼! 너 이게 무슨 짓이냐?)

 "넌 또 왜 생리질이야? 대뜸 소리는 왜 질러?"

 (밴드라니! 밴드라니! 내가 널 우리 쓰리 스타즈 얼라이언스 길드에 넣으려고 얼마나 잘 대해 줬는데? 고작 어린 여자애의 꼬임에 넘어가서 밴드에 들어갔다고? 미래에게 소식을 듣고 미심쩍어서 조사하니 바로 다 나왔다! 이 배신자야!)

 아, 그 문제인가? 미친놈아, 그 밴드 내가 신청해서 내가 밴드장이야. 윤미래 그년, 나랑 통화 끝나자마자 현마에게 전화한 건가?

 하아~ 세연이 이야기는 어떻게 풀어야 할까? 머리가 지끈지끈 아파 오는 나였다.

 "배신은 무슨. 야, 조사 다시 하고 와라. 아~ 지금 받은 일감 때문에 머리 아픈데, 너까지 왜 그러냐? 밴드 리스트랑 밴드장 확인하고 와라."

(어? 크흠! 밴드장이 너고, 밴드 인원은 1명. 달랑 2명? 그럼 뭐야? 갑자기 혼자서 독립할 생각이 든 거냐? 스스로 길드라도 만들게?)

"무슨 얼어 죽을 개소리야. 길드를 내가 왜 만들어? 그럴 바엔 그냥 내가 정규직으로 어디든 가고 말지. 단순한 애보기야. 거기 레벨 정보는 안 나오지? 내 레벨 45. 그리고 밴드 인원인 애는 어제 막 교육소에서 나온 신입 10렙짜리 퓨어 탱커야."

(퓨어 탱커가 2명인 밴드라니, 무슨 망조합?)

"개씨발, 아주 대놓고 나보고 망이라 하는구나! 하긴, 75렙 대한민국 최강 힐러, 버퍼, 유틸 세 포지션을 소화할 수 있는 '크루세이더' 차현마 님이 그렇게 말하니 내가 할 말이 없다."

아니, 저 녀석 정도면 세계 최강급이라고 해도 손색이 없겠군.

이 살아남기 힘든 '적합자' 세계의 랭킹으로 보자면 저놈은 10위권 안에 들어가는 초특급이다.

포지션이 좋은 만큼 상위 던전을 마구 쓸어버릴 수 있고, 또 길드 연합 노선을 통해 희귀 던전, 영웅 던전도 가서 엄청난 양의 경험치를 먹으니 성장도 빠르다.

난 천천히 미현 누님의 부탁을 들어주기 위해서 세연이라는 애를 돌본다는 이야기를 한다.

(과연, 미현 누님의 부탁이었던 건가? 의심해서 미안하군.)

"이 던전만 돌고 밴드 해체하면 그만이야. 다음부터는 이런 실수 하지 않도록 교육도 탄탄히 시킬 거야."

(흠~ 뭐, 아무쪼록 조심하도록 해라. 요 근래 중소 길드의 '스캐빈저(Scavenger)'들이 난리를 치는 사건이 많다고 들었으니 조심해라.)

"어, 그놈들이야 항상 조심해야지."

'스캐빈저(Scavenger)'. 시체를 먹고사는 청소부 생물이 그 어원이며, 주로 하는 짓은 같은 적합자를 뒤통수치기, 사기, 협박 등등, 그것을 통해 먹고사는 자식들이다.

주로 던전 클리어 직전에 힐을 끊는다거나 멀쩡히 탱이나 딜을 하던 녀석을 공격해 아이템을 강탈하고, 보스 경험치까지 독식하는 등 어쨌든 미친 새끼들이다.

특히 주로 범죄의 대상이 되는 건 공격 스킬이 많이 약하고 몸만 좋은 탱커들이다.

지금 사회 환경 때문에 탱커들은 중 레벨까지 성장하는 경우가 매우 드물고, 저항할 수 있는 스킬이 약해서 물약만 든든히 챙기면 여느 몬스터보다 쉬운 상대라고, 그 새끼들은 말한다.

PVP 스킬만 찍고 아예 전문적으로 적합자만 털어 대는 전문 스캐빈저도 있다. 스테이터스를 숨겨야 하는 가장 중요한 이유가 이 새끼들 때문이다.

"아, 너 스캐빈저에 대해 아냐?"

"그거 교육받았어요. 완전 나쁜 사람!"

"좋았어, 바로 그거야. 그리고 우리 퓨어 탱커의 천적이지. 뭐, 크로니클에서도 심각하게 여겨서 헌터들을 양성해 잡아 대고 있으니까 요즘은 좀 나은 편이야. 여기 나노 머신 문신으로 바로 크로니클에 바로 신고도 할 수 있으니……."

즉, 우리 같은 퓨어 탱커는 스캐빈저를 만나자마자 크로니클에 신고한 다음, 방어 스킬과 생존 스킬을 모조리 써서 헌터님들이 오실 때까지 승리하는 게 스캐빈저에게 대항할 방법이라는 것.

싸워서 잡을 수가 없으니 이런 방어적인 저항밖에 하질 못 하는 게 탱커의 현실이다.

'만만하니까 건들지. 씨발, 딜러들은 스캐빈저들이 잘 노리지도 않는데.'

딜러를 노리다가 주머니나 돈 좀 털자고 팔이나 손 날아가면 그게 더 손해다.

반면 공격력이 아주 부실한 탱커들은 그럴 걱정도 없어서 마구잡이로 털리는 말 그대로 초식동물이다.

그래도 던전에서는 그 역할이 필요하기에 크로니클에서 돈 써 가며 헌터들을 만들어 스캐빈저들을 잡으러 다니는 거고 말이다.

말마따나 탱커가 없어지면 던전이 굴러가질 않는다.

던전이 굴러가지 않으면 막대한 이익이 있는 보물산을 두고도 손가락만 빨 수밖에 없다.

'그럼 길드에서 가장 만만한 근딜 새끼들부터 강제로 탱 시키겠지. 끼히히히히. 당연히 방어 스킬 하나 없는 근딜들로는 효율 개똥망일 테고, 힐러랑 딜러만으로는 던전을 못 가니 갑갑해지고 이익이 없어질 테고.'

그래서 현마가 아예 날 정규직 탱커로 고용하려는 건데, 정규직 탱커는 과도한 업무 때문에 싫다! 진짜 싫다! 자유도 없고 말이야.

어쨌든 던전의 이익이 존재하는 한 탱커들은 필요할 것이다. 지금도 던전은 계속 튀어나오고 있으니 말이다. 뭐, 상상은 여기까지로 하고, 움직이자.

"진짜 한 사람 살림을 새로 다 구하려니 겁나 많네! 칫솔, 치약, 슬리퍼, 수저, 수건. 아, 그러고 보니 그 원룸에서 둘이 살아야 하네."

원래 2명까지는 살 수 있었고, 나 말고도 다른 집에서 여자를 들이는 경우도 많았으니까 밤중에 떡방아 찧는 소리만 없으면 크게 상관없겠지.

세연이 애를 침대에서 재우고, 난 소파에서 자야겠군.
 어쨌든 마트에 와서 한창 물건들을 카트에 담으며 쇼핑 전쟁을 하고 있는데……
 "아저씨."
 "왜에? 빨리 골라. 과자는 안 돼."
 "어느 색이 좋아?"
 "뭐? 그, 그걸 왜 나한테 물어?"
 팬티와 브라 세트가 담긴 상자 3개를 들고 와 나에게 색깔을 묻고 있었다.
 왼쪽부터 분홍, 연보라, 백색. 아, 아니, 왜 그걸 나에게 묻는 거야? 으아아! 주변의 시선이 부끄러워!
 지금은 시간대가 한창 점심때이니 마트에 있는 건 대부분 아줌마들이었다.
 "어머머, 남사스러워라."
 "세상에, 요즘 젊은 것들은."
 "게다가 여자애는 아직 미성년으로 보이는데. 세상에!"
 난 무심결에 세 상자 다 카트에 집어넣어 버린다. 그러자 녀석은 여전히 무감정한 표정으로 몸을 살짝 꼬면서 나에게 마무리 일격을 날린다.
 "변태."
 "아, 아니! 그러니까 이건! 아니, 거기 아주머님들? 저, 얘랑 그런 사이가 아니라? 으갸아아악!"

결국 난 그날 여자와의 쇼핑은 엄청나게 피곤한 일이라는 걸 깨달으며 마트에서 2시간이나 보냈고, 경비에게 끌려가 자초지종을 설명하고 나서 내 맨션에 돌아오니 완벽한 저녁이 되었다. 저녁때가 되니 식사를 해야 했다.

"짐 정리부터 하자. 자, 네 물건들 포장 다 뜯고, 쓰레기 모아. 난 내 물건들부터 치울게."

"네."

남자 혼자 사는 원룸의 풍경? 당연히 개판이지.

우선 난 아무렇게나 널브러진 내 옷가지들부터 치우고, 구석에 쌓여 있는 미연시 게임 패키지들부터 정리한다. 아니지, 아예 대놓고 보여 줘서 귀여운 반응을 볼까? 싶던 찰나… 녀석은 자신의 옷을 넣으려고 내 장롱을 열어 댄다. 아, 거기엔?

"오? 아저씨, 이런 게 취향?"

"단순한 베개 커버고, 특전품으로 온 거다."

"엄청 많아. 와, 게다가 다 벗고 있어."

"크으윽! 아니, 그건!"

"아저씨? 오타쿠?"

게임 부록으로 받은, 거의 반쯤 벗은 여자 캐릭터들이 그려진 다키마쿠라를 태연하게 뒤적이는 세연.

반응이 예상외로 심심했지만, 나는 쪽팔렸다. 크윽! 어제 미래가 왔을 때 태웠어야 했는데! 대놓고 오타쿠라고 하다니! 너무하잖아.

"아냐! 그러니까 뭐, 예전엔 게임이나 애니 같은 거 좋아하긴 했었지만, 지금 이건 탱커 일로 받은 스트레스를 해소하기 위해 하는 거라고! 뭐랄까? 비현실적일 정도로 상냥하고 달달한 분위기인 게 이 미연시인데, 날카로워진 신경을 푸는 데 제격이랄까? 어쨌든 그러니까 난!"

"오타쿠 아저씨."

"에휴, 그래, 난 오타쿠 아저씨다. 씨발! 일단 옷 갈아입을 거니까 화장실에 있어라."

"보면 안 돼?"

"안 돼!"

"내 거 보여 줄게."

애가 못하는 소리가 없어. 무표정으로 엄청난 소리를 해대는구먼! 꿀꺽, 지, 지금 나 침 넘어갔나? 유혹하는 거야? 하지만 이 강철, 너 같은 어린애는 취향이 아니다! 미현 누님이었다면 엎드려 절하면서 '감사합니다!'라고 말하며 눈물을 흘렸겠지만.

"필요 없으니까 화장실 가서 너도 옷 갈아입어. 잠옷 사 왔잖아."

"예, 아저씨."

그제야 순순히 들어가는 세연.

도대체 뭐야? 왜 저러는 거지? 진짜로 유혹하는 건가?

아니면 폐를 끼친 것에 대한 대가?

분명 교육소에서도 탱커 지망이었다고 차별을 받았을 테니 괴롭힘도 있었겠지만, 자세한 내막을 모르는 나는 저 소녀의 호의가 어떤 의미를 지니고 있는지 읽어 낼 수가 없었다.

"하아~ 여자애 마음은 하나도 모르겠네. 컴퓨터나 해야지. 아, 맞다. 경매장이나 들어가 봐야지."

딱히 살 물건은 없지만 아이쇼핑이라고 할까?

크로니클 공식 경매장에서는 세계 각지에서 구한 마법물품, 장비, 아이템 등을 구입할 수 있었다.

무기를 낄 수 없는 나에게 있어 뭐, 무기들은 그냥 그림의 떡이지만, 가끔 혹시나~ 하는 심정으로 내가 가진 클래스가 낄 수 있는 특수 무기가 없나? 하고 보기도 한다.

"뭐 봐요?"

"아, 크로니클 공식 경매장. 하하하. 뭐, 그냥 보면서 만족하는 거지. 하아~ 우리 같은 퓨어 탱커야 그림의 떡이지만 말이지."

"저, 검색해 봐도 돼요?"

음? 검색이라……. 뭐, 아이쇼핑한다는데 상관은 없으리라.

나는 TV를 튼 다음 뉴스를 보면서 다른 적합자들의 소식을 본다.

던전 공략과 그 수익에 대한 소식이 많았고, 몇몇 상위 적합자들은 TV 예능이나 방송에 나와서 일반 사람들에게 친근감을 주려고 노력하고 있었다.

물론 그중 탱커는 한 명도 없었고, 탱커에 대한 언급도 하질 않았다.

"뭐, 당연하지. 방송사 사람들이 맨날 깨지고, 다치고, 죽네 사네 하면서 난리 치는 탱커 따위를 보여 줄 리가 없지."

"탱커, 힘들어요?"

"교육소에서 그런 이야기는 안 해 줬나 보네. 기회가 되었으니 말하는데, 나처럼 3년 넘게 살아 있는 탱커는 극히 드물고, 대부분 2년 안에 죽어 버리는 게 보통이라고! 죽는 이유도 다양해! 몬스터에게 죽거나, 힐러가 힐을 끊어서 죽거나, 스캐빈저에게 당해서 죽거나! 불구가 되어 적합자를 그만둬서 술 처먹다 죽거나!"

어디 레벨 업이라는 게 쉬운 일도 아니고 말이지.

탱커로 3년째 살아남은 내가 45레벨이다. 근데 힐러인 차현마는 나랑 같은 날 적합자로 각성했는데 지금 75레벨에 월드 랭커다. 클래스에 따른 극단적인 선호도 차이 때문에 벌어진 결과다.

"그래도 난 운이 좋은 게 적합자가 되자마자 1레벨일 때 옆에 딱! 하고 힐러랑 딜러가 함께해서 20레벨까지는 무난히 살아남았고, 그 이후 힐러였던 현마는 정부에 끌려

가고, 딜러인 미래는 기업 연구소에 팔려 가고, 나는? 탱커 새끼라 그냥 던전만 존나게 꼴아박고 다니며 이 모양이고!"

"자신의 처지가 원망스러워요?"

"쩝, 그 정도까진 아니지. 그때, 내가 적합자가 아니었으면, 탱커가 아니었으면 현마도, 미래도 죽었을 테니까. 또 퓨어 탱커 클래스여서 살아남은 던전도 좀 있고. 뭐, 이미 되어 버린 걸 어떻게 되돌릴 수도 없잖아? 아니지, 되돌아가서 클래스가 바뀐다고 해도 그 '대재앙'에서는 못 살아남았을 거니까… 되돌리면 안 되지. 암~"

탱커로서 다른 건 몰라도 친구를 지킨 일만큼은 잘했다는 자부심 정도는 남아 있다.

이젠 내가 보호를 받아야 할 입장이 되어 버린 거랑, 빚이 많이 남은 거랑, 고생길이 훤한 거랑. 불만 천지구만~

"뭐냐? 넌 또 왜 남의 머리는 쓰다듬고 있어? 야, 아직 머리 안 감았어. 기름져~"

"나 아저씨 따라오길 잘한 것 같아요."

아니, 왜 멋대로 내 머리를 쓰다듬는 건데? 네가 내 엄마냐?

하지만 왠지 싫지는 않다. 오늘 만난 녀석인데 왜 이렇게 친근하고, 왜 나를 이렇게 친하게 대하는 건지.

역시 얘도 내가 퓨어 탱커라는 걸 눈치채고 동질감을 느껴서 그런 걸 수도. 아, 그렇군. 초식 동물끼리는 서로 해가 안 되니 공생하는 뭐, 그런 느낌인가?

"맘대로 해라. 난 여기 소파에서 TV 좀 보다가 잘 테니, 컴퓨터를 하든, 뭘 하든 하고 싶은 대로 하고 침대에서 자라. 당장 낼모레, 아니지, 이미 저녁이니 하루만 지나면 지옥으로 가야 하니까 말이야."

"아저씨는 내 클래스 안 궁금해요?"

"전혀~ 네 체력만 봐도 견적 다 나오거든? 뭐냐? 그럼 갑작스럽게 히든 클래스니 뭐니 하는 개잡소리 같은 거 하려고?"

"그러면요?"

"하하, 농담도 참 재미없게 한다. 너 어제까지 교육소에 있었다며. 그럼 크로니클에 데이터 다 있었을 텐데, 널 그냥 버려둘 리가 없지. 에휴, 야 컴퓨터 안 하면 내가 한다. 야겜 해야지. 아, 어제 미래 때문에 못 깬 미유키 짱 루트나 해야겠다."

"그것보다 침대에서 함께하는 세연 짱 루트를 추천합니다. 세연 짱이 미유키 짱보다 귀엽다능."

이 녀석, 음의 고저 없는 목소리로 무슨 소릴 하는 거야? 그것보다 방금 이야기하는 동안 내 컴퓨터를 뒤졌어? 아, 아니지, 스마트폰 게임에 과금할 정도의 게임 지식이 있으니까! 미연시의 존재를 아는 것도 무리가 아니다. 그, 그나저나 세연 짱? 꿀꺽, 나도 모르게 내 뇌 속의 미연시 회로 필터링을 거치니까 가, 갑자기 이 무표정한 아이가 심하게 귀여워 보인다. 게다가 치, 침대라니!

"시, 시끄러워! 놀리면 혼자 놀아!"

"두근거리던 아저씨 변태."

"네가 더 변태거든? 그런 식으로 놀리다가 진짜 크게 당한다고~ 스캐빈저 자식들은 인신매매도 서슴지 않거든?"

이건 정말로 어른으로서 걱정하는 거다. 오해할 발언이나 행동은 자제해라, 좀!

"그러면서 미성년자 앞에서 야겜을 당당히 하시네요, 아저씨."

"나 정신 병원 가면 네가 책임질 거냐? 탱커들 스트레스 심하다는 말은 들었잖아. 탱커들은 각기 다른 스트레스 해소법을 가지고 있고, 난 이게 스트레스 해소법이라는 거야."

특히 병원은 아주 질색이다! 죽어도 안 가! 차라리 뒈질 거야! 병원 갈 바엔 비싼 돈 주고 포션을 사 마신다.

"그러니 '리얼 타임 3D 미소녀 연애 시뮬레이션 세연 짱과의 러브 홀릭'을 플레이하시는 건?"

"히로인도 한 명뿐이고, 세이브 로드도 없고, 전 연령 소프트는 관심 없다! 루트 플레이 시간이 너무 길어서 패스한다."

이 녀석을 알게 된 지 겨우 반나절인데 너무 익숙하다.

보통 이렇게 노골적으로 친근하게 대하려는 건 목적이 있어서일 테지만, 다음 날도 그저 녀석과 친구처럼 대화하면서 하루를 보낼 뿐이고, 던전에 대한 주의점을 내가 일방적으로 교육해 주는 정도였다.

물론 육체적인 관계라든가, 그런 건 일절 없이 잠잘 때는 난 소파, 녀석은 침대를 고수한다.

그렇게 시간이 지나, 드디어 파티 플레이를 하기로 한 날이 찾아왔다.

파티의 날 아침.

[오빠~ 일어나! 오빠야! 일어나! 아침이야!]

내 귀를 간지럽히는 활달하고 귀여운 소녀의 음성. 내 아침 알람 소리다.

현재 시간, 오전 7시. 드디어 오늘 파티로 던전에 들어가는 날이었다.

나는 일어나서 기지개를 한번 쫙 편다. 으하아암~! 약간 뻐근한 허리를 펴 주면서, 역시 소파는 잠을 자기엔 안 좋다는 생각을 한다.

"일어났어요?"

"으음? 아, 넌 빨리 일어났네. 으으, 난 아침에 약해서~ 밥 먹어야지?"

"전 됐어요. 토스트 해 놨으니 드시면 돼요."

오, 뭐야? 이거, 냄새를 맡아 보니 그럴싸한 빵과 버터의 향기가 내 코를 간지럽힌다.

식탁에 있는 것은 계란과 토스트. 마요네즈와 케첩은 취향대로 고르라는 듯 용기째 있다.

간단하지만 그래도 정성이 어디냐? 헤에~ 토스트에 설탕을 뿌려 놨나? 음, 그래, 역시 탱커는 당분이 가장 중요하지. 토스트에 계란을 올려서 덥석 무는데…….

'……! 짜? 소금을 뿌렸냐? 크윽! 엄청 짜!'

"응? 아저씨, 맛이 이상해요?"

"하하하! 아, 아냐! 목에 좀 걸려서. 우유 좀 갖다 줄래?"

그, 그래, 설탕이랑 소금 정도는 착각할 수도 있지.

아침을 차려 준 정성을 생각해서라도, 그리고 오늘 같이 던전에 가야 하는 만큼 사소한 감정적 트러블은 만들면 안 좋으니, 난 우유를 마시는 동시에 그 소금 덩어리 토스트를 넘겨 버린다.

으아~ 좀 있으면 속에서 난리 나겠네.

"아~ 잘 먹었다. 맛있었다."

"……."

"왜, 뭐 문제 있어? 자자, 멍 때리지 말고. 오늘 던전 가는 날이니, 준비하고 가자."

먼저 가야 할 곳은 크로니클. 쓰리 스타즈 얼라이언스 길

가출 청소년 신고는 1388. *진짜입니다 • 123

드에 맡겨 수리가 된 내 방패와 방어구가 와 있을 것이다.

그것을 수령하고, 택시를 타고서 도시 외곽 지역에 있는 집결소로 향한 다음 파티 일행들과 만나 던전에 가면 끝.

"배낭 잘 챙겨. 운 없으면 며칠 던전에 있을지도 모르니까 말이야."

"예."

"식량과 물은 그 녀석도 줄 테지만, 우선 며칠간은 개들이 주는 건 먹지 말고 우리 걸로 해결해. 이 파티 녀석들이 스캐빈저일 가능성이 있으니까."

상대에 닌자 클래스가 있으니 물과 식량에 독이 타져 있을 가능성도 다분하다.

물론 나야 어느 정도 독에 대한 저항을 올려 주는 패시브가 찍혀 있지만, 애는 이제 처음 파티로 던전에 들어가니 백방 독에 대한 저항이 있을 리 없다고 생각해서 알려 준 것이다.

버스를 타고 크로니클에 도착한 나와 이세연.

내 창구로 가 방패와 방어구를 받는다. 크로니클 초기 장비라서 그리 대단한 물건은 아니지만, 근 3년간 내 목숨을 지켜 준 소중한 물건이었다.

물론 옵션은 완전 똥에 부가 옵션은 없는 물건이었다. 스테이터스를 보면 한숨밖에 안 나오는 구성이다.

> 무기 : 없음
>
> 방패 : 크로니클 초보자용 버클러 (방어력 +5)
>
> 머리 : 크로니클 초보자용 투구 (방어력 +5)
>
> 상의 : 크로니클 초보자용 가죽 갑옷 (방어력 +5)
>
> 하의 : 크로니클 초보자용 가죽 바지 (방어력 +5)
>
> 허리 : 크로니클 초보자용 가죽 벨트 (방어력 +4)
>
> 손 : 크로니클 초보자용 가죽 장갑 (방어력 +3)
>
> 발 : 크로니클 초보자용 가죽 부츠 (방어력 +3)
>
> 손가락 : 없음
>
> 목 : 없음
>
> 장신구 : 없음

마법 반지나 마법 목걸이는 바라지도 못하는 빈곤한 처지.

45레벨이면 나름 중 레벨 수준이고, 딜러가 45레벨이면 이미 마법 물품으로 희귀급이나, 운이 좋으면 영웅급 아이템을 한두 개 차고 있을 때지만, 빚더미에 시달리는 탱커인 나는 그런 거 없다.

그래도 나름 크로니클 디자이너의 실력은 우수한지 특수부대 군복 같은 느낌이라 멋은 있는 편이었다.

"아, 초보다."

"또 어디 신입인가?"

"바보야! 너희가 더 초보다! 저분 3년째 탱커로 일하고 있는 쇠돌이 님이라고!"

"헤에~ 3년이나 탱커를 했으면 돈도 꽤 벌었을 텐데, 왜 아직도 저런 거 입고 있대?"

"빚을 크게 져서 빚 갚느라 바쁘다는데?"

"불쌍하구만~"

탱커 일을 한 지 3년. 이제 나름 인지도가 생겨 이런 게 귀찮다. 나라고 좋아서 초기 장비를 끼고 일하는 줄 아나? 에휴, 빚이 원수지.

더구나 무기도 안 껴지는 똥클래스라서 미안하네요.

무장을 하고 나온 나는 곧장 세연이와 합류한다. 녀석은 여성 탈의실에서 옷을 갈아입고 나왔는데…….

"아저씨랑 커플룩."

"아니, 이건 그냥 크로니클 초기 무장이라 같은 디자인인 건 어쩔 수 없다고! 그나저나 너, 방패 없어?"

내 눈앞의 세연이가 나와 같은 디자인의 가죽 갑옷을 입고 있는 거야 둘째로 치고, 나는 탱커라는 게 확 티 나는 강철 버클러를 팔에 끼고 있는데 세연이는 자기 키보다 더 큰 대검을 등에 메고 있었다. 에? 이거 어떻게 된 거?

내가 의아해하며 바라보는데 세연이는 자신의 스테이터

스를 불러 특정 창을 드래그하더니 나에게 보내 준다.

〈클래스 고유 패시브-망각된 본능〉
설명 : 방패를 못 씁니다.
스킬 보유자 : 코드 네임 모드레드 님

"세연이는 이거 때문에 방패 못 껴요."

너도 나만큼 진짜 좆망한 클래스구나. 퓨어 탱커면서 방패를 못 끼다니. 게다가 코드 네임이 모드레드라니, 왜 하필 그런 불안한 이름을 모티브로 지은 거야? 쇠돌이인 나보단 멋있으니까 일단 내가 할 말은 아니군. 그나저나 무슨 클래스길래 방패를 못 끼냐? 에휴~

"뭐, 클래스 부분은 나도 어떻게 할 수 없으니 오늘은 살아남는 거만 생각하자. 어서 가자. 나가선 택시를 탈 거야."

"저, 이건 어떻게 해요?"

약 1.8미터 정도 길이의 대검을 어떻게 하냐고 묻는 세연이.

얘, 교육소 안 들어갔다 왔나?

나는 시범 삼아 스테이터스창에 존재하는 인벤토리를 열어 내 버클러를 거기에 집어넣는 것을 보여 준다.

참고로 챙겨 온 생필품과 식량, 물도 다 여기에 들어 있다. 어떤 원리인지는 모르지만 말이지.

"편한 기능."

"편하긴 한데, 편하다고 막 넣다간 무게 때문에 페널티가 생기니까 가서는 짐을 다 빼놓고 가야 해. 소재도 챙겨야 하니까."

"알았어요, 아저씨."

나노 머신 디바이스의 인벤토리.

사용자의 근력에 비례해 넣을 수 있는 물건의 개수와 무게가 정해지며, 일정 이상 넣어 무게가 늘어날 시 근력, 체력, 방어 행동, 이동 속도에 페널티가 와장창 주어진다.

지금이야 빈 몸이라서 문제가 없지만, 던전에 들어가면 온갖 소재, 광석, 떨어지는 장비까지 다 챙겨야 하니 편하다고 막 써선 안 되는 기능이다.

어쨌든 준비를 마친 나와 세연이는 집합 장소로 가기 위해서 크로니클 앞에 대기하고 있는 택시를 탄다. 이제야 실전이군.

나는 기사 아저씨에게 행선지를 알려 준다.

"택시, 시외 파티 대기소에 좀 가 주세요."

"예이. 오늘 던전에 들어가시나?"

"예. 늘 가는 거기죠."

"가면 못 오는 사람도 많던데. 에휴, 조심혀."

페이즈 2-3

사람의 마음엔 늑대 2마리가 있다.

하나는 선, 하나는 악

시외 파티 대기소.

이곳은 안전한 인류의 영역권과 적합자만이 갈 수 있는 던전과 몬스터 영역권의 경계.

수많은 사람들이 각자 예약한 파티원들을 찾아 합류한 다음, 던전으로 하나둘 이동하고 있었다.

나와 세연이도 택시에서 내려 대기소로 들어가 일행을 찾는다. 보자, 파티장 코드 네임이 'FF7티파짱진짜천사'였나?

"음, 보자, 일행들이? 아, 저기 있군."

〈쇠돌이, 모드레드 님을 찾습니다.〉라는 팻말을 들고 기다리고 있는 모습은 오벨리스크의 기술을 분석해서 사용하는 첨단 시대에 어울리지 않았지만, 이곳의 시설이 안 좋으니 어쩔 수 없는 일이었다.

 어쨌든 나와 세연이는 '슈퍼파월'인가 하는 길드의 사람들을 보았다. 각자 무장을 하고 있는 남성 4인조로, 우리의 모습을 보자마자…….

 "뭐야, 크로니클에서 지급한 초보 세트? 장난하냐능?"
 "엑? 사람 제대로 받은 거 맞아?"
 "음, 이거 참~"

 무례한 말부터 한다. 뭐, 이해하지 못하는 건 아니지만, 그래도 확인도 안 하고 무례한 말을 대뜸 해 나는 한숨을 내쉬며 내 스테이터스창을 보여 준다.

 클래스는 노이징이 되어 있어서 알아보지 못하지만, 레벨을 본 순간 반응이 확 달라진다.

 "레, 레벨 45? 탱, 탱커 맞냐능?"
 "방패를 쳐 드는 직업이 그럼 씨발, 탱밖에 더 있냐?"
 "크, 크루세이더도 방패 든다능!"
 "레벨이 레벨이니까, 25레벨 적정인 고블린 던전 탱 할 정도는 되니 안심하시죠."

 난 그렇게 말하며 4명의 모습을 한번 훑어본다.

 우선 내 앞에서 지금 오덕스러운 말투를 구사하는 녀석은 머리에 무스를 몇 개나 썼는지 모를 괴랄한 금색 폭탄 머리에 등에는 양손 검을 메고 있었다.

 이 녀석은 검성이군. 인사하는 척하면서 옆을 돌아본다.

"코드네임 '블랙앤슈터'입니다. 거너고, 스나이퍼 라이플을 씁니다."

"코드네임 '뒤통수를바라보는눈'입니다. 호크아이고, 석궁을 씁니다."

'음, 거너는 다행히도 스나이퍼 라이플이군. 휴, 피탄 걱정은 덜었군. 호크아이는 뭐 원래 좋은 클래스이니 상관없네.'

등에 멘 활과 총. 근데 둘 다 같은 방어구 계열을 입는지 검은 타이즈 같은 것에 망토를 입고 있었다.

분명 둘 다 민첩 계열 직업이라 국민 세트 같은 걸 입고 있는 것 같다.

눈만 나온 차림이라서 무기를 빼면 구별이 힘들 것 같다.

온라인 게임 언어로 말하자면, 교복? 그다음 남은 멤버는, 보자, 닌자랑 힐러인가?

"반갑소. 닌자 클래스의 '센조'요."

"하하하, 프리스트 클래스의 '안데르셍'입니다."

"프리… 스트?"

닌자 클래스야 뭐, 누가 봐도 닌자 같은 복장을 하고 있으니 확연히 알아보겠고, 프리스트의 모습을 보고 난 뿜을 수밖에 없었다.

허리엔 목탁, 몸에는 회색 가사를 걸치고 있는 놈을 누가 프리스트라고 생각해? 스님이라고! 스님이잖아! 스님 같은 차림의 그 사람은 날 보며 머리를 긁적이며 대답한다.

"허허허, 모습은 이래도, 이 목탁이랑 가사 전부 영웅급 아이템입니다. 이 목탁은 마력 재생 능력이 추가로 붙어 있고, 이 가사는 힐량을 증폭시켜 주는 옵션이 추가되어 있지요."

"오, 과연? 역시 힐러라서 길드에서 빵빵하게 밀어주나 보네."

"저야말로 고 레벨 탱커님이 들어오셔서 든든합니다. 레벨 차이가 이 정도면 초기 장비든, 뭐든 상관이 없겠군요."

"수리비도 장난 아니니까 말이지. 하아~"

헤에~ 20레벨대 영웅 등급, 그것도 힐러템이면, 보자, 저 가사랑 목탁을 합치면 1,000만 원은 너끈할 텐데? 음, 그렇다면 힐은 든든하겠군. 세연이 피 빠지는 거만 신경 써 달라고 하면 편하게 돌겠구만~

"아저씨."

"어? 왜, 세연아?"

나에게 귓속말로 전해 주는 세연.

뭔데? 들으려는 순간, 스님 복장의 프리스트가 붙어 있는 우리 둘을 보면서 미소 지으며 말한다.

다른 세 녀석은 무언가 부럽다는 느낌으로 바라본다. 하긴, 무표정하고, 무감정한 얼굴만 빼면 이목구비 단정하고 귀여운 미소녀이니 친하게 지내는 모습이 부럽기도 하겠지.

"흐음~ 애인인 겁니까? 이거 참, 보기 드문 탱커 커플이군요. 애인분, 레벨이?"

"10이야. 아, 알아, 알아. 나도 미친 게 아닌가 싶다. 그리고 애인 아니야. 그냥 우리 밴드의 신입인데, 이 바보 같은 녀석이 멋대로 레벨이 높은 파티에 신청해 버렸어. 그래 놓곤 선금도 금방 써 버렸고. 이 파티에 남은 자리는 탱커뿐이라서 내가 보모로 끌려온 셈이야. 젠장! 내가 여기 와야 할 짬이 아닌데!"

"그렇군요."

난 일부러 과도하게 오버하는 식으로 불평을 해 댄다. 그래야 세연의 입장이 난처해지지 않기 때문이다.

그리고 레벨도 원래 크로니클의 시스템 때문에 요건만 갖추면 신청이 되는 거라 굳이 밝힐 필요가 없었지만, 완전 저 레벨인 세연은 편의를 봐 주어야 하기에 어쩔 수 없는 일이었다.

가장 중요한 건 세연의 레벨을 트집 잡아서 보수를 깎든가 하는 경우를 방지하기 위한 장치다. 내 레벨을 밝힌 것 또한 세연을 보호하기 위한 장치인 셈이다.

"그, 그럼 파티장으로서 잘 부탁한다능! 쇠돌이 님하!"

"예, 잘 부탁합니다. 근데 검성님의 이름이 좀 부르기 힘든데요? 'FF7티파짱진짜천사'라니요."

"그럼 클라우드 님이라고 부르라능!"

사람의 마음엔 늑대 2마리가 있다. 하나는 선, 하나는 악

"아, 예, 클라우드 님."

나보다 작은 키에 뱃살이 나온 못난이 오타쿠 같은 새끼가 어딜?

FF7은 직접 해 보진 않았지만 다른 매체로 알고 있는 나로선 납득할 수 없는 폭거였다.

게다가 그 머리 스타일, 코스프레하려고 한 거냐?라고 반박해 주고 싶지만, 어쨌든 놈은 파티장이다. 나중에 보수 등에 문제가 생길 수 있기 때문에 나는 결국 거기에 굴한다.

"우하하하! 님, 뭘 좀 아는 탱커라능? 괜히 45레벨이 아니라능!"

"뭐, 그렇죠. 그럼 이제 출발하는 겁니까?"

"그렇다능, 출발한다능! 따라오라능! 던전은 여기서 3시간만 걸으면 된다능!"

군소 길드인지라 역시나 차량 같은 거 없이 걸어가는구나.

쓰리 스타즈 얼라이언스 길드에서는 전용 장갑 트레일러까지 있어서 왕복이 개편했는데, 시작부터 강행군이군. 나야 익숙해져 있지만, 그렇다고 세연이를 걱정할 필요는 없겠구나. 얘도 퓨어 탱커니까 체력은 상당하겠지.

"아저씨, 왜?"

"아냐. 근데 너 방패 없이 탱이 될까? 그게 걱정이다."

"나, 괜찮아."

그 근거 없는 자신감은 어디서 나오는 건지. 하아~ 던전에 들어가면 분명 생각이 바뀔 텐데.

어쨌든 우리 파티는 이제 다 모였으니 본격적으로 던전을 향한 이동을 시작했다. 피난소에서 나오자, 폐허가 된 도시의 풍경이 보인다.

다 부서진 빌딩, 찌그러진 차량, 금이 간 아스팔트. 인기척 하나 없는 살풍경이었다. 그리고 건물 사이사이로 가끔씩 얼굴을 보이는 임프와 같은 최하급 몬스터들은 우리를 피해서 도망 다닌다.

특히 내 눈을 바라보자마자 혼비백산하고 가는 걸 보면 몬스터들도 레벨에 대한 개념은 있는 것 같았다.

이동 중 지루함을 달래기 위해 파티원들은 각각 이야기를 하기 시작했다.

세연은 내 옆에 찰싹 들러붙어서 입을 꾹 다물고 있었고, 다른 파티원들은 자기들끼리 이야기하는 중이었다.

파티장인 'FF7티파짱진짜천사'라는 코드 네임을 쓰는 코스프레 패션 오타쿠 검성은 세연의 반대편으로 와서 나에게 말을 건다.

"그런데 쇠돌이 님하."

"예이, 클라우드 님."

"프로보크를 막 써도 되겠삼? 렙 차이 나니까 상관없겠징?"

사람의 마음엔 늑대 2마리가 있다. 하나는 선, 하나는 악 · 137

"저한테 붙은 건 상관없고, 얘한테 붙은 몹에는 쓰지 마세요. 그리고 몬스터들이 7마리 이상일 경우엔 쓰지 않는 거 주의하시고요. 어차피 파티장님이시니까 데미지 리포트에 따른 보수 책정은 신경 안 써도 되니 이 정도의 부탁은 들어주실 수 있죠?"

"이히히히, 알았다능. 그런데 사실 쇠돌이 님하, 긴밀히 할 말이 있다능."

뭔가 음흉한 미소를 지으면서 나를 잡아당기는 'FF7티파짱진짜천사' 녀석. 나는 기분 나쁨을 참으며 일단 녀석의 손에 딸려 간다. 으악! 손이 왜 이리 축축해? 기분 나빠! 그나저나 지금까지의 내 행동에 문제가 될 부분은 없을 건데, 왜 부르는 거야?

어쨌든 나는 파티장의 손에 이끌려 잠시 세연을 혼자 놔두고 이동하는 행렬의 맨 뒤에서 놈과 단둘이 대화한다.

"저 애, 진짜로 10레벨이냐능?"

"아, 세연이요? 예. 이번에 우리 밴드에 들어오게 되었는데, 생각 없이 여기 파티를 신청해 버렸고, 취소도 안 되어서 제가 보모 짓을 하러 온 거라고, 저기 스님, 아차차차, 프리스트님에게 설명을 드렸는데요."

"그건 그렇고, 쟤는 왜 방패가 없냐능? 탱커 맞냐능? 왜 양손 무기를 끼고 있냐능? 템 분배 개 같아진다능!"

"아! 그건 쟤 클래스는 방패를 못 껴서 그렇습니다. 어떤 개똥망 클래스인지는 몰라도 탱커인데, 방패도 못 끼는 주제에 여기에 온지라… 밴드에서도 걱정이 많아서 저보고 따라가게 한 거예요."

 검성의 입장에서는 같은 양손 무기를 쓸 수 있는 클래스가 겹치면 당연히 기분 나쁘리라.

 세연은 등에 자신의 키보다 큰 대검을 대각선으로 메고 가고 있었으니 확실히 신경 쓰였으리라.

 온라인 게임을 많이 했던 나로서도 이해가 되는 분노였다.

"어쨌든 파티장님은 걱정 안 하셔도 됩니다. 아마 거기서 양손 무기가 나와도 쟤는 못 쓰니까요. 솔직히 쟤는 그냥 버스 타는 거니까 그냥 살아서 돌아가기만 해도 이득인 셈인데요."

"후후후, 그럼 그것보다 더 좋은 방법이 생각났다능!"

 무언가 불길한 예감이 드는데, 이 못난이 오타쿠 파장 녀석의 얼굴은 더 음흉하고 저질스러운 표정이 되어 있었다.

 녀석은 행여나 앞에 있는 사람들이 들을까 봐 나에게 아주 작은 목소리로 제안을 했다. 불안하다.

"쇠돌이 님, 우리랑 거래 안 할래염? 쟤, 우리에게 파셈."

"예?"

"이히히, 어차피 방패도 못 드는 탱커 클래스니 볼 장 다 봤잖슴. 데리고 다니면서 속 썩일 바에야 우리에게 넘겨서

사람의 마음엔 늑대 2마리가 있다. 하나는 선, 하나는 악

큰돈 만지는 게 이득 아님? 나이도 어리공, 미소녀이니 특별히 5,000만 원 드리겠음. 어떰? 개쩔지 않음?"

개, 개쩔어. 씨발, 내가 벌려면 대략 던전을 약 15번 돌아야 하는 액수가 한 번에 들어온다. 그러면 빚 갚는 데 내고, 일부는 남겨서 장비도 바꾸고 해서 내 레벨에 맞는 던전을 가든가? 아니면 대규모 공격대, 즉 레이드에 참여라도 하면 엄청난 이득이 될 것이다. 이건 나에게 들어온 엄청난 찬스였다.

"이히히, 어차피 우리 파티에 신청한 것부터 자기 잘못인데, 가서 죽어도 뭐라 할 사람 없잖슴! 목격자도 우리뿐이고, 님만 입 다물어 주면 아무 문제 없는 완전 범죄라능! 이히히, 어떰? 님도 꽤나 레벨이 되는데 쪼렙 던전에서 보모 짓 하면서도 수리비 아끼려고 초기 장비 입을 정도로 빈궁한 거 같은뎅~"

'씨발, 갈등되는군.'

이런 제안, 단박에 승낙하거나 거절하는 놈은 제정신이 아닌 놈일 것이다.

나는 갈등하기 시작했다. 확실히 매력적인 제안이긴 했다. 10레벨밖에 안 되는 탱커 신삥 하나가 죽는 일 따위 이 세상에선 일상이다. 어차피 탱커 인생 시한부나 다름없지 않은가?

머릿속이 어지러웠다.

'5,000만 원, 5,000만 원. 그거면 씨발, 당분간 빚 걱정도 없고, 일단 방패와 갑옷부터 영웅 등급… 아니지, 반지나 목걸이가 없는 이 빈궁한 탱질을 벗어날 수 있어. 그러면 더 레벨이 빨리 오를 거고, 레벨이 오르면 목숨의 위협도 적어지니까 그냥 개쪼렙 던전들만 돌면서 안정적으로 먹고살 수 있다 이거야.'

나는 어차피 퓨어 탱커니까 어쩔 수 없이 파티만 해야 하지만, 압도적인 레벨과 장비를 갖추면 목숨의 위협 받는 일 없이 먹고살 수 있는 것이었다.

그래, 이건 기회야. 큰 기회라고. 지금… 지금 그냥 눈 좀 감으면, 양심의 가책을 버리면 큰돈이 들어온다.

"아저씨~ 뭐해에에에?"

"아, 아냐, 세연아! 던전 이야기가 길어져서 그래! 잠시만!"

"그래서 어떻게 할 거냐능?"

꿀꺽…….

나도 모르게 침이 넘어간다.

보통은 잘 오질 않는 기회. 그래, 이건 지랄 같은 퓨어 탱커 인생 좀 펴라고 신이 주신 기회가 아닐까?

눈 감고 딱 오늘만 나쁜 짓을 하면 5,000만 원을 한 번에 벌 수 있다. 위험 부담도 없다.

제대로 된 스킬도 없는 10레벨 탱커 따위 여기 있는 딜러

사람의 마음엔 늑대 2마리가 있다. 하나는 선, 하나는 악 • 141

들이면 헌터들을 부를 새도 없이 순식간에 제압이 가능하다. 더구나 이미 인적이 드문 폐허에 와 있는 상황이라 목격자도 없으니 여기 있는 사람들만 입을 맞추면 완전 범죄다.

"시신은 던전에 있는 몬스터에게 먹혀서 못 찾았다고 하면 그만이닷! 이히히, 갈등이 큰 거 같은뎅 던전 입구에 도착하기 전까지 생각해 보라능!"

"아, 예. 생각해 보겠습니다."

나는 생각한다는 이유로 다시 파티장에게 멀어져서 세연에게 다가간다.

이들이 나에게 협조를 구하는 이유는 간단하다. 이 파티의 평균 레벨은 20대 중반. 나와 레벨 차이가 20이나 나는 만큼 내가 세연을 감싸고, 방어 스킬을 다 써서 우주 방어 모드로 버티면 헌터가 올 때까지 충분히 버티기 때문.

더구나 얘는 나한테서 도통 떨어질 생각도 안 하니 말이다.

"아저씨, 왜 그래?"

"아, 아냐, 아무것도 아니야."

갈등된다. 이 아이를 버리면 난 큰돈과 함께 앞으로 나아갈 수 있는 기회를 잡는다. 빚에 허우적거리는 인생도 금세 뛰어넘을 수 있는 기반도 마련할 수 있다.

지난 엿 같았던 3년이 생각나는 나는, 돈의 유혹과 지금 내 옆에 있는 소녀 사이에서 열심히 저울질하며 혼란스러워하는 사이, 어느새!

"아, 도착했다능! 휴우! 일단 쉬었다가 들어가자능!"

던전 입구에 도착하고 말았다.

으야아아악! 이걸 어떻게 해야 하나? 기회를 잡아야 하나? 아니면 이대로 헌터에 신고해서 세연을 지켜야 하나?

근데 헌터를 부른다고 해도 내가 지금 녹음기 같은 걸로 저 오타쿠 자식의 대화를 저장한 게 아니라 증거가 없다고 날 몰아붙일 텐데? 아, 씨발, 어떡하지? 어떡하지?

"휴! 이제야 좀 쉬겠네."

"그러게 말이야. 장비 점검이나 한 번 더 해야겠다."

"한 2시간 쉬었다 갈거니까 여유 있게 쉬라능! 던전 입구 포탈에 한 명 경비 서라능!"

"내가 서겠다. 탱님들은 쉬고 있어라."

하아~ 맘 편히 쉬질 못하겠다. 크윽! 이 기회를 버려야 하나, 말아야 하나? 퓨어 탱커 인생을 펼 수 있는 기회인데. 퓨어 탱커, 맞아, 쟤도 퓨어 탱커지.

"아저씨, 물 먹을래?"

"너나 마셔."

이 와중에도 나에게 신경 써 주려는 듯 물통을 건넨다. 이 녀석의 순진무구한 태도를 보면 죄책감이 솟아오른다. 하아, 진짜 어떻게 하지? 기회는 기회인데? 씨발!

사람의 마음엔 늑대 2마리가 있다. 하나는 선, 하나는 악

'그러니까 나는 어엿하게 어른이 된 강철 군이 누군가 하나쯤은 지켜 주는 모습이 보고 싶어. 원래 탱커란 그런 거 아니야?'

"맞다, 미현 누님!"
역시 미현 누님은 천사셨군. 타락하려는 날 다잡아 주셨어. 맞아, 저 말을 하고 난 다음에 보여 주신 미소는 완전 여신이었지. 여기서 만약 내가 세연을 배신하고 죽게 놔두는 건 누님을 배신하는 거나 마찬가지다. 나, 강철. 다른 건 몰라도 좋아하는 미현 누님을 배신하는 건 절대 할 수 없다!
"아저씨, 어디 아파?"
"아니, 안 아파. 이제 곧 입던이니까 긴장되서 그래. 근데 이제 다 해결됐어."
난 미소와 함께 세연의 머리를 쓰다듬으며 말한다.
그래, 걱정 마라. 이 아저씨는 널 절대 배신하지 않는다. 안 그래도 안습한 퓨어 탱커 동지끼리 챙겨야지.
아, 그래도 갈등했던 건 사실이니 나중에 미현 여신님에게 고해 성사 하러 가야겠다. 그렇게 생각하는 와중이었는데…
"아저씨, 물어볼 게 있는데?"
"뭔데?"
응? 도대체 뭐길래?

세연은 나에게 더 가까이 다가와 내 귀에 대고 조심스럽게 질문한다. 다른 녀석들에게 별로 알리고 싶지 않은 이야기였나 보다.

"우리가 가는 데, 고블린 던전이잖아?"

"그런데?"

"근데 왜 입구까지 오는 길에 고블린이 하나도 안 보여? 교육소에서는 분명 그 던전의 일반급 몬스터가 입구 주변에 있다고 했는데?"

"......!"

그렇다. 오벨리스크가 세워지고, 던전의 문이 열리면 던전 안에 있는 몬스터 일정량이 '던전 여기 있습니다' 하고 알리듯 나타나서 사람들을 습격한다.

세계에 동시 다발적으로 일어난 오벨리스크와 던전 입구 때문에 대재앙이 생기지 않았던가?

척후병인지, 아니면 오벨리스크의 의지인지는 모르지만, 그 몬스터의 숫자는 항상 일정량 이상 계속 던전 입구에 있었다.

난 식은땀이 흐르는 걸 느낀다.

'근래에 현마 자식 덕에 편하게 던전을 다녀서 감각이 둔해졌군! 거기에 저 망할 파티장이 이상한 제안을 하는 바람에! 잠깐만, 그러면 여기까지 오는 길을 누가 미리 닦아 놨다는 건데?'

"그리고 아저씨."

"또 왜?"

"저, 석궁 〈영웅 : 극한의 아바레스트〉. 저, 스나이퍼 라이플 〈영웅 : 다크스토커〉. 닌자가 끼고 있는 소태도는 〈영웅 : 섬풍(閃風)〉. 마지막으로 저 대검은 〈영웅 : 잊힌 영웅의 대검〉."

어? 잠깐만! 다, 다 영웅급 무기라고? 아니, 힐러에겐 템을 밀어주려고 영웅템 입혀 놓은 건 이해가 되지만, 딜러들이 전원 영웅급 아이템이라는 건? 잠깐만, 그러면 무기만 그렇다는 게 아니라는 거잖아! 필시 방어구도?

"아까 오면서 몰래몰래 나노 머신 인터페이스로 크로니클 데이터에 연결해서 알아봤어. 방어구도 다 영웅급 아니면 희귀급."

"야, 나노 머신 인터페이스로 검색하는 거 통신 요금 엄청 빡세게 나오니까 다음부턴 그냥 스마트폰 써라. 잠깐만, 그렇다는 건."

영웅급 무기와 방어구로 도배된 딜러와 힐러라고? 나도 멍청이는 아니다.

아무리 레벨이 20대 중반이라고 하지만, 수백만 원어치나 하는 장비를 레벨이 올라가면 결국 버려야 할 장비에 큰돈을 투자하는 건 어리석은 일! 그리고 이런 저 레벨 던전에서 저런 영웅 등급의 아이템을 쓰면 수리비도 장난이 아니라서 효율이 나쁘다.

즉, 저런 영웅급을 도배하고 던전에 오면 한 대도 안 맞고 깬다고 해도 무기 내구도는 나가니 결국은 손해다.

'이상하잖아. 고작 고블린 던전에서 영웅이나 전설급 장비가 안 나오는 이상 절대 수지가 안 맞아. 원거리 딜러야 무기 수리비만 내면 어느 정도 이익이 되기는 하는데, 저 파티장 검성은 방어구 수리비까지 내야 해서 고작 몇십만 원밖에 차익이 안 남을 텐데?'

수익을 관리하는 파티장과 길드 사람들이 무슨 생각으로 이런 장비의 세팅을 허가했을까?

소재를 긁어모으고, 장비를 판 다음엔 나와 세연의 인건비가 빠지고, 그다음은 길드원들의 장비 수리비가 빠진다.

현실은 게임과 다르다. 무조건 좋은 장비가 아니라, 철저히 이익과 더 많은 수익금을 남기기 위한 가성비 세팅이 최고다.

뭐, 대기업에서 스폰을 받는 상위 길드라면 이야기가 다르지만 이 녀석들은 엄연히 군소 길드다.

'이 자식들, 스캐빈저 길드야!'

남은 건 결국 스캐빈저밖에 없다. 처음부터 파티 광고는 미끼, 탱커들의 주머니와 장비를 털고, 인신매매와 장기 매매를 할 셈이었던 것이다.

그런데 갑자기 45레벨이나 되는 보호자를 이끌고 나타났으니 파티장이 나와 교섭을 하려 했던 거고!

내가 방해하면 이 녀석들은 장사 공치는 게 되어 버리니까 이익을 배분해 주겠다는 미끼로 낚아서 일을 하려 했던 거다.

'세연은 세연대로 납치해서 자기들 맘대로 굴려 먹을 것이고, 나는 분명 주변에 대기시킨 녀석들을 죄다 불러서 레이드를 뛰겠지!'

내 불찰이다. 대피소에서 상대의 장비부터 제대로 싹 점검하고 가야 했는데.

제길, 내가 가진 스킬들 중에는 감지 같은 건 하나도 없어서 주변에 몇 명이나 있는지 모르는데, 일단 헌터들을 미리 불러야 하나? 씨발, 갈등하는 와중에 파티장이 나에게 서서히 다가온다.

"왜 그러냐능? 둘이서 연애하냐능? 사랑 이야기에 바쁜 거 같다능?"

"그런 거 아닙니다. 크흠! 얘, 신입인데 부끄럼을 타는 거 같아서 저에게 조용히 물어보러 온 겁니다. 이 녀석, 오늘 첫 던전에 첫 파티 플레이거든요."

"아~ 그렇냐능? 그래서 내 제안은 어떻게 생각하냐능? 지금이 좋은 기회 같은뎅."

드디어 올 게 왔나? 주변을 스윽 둘러보니 아까 정비한답시고 각자의 무기를 다 장전해 둔 것 같았고, 딜러들의 몸에 은은한 밝은 빛의 오라가 둘러져 있는걸 보니 프리스트가 보호막을 시전해 놓은 것 같았다.

망할 스캐빈저 자식들, 본색을 드러냈다 이거지?

'제길, 나 혼자라면 몇 놈이 오든 간에 생존기를 다 틀고, 그냥 우주 방어 모드 하면 되는데.'

스캐빈저 놈들은 하는 짓이 비열한 만큼 평균 레벨이 낮은 편이다.

45레벨인 내가 생존기를 풀 로테이션으로 돌려 가며, 포션까지 빨아 젖히면 이 정도 녀석들 한 트럭이 와도 헌터가 올 때까지 시간은 충분히 벌 수 있다.

하지만 문제는 대기 중인 녀석들의 숫자다. 암만 나라도 혼자서 20명분의 딜을 다 받아 내는 건 빡세다.

'내가 현마처럼 빛의 수호라도 써 줄 수 있으면 좋은데!'

얼마 전 술집에서 이야기를 들으라며 썼던 현마의 절대 방어 스킬이 생각났다.

하지만 지금은 그런 망상이나 할 때가 아니다. 세연이를 데리고 안전하게 있을 수 있는 곳을 찾아야 했다.

주변으로 도망쳐 봐야 추적술의 대가 클래스인 호크아이가 스킬로 쫓아올 수 있었고, 거너는 스나이퍼 라이플이라 충분히 저격이 가능하다.

'그럼 남은 곳은 하나뿐이겠군. 어디긴 어디겠어?'

"대, 대답 안 할거냐능? 그럼 어쩔 수 없……."

이때다. 선두 필승! 난 세연이를 잡은 다음 내 스킬을 먼저 시전한다. 퓨어 탱커이니만큼 공격용 스킬은 없지만, 상태 이상 스킬은 꽤 가지고 있다. 우선 저거노트의 고유 액티브 스킬부터! 연계 들어간다.

"〈액티브-압도하는 포효〉!"

"히, 히익! 뭐냐능? 으각!"

"갑자기 나도 모르게 머리를 땅에?"

"이거 뭐야?"

고오오오오오!

〈고유 액티브 스킬-압도하는 포효. 설명 : 내 앞에! 무릎을! 꿇어라!〉 내 클래스, 저거노트의 고유 기술이다.

이 외침을 들은 자는 1.5초간 땅에 대가리를 박으며 공포에 떨지. 피아를 구분하지 못하는 스킬이라서 보통 파티에서만 쓰지만!

이 틈에 일어나서 두 발을 내디디며 세연이를 들쳐 업은 다음 스킬 연계를 계속한다.

"못 지나간다. 〈인법-거미줄 속박〉!"

"〈액티브-레그 샷〉!"

"〈액티브-프리징 에로우〉!"

"〈액티브-슬로우〉!"

하지만 역시나 상태 이상은 시간이 너무 짧아서인지 내가 던전 쪽으로 도망가려는 걸 막으려는 듯 닌자, 거너, 호크아이가 각자의 액티브 스킬을 시전하며 내 움직임을 봉쇄하려고 했다. 그러나 난 저거노트란다! 하하하하! 가소롭다!

"〈액티브-타일런트 대시(Tyrant Dash)〉!"

"뭐야! 저 미친놈! 맞아도 상태 이상이 안 걸리잖아! 미친!"

"그냥 들어간다고? 둘이서 던전을 들어간다고?"

"어, 어쩌지? 따라 들어가야 하나?"

저거노트만이 익힐 수 있는 스킬로, 〈액티브-타일런트 대시(Tyrant Dash). 설명 : 아! 하, 학원 늦었다!〉는 잠시 동안 모든 상태 이상에 면역이 된 상태로 뛰어갈 수 있지만, 멈추거나 공격할 시 효과가 사라진다.

나는 그대로 세연이를 업은 채 던전의 포탈 안으로 뛰어 들어 간다.

그래, 어차피 상대할 거라면 스캐빈저보다는 몬스터가 훨씬 마음 편하지!

"어이~! 들어올 테면 들어오시든가?"

"제, 젠장, 나, 나오라능! 비겁한 자식!"

"누가 누구한테 비겁하다고 말하는 거야, 돼지 새끼야!"

녀석들은 던전의 포탈 앞에서 발만 동동 구르고 있었다.

이 녀석들은 자기보다 약한 탱커들만 노리는 비겁한 스캐빈저 놈들이다. 더구나 힐러, 딜러만 가지고는 레벨 차이가 웬만큼 나지 않는 이상 던전을 깨는 건 무리다. 체력 소모가 크니 소모품을 왕창 쓸 각오가 되어 있다면 모를까.

근데 그럴 바엔 안 도는 게 낫지.

"이제 곧 던전이 닫힌다고! 자, 그럼 아디오스~"

"이이익! 기다리라능! 이대로 공칠 수 없다능! 이, 일단 나와서! 나와서 이야기하자능! 빨리 나오라능! 문 닫히기 전에! 지, 지금 나오면 그 여자애만 두고 가는 걸로 봐주겠다능! 그, 그래! 1억! 1억 주겠다능! 제발 나와 달라능!"

"좆 까! 탱커는 스캐빈저랑 일절 협상 안 한다!"

녀석은 발악하면서 나보고 던전에서 나와라, 나와라, 외치지만 내가 미쳤냐? 나가게? 그리고 스캐빈저 새끼들은 상대를 안 하는 게 최고다.

난 마지막으로 가운뎃손가락을 보여 주면서 외친다.

"꼬우면 쳐들어오시든가? 포션이 많으면 오시든가? 어글 안 잡아 줄 테니 프로보크 막 써도 된다고~! 하하하하하!"

첫 입장객이 들어오고 5분 뒤에 던전의 문은 닫힌다. 그러면 안에 있는 오벨리스크를 깨거나 귀환용 아이템을 사용하지 않는 이상은 나갈 수가 없다.

어떻게 할 건가? 25레벨 던전에서 45레벨 탱커가 사는 건 일도 아니다.

반대로 저놈들은 적정 레벨에 탱커도 없이 던전의 몬스터를 상대해야 한다. 딜러들이 몬스터의 공격을 그대로 받으면 체력 소모가 엄청 빠를 것이며, 힐러의 마력은 엄청 빠르게 개털, 포션으로 버틴다곤 해도 나갈 때는 빈털터리!

"이익! 네놈! 네놈, 절대 가만 안 둘거라능! 절대! 절대 가만 안 둘거라능!"

사아아아악!

결국 던전 포탈의 문이 닫힌다. 이제 공략하기 직전엔 나갈 수 없는 상태가 되었다.

페이즈 2-4

레어 클래스

 물론 나는 귀환용 아이템이 있긴 한데, 한 개뿐이다.
 하하하, 이거 개당 50만 원짜리란 말이야. 비상용으로 하나만 가지고 있는 크리스털. 크로니클 서울 지부로 귀환 지역이 설정된 수정이었다.
 "으샤, 휴~ 하아~ 일단 살았다."
 "아저씨의 거친 테크닉, 세연은 힘들었어요."
 "녀석 또 이상하게 말하네. 그나저나 너, 대박이다. 그 상황에서 비명 한번 안 지르고 있을 줄이야."
 "오히려 은근히 재미있었어요. 그런데 이 던전, 저희 둘만 들어와도 괜찮은가요?"
 이제야 눈치챈 사실이지만, 던전 안은 폐허가 된 도시와는 완전 다른 푸른 초원이었다.

이런 필드인가? 아마 저 앞에 고블린들의 마을이 있겠고, 그 안에 있는 오벨리스크를 처리하는 게 이 던전 클리어 조건일 것이다.

하지만 난점은 우리의 조합이었다. 둘만 들어와도 괜찮냐는 말에 대답부터 해 줘야겠지?

"아, 음~ 솔직히 말하면 힘들어. 내가 레벨은 좀 되지만, 보다시피 나는 무기를 못 끼는 퓨어 탱커 클래스라서 데미지가 안 나와 고블린을 한 마리 잡는 데 시간이 너무 오래 걸려서 문제지. 거기에 이 던전의 고블린이라는 몬스터는 대략 10마리씩 그룹으로 순찰을 다닌단 말이야. 아, 여기서 며칠 만에 나갈 수 있으려나?"

"무기 못 써요?"

"자, 이게 내 고유 패시브다."

스테이터스를 열고 내 고유 패시브를 드래그해서 던져준다.

세연은 내가 보낸 정보를 바라보고는 깜짝 놀란다.

그래, 놀랍겠지. 세상에 무기를 못 쓰는 클래스가 어디 있어? 하하하, 씨발! 그게 나다.

〈패시브-몬스트러스 크리처 핸드

〈Monstrous Creature Hand)〉
설명 : 무기를 사용하지 못합니다.

"와아, 세연이랑 비슷하네요. 전 방패를 못 드는데……."

"그래 봐야, 너도 나도 퓨어 탱커잖아. 어딘가 나사 빠지고, 미래라곤 없는 미친 클래스들이지."

맞아. 어딘가 나사가 하나 크게 빠져서 꿈도, 미래도 없는 클래스지.

내가 한숨을 쉬는데 세연은 일어나더니 날 바라보면서 충격적인 발언을 한다.

"저기, 아저씨. 세연은 퓨어 탱커가 아니에요."

"뭐?"

"제 클래스는 퓨어 탱커 계열이 아니라고요."

에? 퓨어 탱커가 아니라고? 10레벨 주제에 체력이 12,000이 넘으면서 무슨 소리야. 잠깐만, 그리고 보니 방패도 못 끼는 녀석이 탱커일 리가 없잖아? 그러면 이 녀석, 딜러라는 건가? 아닌데? 딜러면 저 체력이 말이 안 된다고! 체력 코스트를 쓰는 애도 아닌데. 도대체 무슨 클래스야?

"야, 야! 그럼 넌 무슨 클래스인데? 어? 이상한데?"

"그러면 아저씨의 클래스도 알려 주세요."

"좋아. 어차피 여긴 던전! 너랑 나뿐이고, 볼 사람도 없지. 자! 봐라! 내 거 보고 웃어도 좋아!"

인터페이스를 열어서, 클래스 쪽 메뉴의 노이징을 제거한 다음 내 스테이터스 정보를 그대로 날려 보내 준다. 어차피 이걸 가지고 허튼짓할 애가 아닌 건 확실하니까.

그것보다도 난 세연이의 클래스가 궁금해 미치겠다.

"저거… 노트?"

"어, 체력 코스트 기반의 퓨어 탱커 클래스. 배울 수 있는 기술, 패시브, 액티브 전부 방어, 생존에만 몰려 있는 꿈도, 희망도, 미래도 없는 클래스다."

"아저씨."

"왜, 띠껍냐? 웃으라고, 웃어. 하하하하! 웃음이 나올 정도로 안습하지? 하하하!"

"틀려, 세연이랑. 하지만 비슷해. 아저씨, 세연이의 클래스는 이거야."

그리고 세연은 자신의 스테이터스를 열고, 몇 가지를 조작하더니 나에게 자신의 정보를 보내 준다.

난 경악할 수밖에 없었고, 그대로 다리가 풀려 땅에 주저앉고 말았다.

뭐야, 이거? 마, 말도 안 돼. 이럴 수가……!

이세연 코드 네임 : 모드레드

레벨 : 10 클래스 : 데스 나이트(Death Knight)

다른 건 눈에 들어오지도 않는다. 오직 경악스러운 단어 하나만이 내 머릿속을 강타하며 날 떨리게 하고 있었다.

데스 나이트(Death Knight)라니! 데스 나이트라니! 세상에나!

"아저씨, 놀랐어?"

"그래, 엄청 놀랐다."

"패시브랑 다 읽어 봤어?"

"아니, 클래스의 임팩트가 너무 커서 아직 읽지 못했는데, 어디 제대로 한번 다시 볼까?"

이세연 코드 네임 : 모드레드

레벨 : 10 클래스 : 데스 나이트(Death Knight)

스킬 포인트 : 10

클래스 고유 스킬

〈패시브-영웅의 혼〉

설명 : 우월함! 당신은 정말 우월해요! 스테이터스가 보정되고, 추가 효과가 주어집니다.

〈패시브-죽은 자〉

설명 : 죽었는데 죽은 게 아닙니다.
각종 판정이 달라집니다. 페널티가 주어집니다.

미각을 느낄 수 없습니다. - 구강으로 들어오는 독, 가스 무효화

후각을 느낄 수 없습니다. - 코로 흡입되는 가스 공격 무효화

체온이 없습니다. - 적외선 색적 감지 불가

방어 타입이 언데드가 됩니다. - 신성 마법에 데미지를 받습니다.

호흡이 필요 없습니다. - 스태미너는 무한이지만, 대신 체력을 일정량 소모합니다.

공복을 느끼지 않으며, 체력 및 활동 에너지는 고유 패시브 〈소울 드레인〉으로 얻을 수 있습니다.

구강으로 들어오는 물, 식사는 모두 마력 회복 효과로 전환이 됩니다.

〈패시브-소울 드레인〉

설명 : 대상을 공격 혹은 처치 시 일정량의 체력과 마력을 흡수합니다.

〈패시브-망각된 본능〉

설명 : 방패를 못 낍니다. 대신 양손 무기 사용 시 보너스가 추가됩니다.

〈패시브-기승〉

설명 : 동물과 괴수를 탑승할 수 있습니다.

아직 스킬 포인트는 찍지 않아서 배운 스킬이 없었다.

10레벨은 어차피 교육소에서 안전하게 올릴 수 있으니까 일단 아껴 둔 건가?

이번에 느껴지는 것은 놀라움이 아니라 안타까움이었다. 젠장!

〈패시브-죽은 자〉

이 녀석이 무표정한 것도, 무감정한 어조를 가진 것도, 식사를 안 하려는 것도 다 이 패시브 때문이었다.

체온이 차가운 건 냉한 체질이 아니라, 아예 체온이 없던 것이었다.

이걸 아는 게 이상하긴 했지만, 지금 생각하면……. 이 녀석, 도대체 뭐야?

다시 세연의 얼굴을 바라본다. 그녀의 얼굴은 여전히 무표정. 내 반응을 바라보고 있는 것이리라.

"어쩌다가 그 클래스가 된 거야?"

"세연도 원래는 '파이터'. 하지만 크로니클 교육소의 실습용 몬스터가 폭주하는 사건이 발생, 세연은 도망가려다가 동기들에게 떠밀려서 미끼가 되어 죽음."

"과연……."

탱커가 될 가능성이 큰 '파이터' 교육생. 버릴 카드로는 충분하다, 이거였군.

근, 근데 죽었어? 죽었다고? 죽었는데 어떻게 살아나? 이 세상에 오벨리스크가 존재하기 시작한 이후, 부활 아이템이나 기술 같은 건 듣도 보도 못했는데?

"아빠도 적합자였어. 아빠가 남겨 주었던 목걸이가 하필 '배신당한 기사의 증오가 담긴 목걸이'였어. 아빠가 암시장에서 예쁘다고 생일 선물로 준 것. 그래서 죽음이 캔슬되고 다시 일어나니 〈레어 클래스-데스 나이트〉가 되었어. 봐, 이거. 위업."

위업 : 증오를 이어 가는 자
조건 : '배신당한 기사의 증오가 담긴 목걸이'를 지닌 채
진짜로 배신당하여 죽어 혼을 계승하기
보상 : 데스 나이트 클래스 체인지

그냥 죽어서도가 아니라 배신당해 죽어야 한다는 거군. 정말 가혹한 조건에 가혹한 일이구만.

그나저나 획득한 게 '위업'이라는 건, 오로지 한 명만 획득할 수 있는 특수 업적이니 이 세상에서 오직 이 녀석만 데스 나이트라는 거군. 골 때리는 클래스다. 잘은 모르겠지만, 살

아 있지만 살아 있는 게 아닌 상태라는 것. 즉…….

"뭘 먹어도 아무 맛도 느낄 수 없어. 냄새도 맡질 못해."

이제야 생각난다. 내가 준 그 녹차 밀크 티의 맛을 못 느끼고 마셔 버리던 모습. 오늘 아침에도 토스트를 만들어 줬는데 소금과 설탕을 구별하지 못했다.

내가 뭘 먹자고 했을 때, 먹어야 한다고 했을 때, 도대체 무슨 마음이었을까?

아이스크림 가게에서 자신은 아무 맛도 못 느끼는데 맛있게 먹는 날 보며 무슨 생각을 했을까?

"미안하다! 아무리 몰랐다곤 하지만, 정말 미안해!"

"으응, 괜찮아. 이어서 들어 줘. 이 상태는 늘 춥고 외로워. 배신당해 죽어 가지고 다른 사람은 다 무섭고, 외로운 세상이라 살고 싶지 않았어. 이미 죽은 상태였지만, 더는 살기 싫었어. 이 이상한 클래스로 살기 싫었어. 그래서 교육소를 나오자마자 크로니클에 가서 이 파티를 신청한 거야."

"근데 그걸 내가 방해했다는 거네."

"응. 웬 바보 같은 아저씨가 멋대로 방해하고."

'아줌마! 미쳤어? 무슨 10레벨짜리 애새끼를 평균 레벨 25레벨 동네로 보내!'

"멋대로 따라오고."

'자, 너랑 같은 파티야. 이야기 좀 하려고 말이야.'

"화내고, 멱살 잡고."

'내가 이 레벨이 될 때까지 얼마나 지옥 같은 광경을 봐 왔는지 알아? 그럼에도 다들 살려고 발악하고 난리인데 죽겠다고? 죽는다고? 장난해?'

정말 미안해 죽겠다. 다 기억나니까. 진짜 미안한 짓만 해 버렸다. 이미 살아 있다는 실감을 하지 못하는 상태인 애한테 내가 무슨 짓을 한 거야!
고개를 들 수가 없었다.
"아저씬 잘못 안 했어. 아저씨는 상냥하고, 뜨거운 사람."
"뒤에 따뜻한, 이 맞지 않나?"
"아니야. 이렇게 차가운 나까지 따스하다고 느껴질 정도니까, 아저씨는 음~ 그러네, 태양처럼 뜨거운 사람이야."
어느새 세연이는 내 머리를 끌어안고 있었다.
그렇구나. 이 녀석이 날 따라온 이유, 살려고 끝없이 발악하며 살아가는 나를 보면서 살아 있다는 걸 느낄 수 있었던 것이다. 그래, 태양의 따스함이 없으면 이 세상 사람들이 살아갈 수 없는 것처럼 말이다.
"그래서 세연은 아저씨를 따라간 거야. 살아 있다는 걸 느끼고 싶어서. 더 이상 외롭고 무섭기 싫어서 따라간 거야. 아저씨랑 있으면 살아 있는 것 같은 따스함을 느낄 수 있으니까 말이야."

"……."

"그러니까 아저씨, 폐가 안 되면 계속 따라다녀도 돼? 세연, 레벨도 낮고 쓸모없지만 그래도… 그래도 아저씨랑 있고 싶어."

무감정한 어조지만 왠지 절박함이 느껴진다. 그도 그렇겠지. 데스 나이트가 된 과정만 해도 교육소의 친구들에게 버려진 것이었지. 그리고 나도 하마터면 이 녀석을 배신할 뻔했지.

크윽! 그때 했던 갈등이 모두 죄책감이 되어서 자괴감을 몰려오게 한다. 이런 애는 나 같은 쓰레기랑 있으면 안 돼.

"나, 나는 그렇게 좋은 사람이 아니야! 방금도! 방금도! 파티장 녀석의 말에 넘어가서 하마터면 너를 팔아 치울 뻔했다고!"

"응, 그거 다 들었어. 그래도 결과적으로 아저씨는 세연을 택해 줬어."

"아니야, 내가 선택하려고 해서 선택한 게 아니야. 놈들이 나도 노리니까! 어쩌다 보니까!"

미현 누님과의 약속이 있었기 때문이라고! 널 위해서, 널 선택해서 구한 게 아니란 말이야!

나란 놈은 히어로도 뭣도 아니다. 저거노트라는 쓸모없는 클래스를 가진 무능력한 퓨어 탱커다. 그래, 좀 더 제대로 된 녀석의 곁으로 보내는 편이 더 나을 것이다.

"여기서 나가면 좀 더 제대로 된 길드를 소개시켜 줄게……."

세계에 딱 한 명인 레어 클래스 데스 나이트라면 육성 가치가 있으니 쓰리 스타즈 얼라이언스의 현마 녀석도 충분히 받아 줄 것이다.

나 같은 고용직 탱커 옆에 있는 것보다는 나을 것이다.

언제 또 마음이 변해서 배신할지도 모르고, 위기에 닥치면 버릴지도 모르니 말이다.

"아냐, 아저씨는 그럴 사람이 아니야."

"어째서 넌 그걸 그렇게 단정할 수 있는 거야? 교육소에서 뭘 배웠냐?"

"아저씨의 클래스가 그 증거. 저거노트도 데스 나이트와 같이 레어 클래스. 그것을 보상으로 한 위업을 가지고 있다는 것. 찾았다. 이거!"

위업 : 쓰러지지 않는 자

조건 : 칭호, '아, 저게 안죽네'를 얻은 다음 결정적 수호 100회

보상 : 저거노트 클래스 체인지

결정적 수호란? 다음 공격을 받을 시 확실히 죽을 아군의 공격을 대신 맞아서 구하는 경우. 즉, 탱커가 아니면 얻을 수 없는 위업이었다.

누가 맞을 공격이든 딜러나 힐러끼리 대신 맞을 수는 없지 않은가? 선행 조건도 괴랄 같은 '칭호 : 아, 저게 안 죽네'였다.

그래, 나도 이 위업이 떴을 때는 세상을 다 얻은 것처럼 기뻤다. 이름도 저거노트(Juggernaut)라는, 무언가 있어 보이고 위엄 넘치는 이름이었는데, 현실은 무기도 못 드는 개똥망 클래스지. 씨발! 이게 뭐가 레어냐고?

"저런 변태 같은 위업을 달성할 수 있는 사람은 어지간한 바보가 아니고는 무리. 즉, 아저씨는 태양 같은 뜨거움과 바보 같은 상냥함을 겸비한 사람."

"젠장, 2배로 쪽팔리잖아. 탱커인 것도 서러운데 레어 클래스가 되니까 공격력은 더 내려가고, 완전 떡방어에 체력만 장점인 퓨어 탱커로 확 굳어지니까 짜증 나서 숨기고 다니는 건데에에에! 소꿉친구, 10년 절친에게도 안 가르쳐 준 건데에에에에에!"

OTL 포즈로 괴로워하는 나. 쪽팔리고 부끄러운 과거를 들킨 거나 마찬가지니까. 이래서 클래스는 함부로 밝히는 게 아니다.

세연은 내 앞에 무릎을 꿇고 앉아서 양손을 모아 간절하게 말한다.

"그러니 아저씨, 나 이제부터 강해질 테니까, 안 돼? 나, 아저씨가 아니면 안 돼. 그러니까……."

"좋아. 하지만 단 하나 조건이 있어."

"응, 벗으라면 벗을게. 아, 그리고 세연이에게는 콘돔이 필요 없어."

"멍청한 소리 하지 마! 듣는 내가 다 부끄럽다! 왜 꼭 중요한 이야기할 타이밍에 어이없는 섹드립이야! 잘 들어. 나와 같이 다닌다는 건 결국 너도 이 지랄 같은 탱커 생활을 해야 한다는 거야. 그러니까 그 어떤 경우라도, 어떻게 되더라도 어, 으음~ '반드시 살아라'. 이게 내 조건이야."

아버지가 나에게 건 이 저주를 이 아이에게도 거는 게 과연 옳은 일일까?

앞으로 힘든 인생이 될 텐데, 차라리 죽는 게 나은 편일지도 모르는 미래를 물려주는 게 맞는 걸까?

하지만 내 우려와는 다르게 내 말을 들은 세연은 여전히 무표정이었지만 미소를 짓는 것 같아 보였고, 그대로 나에게 달려들어 안겨 온다.

"으와아악! 갑자기 왜 그래?"

"응. 아저씨, 고마워. 세연은 이제 아저씨가 아니면 살 수 없는 몸이야."

"그러니까! 아, 이번 건 섹드립이 아니구나."

내가 없이는 살 수 없는 몸. 성적인 의미를 내포하는 게 아니다.

방금 전에 한 '반드시 살아라'라는 말, 나는 차가운 그녀를 '살아 있다'고 인정해 준 것이 되어 버린다.

이게 포인트가 되어 버렸군. 이젠 난 이 감수성 많은 '죽음의 기사'를 평생 달고 살아야 하는 팔자가 되어 버린 것 같다.

결혼하기도 글렀구먼! 어차피 적합자 탱커 인생에 결혼이란 단어는 원래부터 없는 거나 마찬가지였지만!

"그런 의미로 해석해도 되는데……."

제길 기왕 하는 거 이것도 고치라고 말해 둘 걸이라고 생각한 순간, 땅이 울리고 멀리서 기괴한 소리가 들려온다.

맞아, 한창 이야기하느라 잊고 있었지만 여긴 엄연히 '고블린 던전'의 내부다. 시간이 지나면 던전 입구로 나가려는 몬스터들이 원래 입구가 있던 우리의 위치로 오는 게 정상.

꾸웨에에에에엑!

"제길, 드디어 오는군!"

"아, 온다."

초원 너머에서부터 달려오는 먼지구름. 신장 1미터에 갖가지 무기를 든 초록색 난쟁이 괴물, 고블린 20여 마리가 우리를 향해 달려오고 있었다. 정확히는 던전 입구로 나가려고 하는 놈들이지만 말이다.

객체별 레벨은 13~17 사이로 제각각. 하지만 숫자가 많기 때문에 25레벨 적정 던전이 된 것이다.

"너, 스킬 포인트 안 썼지? 지금 빨리 스킬들 찍어! 내가 몰고 다닐 테니까 스킬 찍고서 넌 레벨 낮은 것부터 한 마리씩 골라잡아! 데스 나이트의 기술이 뭔지는 모르지만, 지금은 급하니까 네게 맡긴다. 먼저 가서 어그로 쌓아 둘 테니 빨리해! 알았지? 찍을 스킬의 설명을 제대로 읽고! 이건 현실이라서 스킬 초기화나 캐시템 같은 거 없으니까!"

파악!

난 먼저 방패를 들고 고블린 무리들을 향해 뛰어든다.

작은 화살과 단검 몇 개가 날아와 내 몸을 스치지만! 이 정도로는 흠집도 안 난다고!

물론 탱커의 싸움은 던전의 그 어떤 직업보다도 가혹하다. 몬스터의 공격을 받는 것도 받는 거지만, 무서운 괴물 같은 놈들과 눈을 마주치고 싸워야 한다는 점이 가장 그랬다. 그렇기에 탱커의 사망률이 가장 높은 때도 첫 전투다.

나야 이제 3년차 베테랑이지만, 세연 같은 경우는 오늘이 처음이라서 걱정되는 부분이 없진 않다.

'혼자서 일대일로 잘하려나? 걱정이네. 내가 힐이나 이런 걸 해 주진 못하지.'

"끼에에에엑."

"키에에에엑! 서랏! 키에에에!"

"끼이이이이이! 받아랏!"

현재 19마리의 고블린들이 마치 과자를 잔뜩 사 온 선생님에게 몰려온 유치원생들처럼 북적북적 모여 날 때리고 있었다. 근접하는 녀석은 작은 나이프나 손도끼, 원거리 공격을 하는 녀석들은 올가미나 돌멩이, 단검을 던져 대고, 가끔 마법을 쓰는 놈도 있었다.

'아프진 않은데 인터페이스 로그만 무시무시하게 올라와서 시끄럽네.'

[〈패시브-강철처럼 단단하게. 설명 : 근데 더 단단한 것도 많은데? (M)〉로 단검 공격을 튕겨 냈습니다.]

[〈패시브-강철처럼 단단하게. 설명 : 근데 더 단단한 것도 많은데? (M)〉로 화살 공격을 튕겨 냈습니다.]

[데미지 -12를 받았습니다.]

[〈패시브-저, 오늘은 통금이 있어서……. (M)〉가 발동되었습니다. 회피 행동을 하시겠습니까?]

[데미지 -18을 받았습니다.]

레벨 차이가 심하니 이런 여유도 부릴 수 있다.

남은 건 어그로가 빠지지 않게, 정기적으로 한 놈씩 주먹으로 후려쳐 주는 것이다. 19마리가 동시에 때려도 내 체력 재생력을 따라가지 못해서 체력은 만피에서 전혀 줄질 않고 있었다.

이렇게 너끈하면 던전을 솔로잉하면 어떨까?라는 생각

도 예전에 해 보긴 했는데 말이지.

'젠장 나도 얘네를 못 잡는다고!'

퍼억!

주먹을 휘둘러 눈앞의 고블린을 후려친다. 가장 레벨이 낮은 12레벨 객체를 때렸는데! 레벨 차이가 무려 33이나 되는데도 10분의 1밖에 까지지 않는다.

참고로 이거 크리티컬이 떠서 10분의 1이며, 난 엄연히 퓨어 탱커 클래스라서 크리티컬 확률도 기본 확률 10퍼센트에서 패시브로 다운까지 먹어 5퍼센트이고, 크리티컬 계수도 다 까먹어서 본래 150퍼센트의 데미지 증가율이 130퍼센트밖에 적용되지 않았다.

'진짜 이런 게 어디가 레어 클래스야! 오벨리스크, 개객기!'

"〈액티브-도발〉 동정 고블린 자식아, 내 남자 괴롭히지 마라. 애인도 없는 게(고블린어)!"

"아, 도발 찍어서 데려갔나? 근데 누가 네 남자야?"

19마리의 고블린 중 하나(12레벨 객체)에게 도발을 걸어서 빼 가는 세연은 양손 검을 들고서 능숙하게 벤다.

나는 레벨 차이와 온갖 방어 패시브로 도배되어 있어서 체력이 안 달리지만, 쟤는 나와 반대로 몬스터와 2레벨 차이가 나는 녀석이었다.

그래도 같은 밴드라서 체력 바는 보이니까 위험하면 다

시 내가 〈액티브-도발〉로 당겨 올 수 있게 준비하고 있었는데…….

'어, 어? 피가 요동친다. 어어?'

고블린의 단검이 세연의 다리를 찌르자 세연의 체력은 670이라는 엄청난 양이 깎인다.

만피가 12,000인데! 데스 나이트라도 역시 레벨은 어쩔 수가 없나? 하고 생각하는 순간, 세연의 대검이 고블린을 찌르자…….

'어라, 피가 차네? 쟤, 서, 설마?'

고블린이 세연을 공격해서 체력이 달면 세연이 공격해서 그만큼을 다시 채운다.

몇 번의 공방 끝에 계속해서 체력을 회복하는 세연과 다르게 고블린의 체력은 계속해서 내려갔고, 그런 식으로 4번의 공수 교환 끝에 고블린이 쓰러진다.

나, 나보다 딜도 세! 역시 양손 무기를 들고 있어서 그렇구나.

"브이."

"너, 뭐로 체력을 회복하는 거야?"

"클래스 전용 패시브요. 〈소울 드레인〉이라고 공격할 시엔 적의 영혼에서 체력을 흡수, 방어 시엔 스태미너를 흡수해서 탈진을 유도시켜요. 아, 얘 잡았으니까 또 하나 떼어 갈게요."

이런 방식으로 세연은 포션 같은 건 전혀 사용하지 않고, 19마리의 고블린들을 하나하나 떼어 내어 썰어 낸다.

생각보다 빨리 20마리의 고블린들은 정리되었고, 세연의 레벨은 단숨에 13이 되어 있었다.

아무래도 자신보다 높은 레벨의 몬스터들이었고, 파티원이 우리 둘밖에 없어서 경험치를 나누니 세연이는 보통 파티할 때보다 많은 양의 경험치를 얻을 수 있었다.

'잠깐만, 그러고 보니 세연이는 '죽은 자'라는 고유 패시브 때문에 먹지도, 마시지 않아도 싸울 수 있잖아. 거기에 '소울 드레인'이라는 체력을 자가 치유하는 패시브까지 있으니까… 레벨 차이만 좀 벌리면 솔로잉도 할 수 있겠네? 데, 데스 나이트 완전 대박! 세상에! 혼자 던전 들어가서 쓸고 나올 수 있으면 돈이… 돈이 얼마야? 아, 물론 보스를 안정적으로 잡을 수 있는지가 문제네.'

"아저씨, 아이템 주워야죠. 뭐 해요?"

"아, 맞아, 그래."

고블린들에게서 거두어 갈 품목은 약재로 쓰이는 송곳니뿐. 가죽도 면적이 작아서 인기가 없고, 피는 더더욱 쓸 데가 없다.

그리고 1마리당 송곳니는 2개뿐이니 40개에, 놈들이 드롭한 무기 중 마법 무기는 1개도 없었다. 뭐, 이놈들은 최하 레벨이니까 너무 큰 기대는 하지 못했지만.

하지만 이빨 40개만 해도 벌써 수입이 80만 원이다. 게다가 파티원도 단둘이니 배분은 그냥 반절 뚝, 하면 끝이다.

"이제 뭐 찍을까요, 아저씨?"

"너 도발 빼고 액티브 딴 거 찍은 거 있냐?"

"아뇨. 교육소에서 탱커는 되도록 필수적인 패시브부터 찍고, 액티브는 필요한 것만 최소로 찍으라고 했어요."

"뭐, 그게 정석이지. 근데 이거 내가 봐도 돼?"

"세연인 이미 아저씨 거니까 돼요."

세연의 스테이터스창을 같이 보는 나.

배울 수 있는 스킬 리스트를 바라본다. 남의 스킬 트리를 이렇게 볼 때가 올 줄이야. 우와, 엄청 많네!

〈액티브-파멸의 일격〉

설명 : 마력을 담아서 적을 벱니다. (미 습득)

〈액티브-스켈레톤 소환〉

설명 : 나를 위해 싸우는 스켈레톤을 하나 소환합니다.

(미 습득)

〈액티브-영혼 오염〉

설명 : 일정 시간 동안 행동 불가 상태로 만듭니다. (미 습득)

〈액티브-혹한의 검〉

설명 : 무기에 냉기 공격력과 빙결, 슬로우 효과를 추가합

니다. (미 습득)

〈액티브-흑염의 검〉

설명 : 무기에 화염+암흑 공격력을 추가합니다.
(미 습득)

〈패시브-얼음장 같은 피부〉

설명 : 물리 방어와 냉기 마법 저항을 상승시킵니다. 화염 저항이 낮아집니다. (미 습득)

〈패시브-사후 경직〉

설명 : 근력 스테이터스와 체력 스테이터스를 20퍼센트 증가시킵니다. (미 습득)

〈패시브-영혼 갑주〉

설명 : 모든 마법으로부터 받는 데미지를 10퍼센트 감소시킵니다. (미 습득)

〈패시브-공포의 존재〉

설명 : 모든 능력과 행동의 위협 수치가 증가합니다.
(1/3)

습득한 스킬

〈액티브-도발〉

설명 : 적 하나를 도발해서 자신을 공격하게 만듭니다.
(1/3)

〈패시브-영혼의 굶주림〉

> 설명 : 고유 패시브 〈소울 드레인〉의 효과를 60퍼센트 상승시킵니다. (M)
>
> 〈패시브-공포의 존재〉
>
> 설명 : 모든 능력과 행동의 위협 수치가 증가합니다.
>
> (1/3)
>
> 〈패시브-무기 마스터리〉
>
> 설명 : 무기 사용 시 공격력 30퍼센트 증가 (M)
>
> 〈패시브-복수의 광기〉
>
> 설명 : 공격력의 20퍼센트만큼 방어력을 증가시킨다.
>
> (2/3)

정말 놀라웠다. 이 녀석의 공격 스킬과 방어 스킬이 서로 시너지를 내는 구조였기 때문이다.

내 직업은 그냥 퓨어 탱커이니까 순수하게 방어력과 수비력을 올리는 미칠 듯이 단단한 구조라면, 세연이는 순환 구조다. 즉 딜이 오르면 탱킹력이 올라가고, 탱킹력이 오르면 당연히 딜링 시간이 늘어나니까 딜도 올라간다.

솔직히 말해서 이 녀석은 성장에 따라 더블 포지션, 즉 탱과 딜을 모두 할 수 있는 클래스가 되는 것이다.

'씨발, 완전 개쩐다. 나는 그냥 쌩 퓨어 탱커인데 얘는 데스 나이트라서 딜과 탱을 다 해 먹을 수 있는 개사기 클래스. 거기에 포션의 소모도 줄일 수 있는 자가 치유 스킬을 아예 패시브로 가지고 있어서, 먹고, 마시고, 잠자지 않아도 움직일 수 있다니 대단한데?'

아무리 레벨 차이가 커도 던전의 솔로잉이 불가능한 이유는 이건 게임이 아니라 현실적인 요인이 복잡하게 작용하기 때문인데, 이 녀석은 그런 조건들을 다 무시할 수 있는 〈패시브-죽은 자〉를 보유하고 있다.

오로지 던전에서의 전투만을 위해 특화된 게 데스 나이트의 특성이라는 건가?

"아저씨, 왜요?"

"아니, 너 성장하면 굉장할 것 같다고······."

"성장할 때까지 안 기다리고, 지금 드셔도 돼요."

"너 말고 네 클래스!"

마법, 물리 공격 스킬 다 있고, 소환 스킬도 있고, 방어 스킬도 다 갖추고 있다. 무엇으로든 성장해도 된다.

그래! 이런 게 레어 클래스지. 그런데 나는 개좆망 퓨어 탱커고 말이야. 온라인 게임이었으면 '아, 완전 망한 클래스야. 캐릭터 삭제하고 다시 키워야 돼.ㅠㅠ' 할 상황이지만, 여기서 캐릭터 삭제는 자살이나 마찬가지니까 그냥 이대로 사는 거다.

그렇게 세연의 대단함을 깨달은 나는 더 이상 지체할 필요 없다고 생각하며 초원을 나아가기 시작했다. 가면서 만

나는 건 역시나 고블린.

이번엔 '고블린 수비병'들이라서 그런지 가죽 갑옷으로 무장하고 있었다.

꾸웨에에엑!

"그나저나 너 오늘 첫 던전 전투인데! 너무 쉽게 적응하는 거 아니냐? 보통 남자 적합자들도 살아 있는 생명체를 죽이는 일이라 '으아아아!' 하며 쉽게 하지 못하는 게 이 일인데!"

퍼억!

고블린 10인 대장의 싸다구를 후려갈기고, 졸들을 상대하고 있는 나는, 능숙하게 한 마리씩 도발로 떼어 가 죽이고 있는 세연을 바라보며 감탄한다.

"그냥 패시브가 너무 좋을 뿐."

"과연? 진짜 천부적이구만! 데스 나이트!"

서걱! 퍽! 퍽!

처음 던전에 들어올 때와 다르게 나와 세연은 안정적으로 몬스터들을 처리해 가며 전진하고 있었다.

경험치는 1퍼센트도 오르지 않았지만 나는 쌓여 가는 소재들의 가격을 계산하면서 너무도 기분이 좋았다.

이히히히, 고블린 이빨이 벌써 200개가 다 되어 간다. 개당 2만 원이면 벌써 400만 원. 반으로 나눠도 200만 원으로 내 고용비가 벌써 회수된다.

"헤헤헤! 돈이다, 돈!"

"아저씨, 속물."

"어쩔 수 없어! 빚더미인 인생이라 미안하네! 아, 배고프다. 해가 져 가는 걸 보니 벌써 저녁때인가?"

"6시 12분."

점심 먹는 것도 잊어버리고 달렸으니 그럴 만도 한가? 일단 식사부터 해야지.

나는 인벤토리 안에 있는 전투 식량과 물을 꺼내 먹기 시작했다. 세연은 내 옆에 앉아서 그냥 가만히 쉬고 있다.

이 녀석도 이제 어엿한 적합자가 되었네. 오늘 하루 종일 던전에서 보냈으니까 말이야.

"어, 음~ 생애 첫 던전에서의 하루는 어땠냐? 뭐, 도발하고 죄다 썰기만 할 뿐이니 별거 없지?"

"네."

"원래 진짜 파티는 엄청 저렙 존이 아니고서야 탱커가 던전의 적정 레벨보다 높은 경우는 거의 없어. 오늘이 특별한 경우야. 여기 몬스터가 약하고, 내 레벨이 너무 높은 덕이지."

적정 25레벨 탱커가 왔다면 물밀 듯이 들어오는 고블린들의 공격을 전부 방어 행동으로 받아칠 수 없어서 체력 소모가 빠르며, 한 대라도 덜 맞으려고 바쁘게 뛰면서 몰아야 정상.

하지만 레벨이 깡패인지, 내 앞에서는 그저 과자 달라고 달라붙는 유치원생 처지가 되어 가만히 한주먹씩 어루만져 주면 된다.

"오늘은 솔직히 말하자면 내 레벨발로 그냥 쉽게 쉽게 가고 있는 거야. 적정 레벨 던전을 돌아다니면 진짜 사람 죽는 건 아무것도 아닌 게 일상이야. 야, 너 눈이 푸르게 빛나는데, 뭐냐? 스킬이냐?"

"이거, 〈패시브-죽은 자〉가 던전의 밤이 되면 주는 버프. 스탯도 올랐어."

"보자. 아, 역시 데스 나이트라서 밤에 추가 버프가 있구나!"

언데드 몬스터들은 밤에 더 강해진다. 당연히 판정이 언데드인 데스 나이트 세연 또한 밤이 되면 자동으로 버프가 걸리게 되는 것이었다.

그러면서 낮에는 디버프도 없던데! 역시 레어 클래스인가? 점점 내 저거노트 클래스가 더욱 안습해져 가는 느낌이다.

나도 레어 클래스인데! 나도 레어 클래스인데! 물론 나도 고유 패시브가 없는 건 아니지만 얘 것에 비하면 초라할 따름이다.

"아, 아저씨도 버프 나왔다. 모습이 안개처럼 흐려졌어."

"내 〈패시브-야생 동화. 설명 : 이거 하나면 당신도 정글의 법칙에 캐스팅된다.〉의 효과야."
"설명, 이상해."
"나도 그래. 망할! 왜 스킬 설명이 제대로 안 붙어 있어서. 근데 이건 클래스 기본 패시브인데, 써 보니까 낮에는 체력 재생율 증가, 밤에는 자동으로 은신 스킬이 걸리더라. 야, 근데 이게 쓰레기 같은 건, 도적이나 닌자 같은 애들은 은신한 채로 싸우는 게 가능한데, 내 거는 이동조차 못하며 크게 움직이기만 해도 효과가 사라져. 봐, 팔 한번 움직이니까 버프가 꺼졌지? 게다가 조건부라서 야외 필드가 아니면 발동도 안 해……."

쓸데없이 두 가지 효과가 하나에 붙어서 이도저도 안 되는 스킬이 되는 경우가 생기는 개 같은 경우다. 게다가 발동조차도 조건부다. 오로지 야외에서만 되는 거라 내가 두 배로 빡치는 거다.

낮의 버프는 그나마 탱커로서 시너지가 되는 부분이지만, 밤의 버프로 이득 본 경우는 없었… 아, 하나 있다.

'맨날 불침번 비번이거나 늘 초번만 섰구나!'

잠을 잘 때도 발동하니 불침번을 서도 내가 보이지 않고, 은신을 밝히려고 섬광탄 같은 걸 터뜨려 옹기종기 모여서 야영하는 파티원들을 다 깨울 수는 없지 않은가?

어쨌든 내 패시브에 비하면 세연의 패시브는 확실히 레어 클래스 값을 한다는 것이다.

"음, 그러면 너 패시브 발동해 있을 때, 계속 사냥하는 게 낫겠군. 능력치가 올라간 상태이니 말이야. 지금 레벨이 15였나?"

"응, 반나절 만에 5 레벨 업."

크! 부럽다. 난 적합자가 되고 반년이나 지나서야 15레벨이 되었었는데!

길거리의 임프들에게 벌벌 떨면서 1마리, 2마리 조심조심 잡다 보니 그렇게 된 건데!

왠지 억울했지만 이 녀석의 경우가 특수해서 뭐라 할 수는 없었다. 원래 6명이 와서 경험치를 나눠 먹어야 할 던전에 2명이 와서 경험치를 먹으니 그 양이 많았다. 원래 던전 몬스터보다 레벨이 낮아서인 이유도 있다.

"스킬 포인트 5개 생겼어."

"음~ 이제 슬슬 진로를 정해야겠네."

"진로?"

"어, 아무리 듀얼 포지션이 되는 데스 나이트라도 네가 딜, 탱 중에서 어느 쪽을 더 우선시할 건지 정해야 할 거 아니야. 그러니까 뭐 할 거냐는 거지."

즉, 스킬의 우선도를 이야기하는 것이다. 방어 스킬을 우선시해 오래 살면서 딜을 하느냐, 아니면 공격 스킬을 우선시해 빨리 잡아 체력 소모를 적게 하느냐?의 문제다.

내 질문에 세연은 고민도 안 하고 바로 대답한다.
"탱커."
"진심이냐?"
"응."
꿀꺽.
난 말문이 막혔다.
야, 안 돼. 진정하자. 이게 고등학교 3학년 대학 입시에서 올 1등급 맞아 놓고, '막노동할 건데요?'라고 말하는 학생을 보는 담임선생님의 기분인가? 레어 클래스인데 기껏 한다는 게 탱커라니! 딜러가 될 수 있으면 딜러를 하라고!

마법과 검술 스킬을 둘 다 보유해서 마검사 형태의 딜러가 되어 적의 방어 패턴이 뭐건 다 씹어 먹어 버린다든가? 아니면 소환 마법에 비중을 둬서 네크로맨서처럼 소환물을 끌고 다니며 편하게 싸우는 딜러가 되든가?

"하아~ 세연아, 잘 들으렴. 모름지기 적합자 사회엔 이런 말이 있단다."
"응."

'야, 탱커 하지 마. 존나 구려.'
'술, 담배, 마약, 보증, 사채는 다해도 되는데, 탱커는 하지 마라.'
'탱필패=탱커는 반드시 패한다.'

'탱커가 좌절감을 키우는 것이다!'
'당신 클래스가 퓨어 탱커 계열이면 당장 자살을 추천합니다.'

그렇다. 진짜 힘들고, 더럽고, 위험하니 그런 길을 가선 안 된다.

방금까지는 나도 얘가 퓨어 탱커인 줄 알고 말한 건 아니지만, 어쨌든 빠져나갈 수 있는 지옥이면 빠져나갈 수 있게 하는 게 여기까지 살아온 선임 탱커가 제시할 방향이었다.

"그래도 상관없으니 탱커 할 거예요."

"스톱! 스톱! 진짜 너 제정신이 아니구나! 방금까지 내가 한 말 뭐로 들은 겨? 탱커 완전 안 좋다니까! 엄청 위험하고, 늘 다치고! 돈도 많이 벌지도 못하고! 좋은 구석이 하나도 없다고! 왜 빠져나갈 수 있는데도 이 길을 가려는 거야? 미쳤어? 미쳤냐고? 기껏 좋은 레어 클래스를 가지고 있는데!"

"딜러가 되면 아저씨의 옆에서 못 싸워. 딜러로는 아저씨를 못 지켜. 차라리 힐러가 될 수 있다면 납득하고 되었을지 몰라. 하지만 데스 나이트는 힐러를 못해."

그야 당연하지! 최강의 언데드 기사, 데스 나이트가 무슨 힐이야! 그럼 딜러를 하라고! 딜러! 극딜 당해서 내가 죽기 전에 죽이면 그게 지키는 거야! 이 멍청이가 도대체 왜 탱커를 하려는 거냐고!

'으아아아아악! 팔이! 팔이이이이이!'
'살려… 줘……! 제발 살려… 으아아아아아아!'
'히, 힐이? 힐이 끊겨! 체력이! 체력이! 힐러! 힐러어어어!'
'포션이 떨어졌어. 하하하하! 이젠 끝이야아아아아!'
'제발… 제발 날 두고 가지 말아 줘어. 버리지 말아 줘어!'
'도와줘! 제발……. 제발 이 녀석에게 도발 좀! 도발 조오오옴!'
'죽고 싶지 않아. 죽고 싶지 않아! 죽고 싶지 않아!'

 지난 3년간 수많은 지옥을 넘나들며 수많은 탱커들이 죽는 장면을 본 나로서는 딜러가 될 수 있는데도 탱커를 하겠다는 걸 도저히 납득할 수가 없었다. 아니, 되지 않길 바라는 거다. 나는 몰라도 이 녀석이 그런 사지(死地)를 뒹굴게 하고 싶지는 않았으니까…….
"내 눈에 흙이 들어가기 전엔 탱커는 안 돼!"
"아저씨도 탱커인데?"
"내가 탱커라서 더 그런 거야. '적합자' 세계의 탱커는 너무 쉽게 죽는다고! 던전에서 전쟁터의 병사들만큼 쉽게 죽어 나간다고! 던전뿐만 아니라 스캐빈저 자식들도 그냥 만

만하다고 털어 대고, 죽여 놓고 연구 시설에 팔거나, 장기 매매를 하려고 난리지. 반면 적어도 싸울 수 있는 딜러는 위협이 되고, 힐러는 귀한 몸이라 그나마 안전하지. 탱커는 그냥 사냥감 취급이라고!"

"그러면 아저씨."

"그러니까 탱커가 될 생각은 꿈도 꾸지……."

"세연이 되면 안 돼? 강력한 탱커. 데스 나이트로 강한 탱커가 되어 나타나면? 그 어떤 스캐빈저가 나타나도 지지 않는 탱커가 되면?"

"에?"

얘가 지금 무슨 소리를 하는 거야? 강한 탱커라고?

얘가 지금 무슨 소리를 하는 거야? 탱커가 강해진다고?

그건 무리야, 무리라고! 실력 있는 놈들은 금세 스킬을 바꾸고, 아이템을 얻어서 딜러가 되려고 할 뿐이지.

남는 건 나처럼 아예 태생적인 클래스가 퓨어 탱커이거나 포지션을 바꿀 만한 능력이 안 되어 탱커로 남아 죽는 녀석뿐인데…….

"강한 탱커라고? 말도 안 돼. 그런 게 있을 리 없잖아."

공격 능력의 부족 때문에 초식 동물처럼 도망치거나, 숨거나, 방어 태세를 올리고 포식자들이 물러나 주길 바라는 그런 탱커가 강할 리가 없잖아.

"있어, 강한 탱커. 보여 줄까요?"

"뭐?"

"〈하마〉. 봐요, 탱커인데 강해요."

하마라니, 이거 도대체 뭐야? 이 영상은 뭐야?

하마가 사자들의 공격을 받으면서도 꿋꿋이 걸어가는 영상. 그리고 입을 열자, 무식하게 거대한 엄니가 드러난다.

"제 말이 맞죠?"

"어이없다, 너. 동물의 세계와 여기가 같냐?"

너 진짜 나노 머신 디바이스 막 쓸래? 동영상 같은 거 던전 내에서 보지 말라고! 그거 요금이 장난 아니란 말이야!

그리고 이 녀석은 어떻게 된 게 동물의 세계를 현실과 비교하냐?

"같아요. 적합자의 세계도 같아요. 먹고, 먹히고 강해지지 않으면 이용당해서 죽음."

"그러니까 딜러가 되란 말이야! 탱커는 언제나 쫓기고 먹힌다고! 탱커는 결코 강하지 않아."

"나는 아저씨 같은 〈하마〉가 되고 싶어요. 그러니까 탱커가 될 거예요."

도저히 못 따라가겠다. 이 녀석이 하는 말을 진짜 못 따라가겠다. 데스 나이트라서 그런 건가? 확실히 정신이 이상하긴 이상하지.

결국 나는 포기하기로 했다. 그래, 어차피 날 따라다닐 테니 네 마음대로 해라. 난 한숨을 내쉬며 포기 선언을 한다.

"그래, 네 마음대로 해라. 단, 네가 탱커가 되겠다고 한 이상 절대 후회하지 마라."

"네!"

뭘 그리 좋아하고 있어. 네가 갈 길은 결국 피로 물들고, 옆에는 바로 죽음이 미소 짓고 있는 미친 길인데.

어쨌든 기왕 이렇게 된 거, 이 녀석 스킬 찍는 거나 도와줘야겠다.

난 세연이에게 인터페이스창을 열어서 보여 달라고 했다. 우선 찍을 수 있는 스킬 중 공격 스킬, 소환 주문 같은 걸 다 빼고 유틸과 방어 계열 스킬만 모으면 이 정도인가?

사용 가능 스킬 포인트 : 5

〈액티브-영혼 오염〉
설명 : 일정 시간 동안 행동 불가 상태로 만듭니다. (미습득)

〈액티브-혹한의 검〉
설명 : 무기에 냉기 공격력과 빙결, 슬로우 효과를 추가합니다. (미 습득)

〈패시브-얼음장 같은 피부〉
설명 : 물리 방어와 냉기 마법 저항을 상승시킵니다. 화염

> 저항이 낮아집니다. (미 습득)
>
> 〈패시브-사후 경직〉
>
> 설명 : 근력 스테이터스와 체력 스테이터스를 20퍼센트 증가시킵니다. (미 습득)
>
> 〈패시브-영혼 갑주〉
>
> 설명 : 모든 마법으로부터 받는 데미지를 10퍼센트 감소시킵니다. (미 습득)
>
> 〈패시브-공포의 존재〉
>
> 설명 : 모든 능력과 행동의 위협 수치가 증가합니다. (1/3)

이야~ 다시 봐도 진짜 좋은 스킬들뿐이네. 레어 클래스 데스 나이트의 이름값을 하는 것 같다.

〈패시브-공포의 존재〉는 어차피 능력치가 안 올라가는데다 자칫하면 내 위협 수치를 넘어서서 몬스터를 몰리게 할 수 있으니까 미뤄 둔다면, 그 위의 것들인가? 일단 기본 중의 기본부터 챙기자.

"우선 이거부터 찍자. 〈패시브-사후 경직〉부터 3개 찍어서 마스터해."

"응."

샤아아아아!

삽시간에 세연의 체력 수치가 올라간다. 3개를 찍으니

근력과 체력의 스테이터스가 자그마치 60퍼센트 증가했다고 표시되었고, 내 옆에 있는 세현의 체력이 폭발적으로 증가하는 게 보인다. 16,720이었던 그녀의 체력은 하나 찍을 때마다 껑충껑충 뛰더니!

"22,412라고? 세상에, 나, 나도 15레벨에 1만 9천대였는데!"

증가량은 자그마치 약 5천의 체력. 저 60퍼센트 증가라는 건, 모든 버프가 없는 순수한 체력 수치에서 증가하는 것이라는 걸 예측할 수 있었다.

근데 저거 순수 체력 코스트를 사용하는 저거노트보다 더 체력이 높잖아. 그뿐만 아니야. 동시에 근력도 증가해서 딜량도 올라갔을 것이다.

"아, 마스터하니까 부가 효과도 주네요."

〈패시브-사후 경직〉
설명 : 근력 스테이터스와 체력 스테이터스를 60퍼센트 증가시키고, 마비 효과의 상태 이상을 무시합니다. (M)

"거, 거기에 부가 효과라고? 마비 무시라고? 미친 거 아냐?"

기가 막힐 노릇이다. 탱커에게 가장 치명적인 것이 무엇이냐면 바로 상태 이상이라고 볼 수 있다. 빙결, 스턴, 에어본, 마비, 독 등 방어 행동을 못하게 하는 상태 이상들이 탱커에게 가장 치명적인 것인데, 그중에서 한 개를 무시할 수 있다는 건 엄청난 메리트였다.

"추가 스킬도 열렸어요. 그것도 회복 스킬이에요."

〈패시브-시체 섭취〉
설명 : 몬스터, 인간의 시체를 먹을 수 있습니다.
먹을 시 체력과 마력을 회복합니다.

"데스 나이트다운 스킬이구나. 근데 그건 찍지 말자."
"왜요? 지금 스킬 포인트 2개 남아 있는데. 이거 찍으면 포션을 절약할 수 있을 것 같은데……."

효율을 생각하면 이런 고블린 던전처럼 객체는 약한데 산더미같이 나오는 던전의 경우 시체를 먹으면서 싸우면 진짜 무한정 싸울 수 있거나, 던전 솔로잉을 할 수 있겠지.

나중에 레벨 업을 해서 중 레벨 이상 던전이나 레이드를 뛸 경우 아군의 시체가 산처럼 나오니까 포션이 떨어져도 계속 싸울 수 있는 전략까지 떠오른다.

"그, 그건 찍지 말자."

비주얼적으로 문제라고! 너같이 귀여운 소녀가 체력과 마나를 회복하자고 고블린의 시체를 퍼먹고 있는 걸 보면 내 정신에 손상이 온다고.

하지만 이런 변명보다는 더 효율적인 이야기를 해 주는 게 좋다고 생각한 나는 이야기를 돌려 말한다.

"넌 아직 저 레벨이니까 이런 보조 스킬보다는 전투에 도움이 되는 패시브가 중요하다고! 전투에서 죽으면 먹지도 못한다, 이 말이지."

"에? 전투하면서 먹으면?"

"어쨌든 이런 시시한 스킬보다 더 좋은 스킬이 많으니까 그것부터 우선시하자고! 보자! 그래, 지금 도발밖에 액티브가 없으니 상태 이상을 걸 수 있는 액티브를 하나 가지고 있는 것도 좋지. 보자, 보자. 〈액티브-영혼 오염〉이랑 〈액티브-혹한의 검〉이 있는데 뭐가 좋으려나~ 스킬 포인트 이제 2개 남았으니까 1개만 둘 중 하나에 주자. 나도 상태 이상을 걸 있는 스킬을 보유하고 있으니 말이야."

"그럼 〈액티브-혹한의 검〉을 선택할게요."

그래, 그러렴.

결국 세연은 스킬 포인트 1개를 〈액티브-혹한의 검〉에 투자하고 남은 1개의 스킬 포인트는 일단 그냥 가지고 있기로 한다.

레어 클래스 • 195

남은 스킬 중에서는 배울 만한 게 별로 없었고, 스킬 포인트 1개는 효율성이 없어 보였다. 지금 배울 수 있는 스킬을 억지로 배우는 것보다 레벨 업을 좀 더 해 보고 추가 스킬이 개방하거나 했을 때 배우는 편이 좋다.

"스킬은 한번 찍으면 되돌릴 수 없으니까 신중한 게 좋아."

"예. 어차피 탱커의 길은 아저씨에게 모두 맡길게요."

"음~ 후, 좋아. 어쨌든 이걸로 스킬은 끝. 세연아, 하나 제안이 있는데~"

2탱커 개망 조합의 탄생이라고 말하고 싶었지만, 아까 찍은 스킬들은 딜도 탱도 모두 충족하는 부분이 있는 강화 스킬들이라 지금 이 던전에 한해서는 세연은 딜러 역할도 가능했다. 거기다 밤인 지금 '언데드 판정'인 세연은 모든 스탯이 증가한 상태였다. 사냥을 한다면 지금이 가장 효율이 좋을 것이다.

"식사도 끝났고, 네 진로 상담도 해결. 기왕 데스 나이트의 판정 덕에 스탯까지 상승했다면 지금 사냥하는 게 제일 효율이 좋지. 그리고 던전은 빨리 나가면 나갈수록 좋고 말이야."

"세연은 괜찮아요. 근데 아저씨는 괜찮아요?"

"어, 나는 괜찮아. 네 걱정이나 하셔! 아, 미리 〈액티브-혹한의 검〉을 시전해 봐. 지속형인지, 아니면 자체 버프형인지 네가 가진 스킬의 스펙이 어떤지 확인하고, 인터페이스 창과 대조해 보며 공격력이 어느 정도 올라가는지 확실히 알아내."

"예!"

사아아아아아…….

세연이 자신의 대검에 정신을 집중하자 푸른빛과 함께 서리가 맺히기 시작한다. 그리고 검에서 나오는 냉기가 여기까지 전해질 정도가 되자 시전이 끝나게 된다.

나는 세연의 버프 창에서 〈혹한의 검 : 냉기 공격력, 슬로우, 일정 확률로 빙결〉이라는 옵션을 확인할 수 있었다.

"1레벨이라서 공격력 추가 15 정도, 슬로우는 7퍼센트, 빙결 시간은 0.5초, 빙결 확률은 1.5퍼센트예요."

"그거면 충분해. 슬로우만 있어도 충분히 좋은 스킬인데. 스킬의 성장치는, 대략 계수를 계산해 보면 스킬 레벨이 1이니까 그 수치에서 네가 15레벨이니 그걸 나누면 간단하게 나오네. 〈공격력은 레벨X1/슬로우도 레벨X0.5퍼센트/빙결 시간은 고정/빙결 확률은 레벨X0.1퍼센트〉. 아마 추가 스킬 포인트를 투자하면 2배, 3배까지 되니까 마스터 기준 〈공격력-레벨X3/슬로우 레벨X1.5퍼센트/빙결 확률은 레벨X0.3퍼센트〉로 계수는 나쁜 게 아니지만, 엄연히 냉기 속성이니까 상대의 냉기 저항에 따라 데미지와 확률 감소가 붙을 테고, 레벨 차이에 따른 보정도 걸릴 테니 음, 그냥 1레벨로 놔두고 추가 포인트는 투자하지 않는 게 낫겠다. 연계되는 상위 스킬이나 마스터 부가 효과 스킬이 있어도 아마 공격계일 테니 탱커 지망이면 그냥 슬로우를 걸어서 상태 이상을 추가해 보조한다고 생각하는 게 편하겠군."

"우와, 그걸 다 계산하는 거예요?"

"이 정도는 해야 이 미친 세계에서 살아남는다고! 더구나 이렇게 꼬치꼬치 따지고 효율을 찾는 건 우리의 종특이지. 크큭, 세계 최강 게임 종족 한국인 남성이라면 이 정도는 기본이란다. 더 대단한 새끼도 많아. 전에 영상에서 본 크루세이더 차현마 있지? 그 새끼는 더 독해."

아직도 기억이 난다. 그 새끼가 미친 짓을 하던 모습이 말이다. 자신이 던전에 가기 전에 할 이야기가 있다면서 사람을 불러 두고는 개미친 짓을 했었지.

"케엑! 이게 다 뭐야? 다 희귀 레벨 이상 아이템이잖아!"

"미안하군. 잠시 작업 중이었다. 조금만 기다려라. 거의 다 됐으니까."

캐스팅 속도 증가 옵션이 붙은 각 부위의 마법 아이템을 산더미처럼 쌓아 두고 미친 듯이 갈아입으며 인터페이스창을 보던 그 새끼의 모습!

계산기를 두드리며 A4 용지에 이것저것을 썼다가 지웠다가 하면서 바쁘게 움직인다. 그러길 약 40분, 답답해진 나는 화가 나서 놈에게 다가간다.

"미친놈아! 적당히 해!"

"음……."

"야, 그냥 등급 높은 걸로 끼워서 가면 그만이잖아. 뭘 그렇게 입었다가 벗었다가 반복하냐?"

"으음, 캐스팅 속도 증가 21.24퍼센트. 좀 더 낮춰야겠군. 윽! 이번엔 19.87퍼센트인가? 안 돼! 아, 아깝군! 완벽히 20.00퍼센트가 되었을 텐데!"

"이 미친놈아! 무슨 아이템을 갈아 끼우는 데만 2시간째냐? 대강 끼워!"

"안 돼. 힐링이란 아주 섬세한 것이야. 이 마법 아이템들은 옵션은 다 다르지만 등급별로 동일한 스탯 합을 가지고 있다. 현재 나의 힐량과 캐스팅 속도 비중을 따졌을 때, 내 클래스 최적의 캐스팅 증가 속도의 수치는 20.00퍼센트다. 그 이상이나 그 이하가 되면 스탯들의 낭비다! 나머지 스탯은 철저히 체력, 지력 등 다른 능력치에 배분되도록 해야 최고의, 최적의 힐을 할 수 있는 것이다! 20.00퍼센트와 20.01퍼센트는 엄연히 다르다! 난! 그 0.01퍼센트의 스탯이 낭비되어서 파티원을 죽이는 것을 용납하지 못한다!"

그리고 이 힐 변태 놈은 실제로 자신의 말을 증명하듯 세계 최고의 힐러 중 한 명으로 이름을 날리고 있으니, 나도 할 말이 없었다.

 어쨌든 이야기를 되돌려서, 이 적합자의 세계에서 살아남으려면 이 정도는 해야 한다는 걸 계속 어필했다.

 "외국의 길드에서도 한국인 전 프로 게이머 출신들을 자문 위원으로 고용하려고 난리 법석일 정도라니까. 결론은 그거야. 살아남으려면 최선을 다하고, 가진 것에서 최적을 찾을 수밖에 없어. 자, 가자. 이제 사냥해야지. 그 칼의 버프 지속 시간 얼마냐?"

 "4시간이요."

 "그럼 그 버프가 떨어질 때까지 계속 사냥한 다음 쉬는 걸로 하자. 방식은 역시 내가 어그로를 끌고 있으면 네가 한 마리씩 떼어 가 써는 걸로 한다."

 "예!"

 "밤에는 잘 안 보이니까 소재의 회수는 전부 너에게 맡긴다."

 그렇게 나와 세연은 어두운 던전을 나아가기 시작하면서 놀라운 사실을 알게 된다. 고블린들은 밤에는 단체로 몰려다니지 않고, 소수의 순찰 인원만 남기고 나머지는 자러 간다는 사실이었다.

 초원을 주욱 가로질러 가며 만난 고블린은 단 6마리. 너무 소수여서 내가 나서지 않고 세연이 혼자 잡게 놔둬도 될 정도였다.

"이거, 밤에는 얘네도 영업을 안 하네."

"레벨 업을 더 하고 싶은데."

"게다가 이 녀석은 침입자가 지나가는데도 편안히 자고 있고. 바로 찔러."

"예."

푸욱!

길에서 단창을 어깨에 메고 자고 있는 고블린을 세연이 찌르자 한 방에 즉사한다. 무기에 건 버프와 야간 보너스, 그리고 새로 찍은 패시브 덕에 공격력이 왕창 올라서 그런 것이리라.

그리고 그녀는 곧장 이빨을 뽑아 자신의 인벤토리에 넣는다. 이거 효율이 좋은 건지, 안 좋은 건지.

나와 세연은 계속해서 던전을 나아간다. 우린 말없이 달빛도 없는 밤길을 걷는다. 그리고 꽤 시간이 지났을 무렵, 나는 세연에게 시간을 묻는다.

"지금 몇 시지?"

"밤 11시 30분. 〈혹한의 검〉은 아직 1시간가량 남아 있어요."

"즉 3시간 정도 걸었다는 건가? 고블린들이 밤에는 활동을 안 할 줄이야."

"그냥 낮까지 기다렸다가 가요?"

"아냐. 고블린들의 마을에 가면 놈들이 산더미처럼 있을 테니까 일단 가자. 몬스터가 없으면 없는 대로, 오벨리스크의 위치를 파악하기 좋으니까 말이야."

이 던전에서 나가려면 좋든, 싫든 오벨리스크를 부숴야 한다.

가지고 있는 비상식량은 각기 3일분. 물론 세연은 안 먹어도 되니까 다 내가 먹으면 6일은 여기에 있을 수 있다.

흠, 꽤 여유 있잖아? 오벨리스크의 위치를 파악하고 나면 식량이 허락하는 한 이곳에서 세연이의 레벨 업을 한 다음 둘이서 보스 몬스터에 도전하면 딱일 것이다.

"음, 플랜은 이거면 되겠군. 일단 오벨리스크부터 찾자."

잠시 후, 〈혹한의 검〉이 한번 풀렸다. 잠시 쉰 다음 다시 〈혹한의 검〉을 시전했고, 다시 2시간쯤 지났을 때, 우린 밤 중에 새하얀 빛기둥이 올라오는 것을 발견할 수 있었다.

저거다. 3년 내내 봐도 던전 내에서 보는 저 빛은 반가울 지경이다.

"저게 오벨리스크의 빛이야. 우릴 이렇게 만든 원흉 중 하나이기도 하지. 저 정도의 거리면 앞으로 반나절 정도 걸리겠군."

"신기하네요."

"오늘은 여기까지 하자. 오벨리스크의 위치를 알았으니~

하아암~"

 어느덧 시간은 새벽 3시쯤 되어 있었다.

 원래는 밤에 스탯이 증가되는 세연의 사냥 효율을 위해서 였는데, 밤에 움직이지 않는 고블린들 때문에 전투가 엄청나게 줄어서 사냥의 효율도 줄어들어 버렸다. 사냥을 위해서는 낮까지 기다려야 했다.

 "그러므로 일출까지는 여기서 대기. 한 3시간 정도 되겠군. 난 잠깐 눈 좀 붙일게. 어차피 순찰 오는 고블린의 숫자는 적을 테니 그 정도는 혼자 잡을 수 있을 거야. 그리고 혹시나 위험하면 바로 나 깨워. 알았지?"

 "예."

 "그리고 나 자는 사이에 이상한 짓 할 생각 절대 하지 마라. 아, 맞다. 어차피 〈패시브-야생화. 설명 : 이거 하나면 당신도 정글의 법칙에 캐스팅 된다.〉 때문에 은신이 되는구나~"

 초원에 서 있는 나무에 잠시 기대고 있자 저절로 몸의 색이 옅어지고 은신 상태가 되었는데, 세연은 그런 내 뺨을 손가락으로 찌르면서 말한다.

 "바보. 같은 밴드 소속인데 안 보일 리가 없잖아요."
 "아차차!"
 "저기요, 아저씨."
 "자려고 하는데, 왜?"

"심심한데 아저씨 스킬들 좀 읽어 봐도 돼요? 안 그럼 크로니클에 연결해서 위키질 할 거예요."

크로니클 통신비로 협박이냐? 내가 돈에 민감한 걸 알고 저러는 것이리라.

도대체 내 스킬은 봐서 뭘 하려는 건지? 장난인지 아닌지 모를 개드립 같은 설명만 적혀 있어서 개짜증 나는데 말이야.

어쨌든 심심하다고 하니 난 내 인터페이스를 열어서 반투명창을 세연에게 던져 준다.

"나, 이제 잔다. 몬스터가 갑자기 산더미처럼 오는 게 아니라면 부르지 마."

"예, 안녕히 주무세요."

그리고 난 팔장을 낀 채로 눈을 감았고, 의식이 점점 멀어져서 잠이 들었다.

이세연의 시점.

"아저씨의 저거노트(Juggernaut) 스킬창."

아저씨는 잠들었고, 나는 아저씨의 인터페이스창을 조작해서 스킬 부분을 바라본다.

아저씨도 사실은 레어 클래스인 만큼 다수의 고유 패시브를 보유하고 있었다.

고유 패시브

〈액티브-압도하는 포효〉

설명 : 내 앞에! 무릎을! 꿇어라!

〈패시브-몬스트러스 크리처 핸드(Monstrous Creature Hand)〉

설명 : 무기를 사용하지 못합니다.

〈패시브-야생 동화〉

설명 : 이거 하나면 당신도 정글의 법칙에 캐스팅된다.

〈패시브-거대한 존재감〉

설명 : 당신이 커 보여요!

〈패시브-퇴화된 마력〉

설명 : 아~ 선생은 앞으로 마력을 쓸 수 없다, 그 말입니다. 다시 말해 마력 고자가 되었다, 그 말입니다.

딱 봐도 알겠지만, 제대로 설명된 내 스킬과는 완전히 다르게 아저씨의 스킬들은 설명이 너무 이상했다. 마치 장난으로 써 둔 것 같은, 낙서 같은 말들로 이루어진 설명.

이걸 보고 무엇을 찍을지, 안 찍을지를 알 수는 없었고, 저거노트(Juggernaut)라는 클래스가 어떤 특징을 가지고 있는지 알 수 없었는데, 어쨌든 자신을 퓨어 탱커라고 단정 짓고 스킬 이름만 보고 효과를 추측해서 찍고 계신 것이었다.

'정말 저거노트(Juggernaut)는 퓨어 탱커인 걸까?'

아저씨는 자신을 퓨어 탱커라고 알고 있지만, 난 수상하게 생각한다. 탱커 클래스가 왜 무기를 못 끼는 걸까?

방어에는 여러 가지가 있지만 '무기 막기'라는 것이 포함되어 있고, 방패를 들 수 있다는 것은 엄연히 무기를 착용할 수 있다는 것이니 지원을 해야 하는데 지원하지 않는 걸 왜 수상하다고 생각하지 않는 걸까?

아마 생존의 위협에서 벗어나느라 바빴을 것이고, 1년, 2년, 3년 자신의 생활에 익숙해지다 보니 의심할 생각을 잊은 것이리라.

'어? 왜 이 패시브만 설명이 정상적으로 써 있는 거지? 〈패시브-몬스트러스 크리처 핸드〉.'

〈고유 패시브-몬스트러스 크리처 핸드
(Monstrous Creature Hand)〉
설명 : 무기를 사용하지 못합니다.

다른 스킬들의 설명은 이상한데 이 고유 패시브만큼은 제대로 효과가 적혀 있었다. '무기를 사용하지 못합니다.'

라고 스킬의 효과를 확실하게 알려 주고 있는 게 수상했다.
 아저씨는 이 점을 눈치채지 못한 것일까?
 일어나면 알려 드려야겠다고 생각하며 난 다른 스킬로 시선을 옮긴다.

 다음 날.
 "하아아아아암~ 뭐야? 으으… 뭐야?"
 왠지 더워져서인지 나는 잠에서 깨어났다.
 눈을 뜬 나는 기지개를 켜면서 지금 몇 시인지 확인하기 위해 비몽사몽으로 우선 인터페이스창을 열어 시간을 확인한다. 아, 8시 45분인가? 에?
 "에에에엑? 왜 이 시간이야? 일출은? 고블린은? 여기 던전인데?"
 "아저씨, 좋은 아침."
 "야, 너는 왜 일출 때 안 깨웠어? 몬스터는 습격 안 하디?"
 "혼자서도 잡을 만해서 그냥 잡았어요. 여기, 고블린 이빨 80개 더 추가. 그리고 여기 전투 리포트."
 무, 무슨 말이야? 에에? 호, 혼자 잡는다고?
 세연이 가리킨 방향에는 확실히 고블린의 시체들이 탑으로 쌓여 있었다. 이 녀석들, 아침이 되니까 다시 10마리씩 몰려서 다닌 거 같은데. 그럼 적어도 4개의 무리를 혼자서 상대했다는 것이리라.

'세, 세상에! 이게 말이 돼?'

[모드레드 님이 일반 공격으로 고블린에게 266(+15) 일반 데미지(혹한의 검 : 냉기 데미지)를 입혔습니다.]

[모드레드 님이 -193의 데미지를 받았습니다.]

[모드레드 님이 일반 공격으로 고블린에게 241(+15) 일반 데미지(혹한의 검 : 냉기 데미지)를 입혔습니다.]

[모드레드 님이 -155의 데미지를 받았습니다.]

[고블린을 쓰러뜨렸습니다.]

[모드레드 님이 〈패시브-소울 드레인〉으로 1,324의 체력을 회복했습니다.]

이게 한 마리분의 전투 데이터. 데스 나이트의 방어 행동은 아무래도 〈소울 드레인〉으로써 하는 회복이 전부인 것 같았다.

아, '무기 막기'까지는 있구나. 반면 회피를 안 한 걸 보면 센스가 없는 건가? 좀 피하면서 싸워라. 오로지 물리 방어력과 〈소울 드레인〉으로만 버텼군.

아마 상대가 고블린들뿐이라서 문제가 없는 것이리라.

"아, 또 오네요."

키에에에엑!

끼이이이익!

쭈겨라아아아!

또다시 고블린들이 몰려온다. 이번에도 10마리 정도. 난 가만히 앉아서 일단 그 광경을 바라본다.

세연은 양손 검을 들고서 두 번을 베니 고블린이 쓰러져 버린다. 공격력도 괴랄 같네.

한 마리를 잡는 동안 10마리에게 다굴을 맞아서 약 4,000 정도의 체력이 빠졌지만 괜찮다. 어차피 그녀의 총 체력은 22,000대다. 5분의 1 정도 빠졌지만 〈소울 드레인〉이 약 1,300 정도를 회복시킨다.

이제 남은 건 9마리. 1마리가 줄은 만큼 다음 한 마리를 잡을 때 줄어드는 체력은 더 적었고, 다시 〈소울 드레인〉이 그녀를 회복시킨다.

이윽고 5마리째가 되자 이제는 〈소울 드레인〉의 회복량이 받은 데미지를 넘어서서 오히려 그녀의 체력이 회복했고, 모두 다 잡은 다음에는 시체에서 소재를 회수하는 동안 체력이 만피로 재생한다.

'저리될 줄 알고는 있었지만, 성장 너무 빠르잖아! 와, 이젠 나도 필요가 없네.'

고작 5레벨. 몬스터와의 레벨 차이는 없었지만, 그래도 10마리를 동시에 상대하는 클래스라는 게 말도 안 된다.

비록 여기는 원래 6명에서 힐러와 딜러의 조합을 짜야만 안정적으로 사냥이 가능한 25레벨이 적정선인 던전이었으니 말이다.

그래, 저런 게 진짜 세계에서 단 한 명만 보일 수 있는 레어 클래스다운 강함이리라.

'물론 그 강함을 위해서 희생해야 하는 게 많긴 했지만 말이지.'

난 전투 식량을 먹으면서 안타깝게 바라본다. 전투만은 확실히 데스 나이트의 위용에 맞게 강했다. 나와 같은 크로니클 초기 장비로 고블린들을 무쌍으로 해치우고 있었으니 말이다.

음, 레벨대에 맞는 양손 무기 하나 나오면 고블린을 일격에 처리하겠는걸.

'잠깐만, 이 추세면 던전에 있는 고블린들은 보스만 빼고는 다 작살내겠는데?'

어쩌면 난 내 생각보다 더 굉장한 녀석을 데리고 다니게 된 걸지도 모르겠다. 어쨌든 난 할 일이 없어져 버렸다. 던전 일반 몹들 한 무리를 혼자서 처리해 버릴 정도로 성장하니까 내가 할 게 없다.

15레벨에 13~17레벨 일반 몬스터 10마리를 혼자 잡을 정도라? 강하긴 강하네.

'근데 대가가 크긴 크네. 인간의 삶과 즐거움이 없어지니 말이야. 무서울 정도로 데스 나이트의 아이덴티티를 재현했구먼. 적합자가 의지를 가지고, 컨트롤할 수 있는 점만 빼고 말이지.'

"아저씨, 뭐 하세요?"

"아, 잠시 생각하고 있었어. 그나저나 여기가 단숨에 지루한 던전이 되어 버렸구만~ 너에게도, 나에게도 말이지. 아, 그렇지만 저 오벨리스크가 있는 데는 만만치 않을 거야. 여기는 아직 고블린 마을의 밖이라서 일반 고블린 몬스터밖에 안 오지만."

본격 이 던전의 보스가 있는 필드. 고블린 마을에 접어들면 엘리트 속성이 달린 고블린도 나타난다.

일반 고블린보다 체력이나 공격력이 몇 배나 버프가 되는 엘리트 속성.

아직 세연으로선 그놈들을 상대하지 못하리라. 가능하면 최대한 바깥에서 레벨을 올리고 마을 트라이를 해야 하니까 말이다.

"너는 여기서 오는 고블린들을 썰어 대면서 레벨 업에만 신경 써. 식량은 하루 치를 남기고, 5일간 닥치고 사냥이다. 아오! 근데 나는 그동안 뭘 한다?"

나도 같이 닥사에 참여하기에는 공격력이 너무 고자스럽다. 세연이 2방에 처리할 고블린을 나는 11방를 맨손으로 쳐야 죽는다.

하아~ 나 엄연히 45레벨인데 말이지. 이 망할 퓨어 탱커 클래스 진짜 너무하네.

'이게 퓨어 탱커와 진정한 레어 클래스의 차이인가? 슬프다, 슬퍼.'

어쨌든 세연의 클래스가 너무 OP(Over Power)인 덕에 이 던전의 클리어나 목숨의 위협에 대한 문제는 생각할 필요가 없게 되어 버렸다. 이런 건 내가 적합자 탱커 일을 하고 난 이후 처음 겪는 일이었다.

"아저씨, 소재 회수 다 했어. 그리고 무기 나왔어."

"에? 보자, 뭔데?"

"그냥 마법 아이템이야. 한 손 칼인데, 내 대검보다 공격력이 약간 좋아."

"그럼 바로 무기 바꿔. 데미지가 더 높으면 거기에 공격 속도도 한 손 무기가 더 빠를 테니까 백방 그게 낫지!"

"응."

크로니클 초기 장비보다 나은 한 손 무기로 바꾸고 몇십 분 뒤 다음 고블린 무리가 달려오는 걸 상대하는데, 사냥 속도가 더 무시무시해졌다. 〈혹한의 검〉을 걸고서, 그냥 추수하듯이 서걱, 서걱, 서걱 베어 나가면 될 뿐이었다.

한 마리가 일격에 쓰러지니, 소모하는 체력도 훨씬 적어서 이제는 그냥 만피를 유지하면서 사냥할 정도였다.

"던전, 시시해. 몬스터 기다려?"

"난 네가 더 어이없다. 이게 게임이고, 내가 밸런스 담당이었으면 일단 너부터 바로 너프 처먹였을 거야. 일단 이젠 기다리지 말고. 너, 솔직히 말해서 레벨보다 훨씬 세니까 직접 찾아다니면서 잡아도 될 정도야. 아, 그리고 그 초기 장비 대검은 그냥 버려라. 그 무게를 고블린 이빨로 채우면 돈이 더 될 테니까 말이야."

"응, 아저씨."

그리고 원래 기다려서 레벨 업을 하려던 우리의 던전행은 이제 몬스터를 찾아다니는 지경에 이르렀다.

오벨리스크의 빛기둥을 기준으로 뱅뱅 돌면서 순찰 도는 고블린 무리를 만나면 세연이 달려가서 무자비하게 썰어 버리고, 나는 죽은 고블린에게서 소재를 회수하는 방식.

그렇게 시간을 보내니 내 인벤토리에는 벌써 고블린의 이빨만 800개나 들어 있었다.

"보자, 개당 2만 원이면 1,600만 원이라는 거고, 반땡 하면 800만 원인가? 파티의 머릿수가 적으니까 수익도 완전 개쩔어!"

"아저씨, 세연의 인벤토리에도 고블린 이빨 100개 있어."

"와우! 그럼 너랑 나랑 900만 원씩인가? 크! 세연 짱, 대승리!"

내가 너무 속물처럼 보이겠지만, 세상에 돈 많이 벌어서 싫은 사람이 어디 있는가?

게다가 나 아직도 빚이 십억 대를 넘는 불쌍한 놈이다. 탱커면서 크로니클 초기 장비로 3년간 살 만큼 궁핍 그 자체였단 말이다.

"아저씨, 기분 나빠."

"아, 미안. 그치만 좋은 걸 어떡하냐? 나 지난 3년간 던전 한 번에 이만한 돈을 벌어 본 적이 없단 말이야. 이걸 어디 가서 팔아야 하려나?"

나는 기분 좋은 상상하면서 빨리 던전을 나가서 이 소재들을 크로니클의 상점에 팔 생각을 하고 있었다.

이윽고 반나절이 더 되도록 돌아다니자 아예 오벨리스크 바깥에는 고블린들이 더 이상 보이지 않았다.

미친 듯이 잡고 다니니까 어쩔 수 없는 일이라고 생각하며 세연에게 레벨을 물었다.

"17레벨."

"진짜 레벨 업 빠르네. 우왁, 체력도 2만 6천대야? 성장력 엄청 무시무시하구만!"

나도 퓨어 탱커라서 한 체력 하는데, 이 추세라면 추가 패시브 찍는 거까지 감안하면 내 레벨쯤 되면 7만 정도의 체력 수치가 될 거 같다.

내가 6만이 살짝 안 되는데! 이건 사람이 아니라 몬스터야. 아, 데스 나이트면 몇몇 게임에서는 몬스터로 나오니까 틀린 건 아닌데, 어쨌든 이렇게 강하니 그녀의 스테이터스와 클래스를 철저히 숨겨야 했다.

"야, 넌 일단 인터페이스 잘 감춰라. 누구에게 함부로 보여 주지도 말고. 이거 알면 진짜 난리 날 거다."

데스 나이트라는 이름값도 대단하니까 유명 길드에서는

서로 모셔 가려 할 거고, 이렇게 솔로잉을 잘할 수 있으면 안정적으로 길드에 수입을 제공할 테니 영입하려고 전쟁을 치르겠군.

그렇게 되면 나랑도 바이, 바이 신세가 될 것이고 말이다.

내가 우려 담긴 말을 하자 세연은 내 옆에 와서 팔짱을 끼며 말한다.

"응. 세연은 아저씨 거니까~ 걱정 안 해도 돼."

"누, 누가 걱정한다는 거야? 이제 고블린 마을로 가자. 너 이제 레벨도 충분하니, 보스 잡고 여길 뜨자."

페이즈 2-5

VS 고블린 킹

 더 이상 시간 끌 필요가 없다고 생각한 나는 세연을 데리고 고블린 마을로 입장한다.

 주 건축 양식은 작은 나무 집이나 풀로 엮은 작은 움막집으로, 비무장의 고블린들은 우리를 보자마자 혼비백산하며 도망친다. 민간인이라는 설정인가?

 그리고 우리는 집들을 지나 오벨리스크가 있는 곳으로 갔는데, 그곳은 큰 광장으로 오벨리스크 앞에서 약 30마리의 고블린과 일반 고블린보다 3배 정도 커서 인간 정도 되는 왕관을 쓴 고블린이 우릴 노려보고 있었다. 저놈이 보스군.

 "인간이! 여길 어디라고! 키에에엑! 가서 죽여라!"

> 보스 몬스터 : 고블린 킹 레벨 : 25
> 체력 : 70,000/70,000

끼에에엑!

크에에에엥!

쭈겨라라라라라!

고블린 킹의 명령에 친위대들이 우릴 향해 달려오기 시작했고, 놈들의 외침은 에코가 되어 나와 세연에게 들린다.

난 방패를 들어 올리며 한 발 앞으로 나가며 세연에게 지령을 내린다.

"일단 내가 다 어글 잡고 탱 할 테니까, 우선 졸부터 하나씩 썰어. 원거리 타입부터 우선적으로 처리해."

"예."

마을에 있는 고블린들은 죄다 친위대인지, 밖에서 보던 형편없는 무장의 고블린들과는 달랐다.

일단 근접형은 가죽 갑옷이랑 방패와 검, 창을 갖춘 타입이었고, 원거리형은 활과 스태프를 든 메이지 타입으로 깔끔하게 구성된 조합이다.

원래 여기에 왔을 파티라면 내가 어그로를 모두 끌어서

공격을 받을 동안 호크아이와 거너가 원거리 몹을 처리하고, 동시에 검성이 근접 친위대를 써는 구도가 나와야 했지만…….

"내가 돌진하고, 모든 몬스터들이 날 공격하면 시작해. 우선은 〈액티브-타일런트 대시(Tyrant Dash)〉!"

"끼에에에엑! 이놈 뭐냐!"

모든 상태 이상을 무시하는 돌진기다.

친위대 고블린들은 일제히 나를 보며 달려들고, 붙잡거나 올가미를 던져 댔지만, 말했다시피 내 돌진은 상태 이상 무시다! 나의 떡 방어, 떡 장갑에 체력 소모도 적었고, 난 고블린 킹 앞에까지 가서 놈과 눈을 마주하고 노려본다. 좋았어.

"이 짜식이!"

"쳐 맞아라! 못생긴 놈아!"

퍼억!

멈춰 선 나에게 몽둥이를 휘두르는 고블린 킹.

어깨 쪽에 직격했지만, 데미지는 고작 320밖에 되지 않는다. 보스 체면은 될 정도구만!

그리고 나의 주먹도 고블린 킹의 뺨을 강타. 물론 녀석의 체력 바가 미동도 하지 않을 만큼 눈곱만큼의 데미지이지만, 녀석은 불같이 화를 내며 계속해서 나를 노려보고는 고블린 마법사들에게 지시를 내린다.

"이 인간부터 쭈겨! 마법사들! 마법으로 놈을 쭈겨라!"
"〈액티브-압도하는 포효〉!"
크어어어어!
스캐빈저들에게도 사용했던 내 고유 액티브!
주문을 시전하던 고블린 마법사들과 내 등과 옆구리를 찌르던 근접형 고블린들까지 모두 머리를 잡고 땅에 엎드린다. 당연히 시전되던 주문은 끊겼지만…….
"이익! 쭈거라! 쭈거!"
"이 녹색 추남 새끼. 네 졸들은 작아서 그나마 혐오감이 덜하지만 넌 인간 사이즈라 더럽네! 넌 왜 대가리 안 박냐?"
퍽! 퍼억! 빠악! 퍽!
엄연히 보스 몬스터라서 그런가? 아니면 '킹(King)'이라서 내 액티브가 안 먹히는 건가?
이 못생긴 녹색 임금님은 계속해서 나에게 공격을 날리고 있었다.
어쨌든 일제히 시전하던 주문들을 한 번 차단한 것만으로도 시간을 꽤 벌었다.
'아프긴 아프네! 씨발!'
체력 수치는 미동도 안 했지만, 바늘도 찔리면 아프고 피가 나듯이 내 이마와 옆구리에서 피가 흘렀고, 가죽 갑옷은 점점 내구도가 내려가고 있었다.

어차피 얼마 없는 방어력이고, 깨져도 상관은 없지!

점점 깎여 나가는 내 체력. 나는 사용할 수 있는 스킬들을 모두 사용하며, 최대한 놈들의 공세를 늦추려고 애썼다.

"〈액티브-휩쓸기. 설명 : 방 청소 좀 똑바로 안 할래?〉"

"갸아아아악!"

"끼에에엑!"

"밀찌 마! 밀찌 마!"

내가 팔을 휘두르면서 액티브를 시전하다. 내 주변에 포위망을 만들던 고블린 친위대들이 우르르, 서로에게 밀리면서 넘어진다. 당연히 딜은 하나도 없어서 HP는 미동도 하지 않는다.

젠장, 이렇게 스킬을 써 대니 이놈들에게 맞는 것보다 스킬들로 빠지는 체력이 많은 거 같은데. 난 세연이 잘하고 있나 고개를 돌려서 바라본다.

"죽어, 죽어, 죽어. 아저씨 괴롭히는 놈들은 죽어. 죽어 버려."

'살벌하게 잘하고 있군. 이렇게 보니 진짜 데스 나이트네.'

친위대에 방어구를 잘 착용하고 있어서, 바깥처럼 한 방에 죽지는 않지만 한 마리씩 〈혹한의 검〉의 버프를 묻힌 한 손 검으로 착실하게 처리 중이었다.

30마리나 되어 문제였지만 뭐, 내 체력엔 아직 여유가 있으니 말이야.

현재 체력 42,111/58,454. 물론 지금은 낮이라서 체력 재생률이 높았고, 원거리에서 날 공격하는 몬스터들이 거의 없어서 무난했다.

'음~ 이제 근접 몬스터뿐이니 뭐 없군. 역시 저 레벨 던전. 쉽게 쉽게 가는구나~'

이대로 졸들을 다 잡고 고블린 킹을 처치한 후 오벨리스크를 파괴하면 던전에서 나갈 수 있다.

후~ 여유 있구나, 라고 생각하는 순간, 고블린 킹의 눈이 갑자기 빨개진다.

아! 광폭화인가? 이게 패턴인가, 아니면 타임 오버인가?

"기야아아아악! 더 이상은 참을 수 없어! 쭉여 버릴 거야! 쭉여 버릴 거야아아아!"

"와, 왕이 노하셨다! 끼에에에에! 도망쳐라!"

"왕이 노하셨다. 도망쳐!"

"다 쭉는다! 끼에에에에!"

뭐야? 친위대랑 마법사들이 물러나고 있어? 페이즈가 바뀐 건가? 아니면 뭐지?

이 와중에도 고블린 킹은 나에게 몽둥이를 휘두르고 있었다.

퍼억! 퍼억! 퍼억!

[쇠돌이 님이 고블린 킹의 일반 공격으로 -1,024의 데미지를 받았습니다.]

[쇠돌이 님이 고빌린 킹의 일반 공격으로 -1,333의 데미지를 받았습니다.]

어, 뭐야? 이 데미지는? 이런 공격력은 나랑 비슷한 레벨에서나 나오는 공격력인데? 뭐야?

'설마 이 보스 녀석 제한 시간이 있었던 거야? 씨발! 이미 몇 번 잡아 본 몬스터인데?'

지금 이 녀석이랑 전투를 시작한 지 5분 정도인가? 지났는데 이러면? 아, 맞다. 딜러들이랑 잡을 때는 언제나 3~4분 사이에 잡았었지? 젠장! 빌어먹을! 생존기를 올려야겠다!

지금의 데미지는 사실 이 던전의 적정 레벨에서는 버틸 수 없는 폭딜인데. 암만 그래도 그렇지, 20레벨 차이가 나는데 엄청 아프잖아? 생존기를 써야겠네!

〈액티브-베히모스의 재생력〉
설명 : 꾸오오오오오옹!

지속 시간 3분 동안 체력 재생률을 8배까지 올리는 스킬이다.

스킬 이름만 보고 유추해서 사용하는 내 생존기.

녀석의 공격에 맞춰 내 체력은 급격하게 요동친다. 우리 파티의 상황을 생각하지 않고 세연의 강함에 방심해서 공략을 잘못한 내 잘못이었다. 지금이라도! 수정해서!

"크으윽! 세연! 도망가는 졸은 내버려 둬! 보스! 보스만 공격해! 제기랄!"

"예!"

평소 딜러들과 함께 가면 절대 볼 일이 없는 광폭화인데 너무 여유롭게 생각한 게 오산. 즉 내 잘못이었다.

애초 던전에 탱커 둘이서 올 리가 없으니 알 수가 없지!

씨발! 하지만 아직은 버틸 만하다! 퓨어 탱커를 얕보지 마라아아아아! 난 최대한 할 수 있는 방어 행동을 모두 행하면서 최대한 버틴다.

"쭈길 거야! 거기 서라아아!"

"너 같으면 서겠냐?"

흙먼지를 날리며 난 필사적으로 땅을 구르면서 고블린 킹의 공격을 피한다.

아, 놈의 데미지와 공격 속도가 장난이 아니라, 난 최대한 움직이면서 피하기를 반복한다. 어떻게든 세연이 이놈을 잡을 때까지 버텨야 한다.

"키에에에! 받아라! 왕의 일격어억!"

"아, 씨발 새끼가! 진짜 크어어억!"

[고블린 킹이 〈왕의 일격〉을 시전하여 쇠돌이 님에게 12,200의 데미지를 입혔습니다.]

[〈패시브-현무의 갑옷. 설명 : 이 등딱지가 중요하다고!〉가 발동합니다.]

쿠콰가가가가!

순간 의식이 블랙아웃하면서 내 몸은 고블린의 나무 집을 부수고 거기에 처박힌다.

아, 쓰읍! 겁나게 아프네! 나니까 12,200만 달고 끝나지! 보통 사람이나 적정 레벨의 탱커가 맞았으면 즉사여! 아, 미치겠네.

"하아! 하아… 퉤! 씨발, 고블린 새끼!"

"이익? 살아 있네엑?"

"〈액티브-도발〉 그런 공격으로는 네 마누라도 만족 못 시켜! 조루 새끼야(고블린어)!"

쇠돌이 체력 : 23,311/58,454

이거 씨발, 얼마 만에 반피 밑으로 떨어져 보는 건지 모르겠네.

아직 〈액티브-베히모스의 재생력〉의 지속 시간이 남아

있어서 다행이다.

고블린 킹 녀석은 내가 추가로 건 도발에 내 쪽으로 서서히 걸어오고 있었다.

'하, 씨발, 존나 힘드네. 내가 레벨이 20이나 더 높은데 좆뺑이라니, 씨발!'

보스 몬스터 : 고블린 킹 체력 : 47,147/70,000

그래도 다행인 것은 녀석의 체력도 이제 눈에 보일 만큼 떨어졌다는 것이다.

세연이는 내가 주의를 끌어 주는 사이 열심히 딜을 하고 있었기에 이미 3분의 1은 넘게 빠져 있었다. 다만, 녀석은 지금 나에게 오면서 계속 고블린 킹에게 극딜을 퍼붓고 있었다. 근데 이거 너무 강하게 딜하는데?

"아저씨를!"

"야! 너무 빡세게 딜하면 어그로 때문에 널 공격한다고! 내가 다시 붙으면 딜해!"

"죽어, 죽어, 죽어."

아, 미치겠네. 저 녀석 지금 완전히 맛이 갔어. 딜은 냉정하게 해야 한다고, 흥분해서 그렇게 딜하다간! 어?

"끼이이이! 감히 왕의 뒤를 치다니!"

놈이 뒤를 돈다. 큰일이다. 어그로가 튀었다는 건데?

저 녀석도 탱커 특성이라서 위협 수치 증가 스킬을 1개 찍은 게 떠올랐다.

데스 나이트의 패시브, 〈패시브-공포의 존재. 설명 : 모든 능력과 행동의 위협 수치가 증가합니다.〉 이거였나? 씨발! 게다가 저 녀석, 오늘 던전 처음이었지!

"세연아! 딜을 멈춰! 야!"

"이 하찮은 것이!"

아까 도발을 써서 현재 쿨 다운이다. 난 급히 뛰기 시작했다. 행여나 저놈이 또다시 즉사기인 〈왕의 일격〉을 사용하면? 나라면 몰라도 세연은 그냥 죽음이다.

아! 미치겠네. 어디 급하게 어그로를 당겨올 기술 없나?

그렇게 내가 가진 스킬들을 생각했지만 도움 되는 게 없다. 살아남는 거만 생각해 가지고 생존기나 방어 기술뿐이었으니까!

"아!"

"너부터 쭈겨 주겠다!"

"세연아! 녀석을 가로질러서 내 쪽으로 와!"

다행이 내 말이 들렸는지 세연은 무기로 고블린 킹의 공격을 막으면서 지나쳐 내 쪽으로 올 수 있었다.

그리고 나는 안겨 오려는 녀석을 받았는데, 어느새 눈이 뻘게진 고블린 킹이 거의 다 다가와서 자신의 곤봉을 들어 올리고 있었다.

"끼에에! 죽어라! 하찮은 인간! 〈왕의 일격〉!"

"아저씨?"

'안 돼. 이대로라면 세연이가 저걸 맞고 만다. 내 체력은 현재 2만 3천 정도인가?'

이대로 몸을 돌리면 백어택으로 맞아서 더 아플 텐데? 씨발! 어차피 애가 죽으면 썩을 퓨어 탱커인 나로서는 이놈을 잡을 데미지가 안 나와서 답이 없다.

그러니까 난 지체 없이 세연과 내 위치를 바꾸고, 놈을 등진 상태에서 버클러를 뒤로 올려 최대한 방어하기 위해 자세를 잡는다.

"아저씨!"

"꽉 잡아! 충격이 클 거다!"

콰아아아악! 쩌쩌저저적!

[쇠돌이 님이 고블린 킹의 〈왕의 일격〉으로 인해 21,100의 데미지를 입었습니다.

[쇠돌이 님의 '크로니클 초보자용 버클러'가 파괴되었습니다.]

쇠돌이 체력 : 2,211/58,454

우라질! 씨발! 의식을 잃지 않은 것은 아마 내가 3년간 질리게 이 바닥을 구른 증거겠지?

 아, 시발! 버클러 결국 부셔졌네. 하긴, 즉사기를 막아 냈으니까! 다행히 백어택 추가 데미지 증폭까지는 그렇다 쳐도 씨발! 근데 왜 내가 여기 처박혀 있는 거야?

"크윽! 아저씨!"

 그렇군. 수직이 아니라 대각선으로 휘둘렀고, 그걸 내가 막아 내고 날아가서 처박힌 거였다.

 놈은 현재 세연을 뒤쫓고 있었다. 아, 나는 옆으로 날아가고, 세연은 그냥 밀쳐져 저쪽으로 날아간 거군. 그나저나 내 체력 완전 딸피네.

 버릇처럼 포션을 꺼내 먹어도 회복 속도가 너무 느리다. 녀석의 체력은 아직도 4만대였다.

'씨발, 처음부터 보스를 딜하고, 내가 버티는 택틱이었으면 그냥 잡는 건데!'

 이미 지나간 일을 후회해 봐야 소용없다. 이건 현실이다.

 그래도 눈 깜짝할 사이에 체력이 5천은 넘게 올라간 걸 보아 다른 패시브들도 열심히 날 살리기 위해 작동하는 것 같았다. 시끄러워서 인터페이스를 안 볼 뿐이었지, 전신에 여러 색의 오라들이 날뛰고 있었다.

"후우! 〈액티브-도발〉야! 고추 없냐? 여자애 괴롭히지 말고, 덤벼(고블린어)."

"아저씨! 체력이?"

"살고 싶으면 딜이나 계속 처박아! 너랑 나랑 거리가 머니까 나에게 오는 동안 딜할 시간 있잖아!"

"응!"

쩌적!

고블린 킹이 몸을 돌리다가 순간 얼음 상태가 된다. 〈혹한의 검〉은 보스 몹에게도 터지는구나!

아주 짧은 순간이었지만, 그것만 해도 이동하는 데 시간을 꽤 번 것이다.

나는 몸을 움직이기 시작했다. 조금이라도 멀리, 멀리! 생각하면서 달리다 보니 눈앞에 새하얀 오벨리스크 기둥이 보였다.

'기둥에 맞대고 돌리기를 시전해야겠다. 다만, 세연이의 어그로가 내가 쌓은 어그로보다 높아지는 것도 걱정이고, 내 생존기가 돌아오는 시간도 필요한데.'

"죽어, 빨리 죽어."

"천천히 딜해! 내 〈도발〉 쿨 타임은 13초야! 그거 생각하고 딜해! 멍청아!"

쇠돌이 체력 : 8,312/58,454

보스 몬스터 : 고블린 킹 체력 : 34,111/70,000

포션과 자체 회복의 효과로 올라온 체력.

난 마력을 못 쓰는 체력 코스트 클래스다. 좀 더 여유 체력이 필요했다.

기둥 맞대고 돌리기로 시간을 벌면서 어떻게든 체력이 차오르는 걸 기다리는데! 아, 안 돼!

[〈액티브-베히모스의 재생력〉의 효과가 사라집니다.]

"씨발, 가장 필요한 게 없어지냐!"

"끼히히히히 쭈긴다! 죽인다아아아아! 짜증 나는 인간! 이익! 또 발이 얼어 붙었짜나!"

쩌적!

어이쿠, 이거 뭐야? 세연이 녀석 평생의 운 오늘 다 쓰는 거 아냐?

고블린 킹이 한 번 더 빙결이 걸려서 움직이지 못한다. 〈혹한의 검〉 완전 좋은걸?

씨발! 그래 봐야 몇 초도 안 되지만, 나는 재생되어 가는 체력을 바라본다.

제길, 〈베히모스의 재생력〉은 쿨 다운이고, 다른 의지해 볼 만한 패시브들이 있긴 했지만 설명을 모르니까 답답

했다.

'씨발, 체력이 있어야 뭘 해 처먹지! 힐이라도 있든가! 씨발! 방패도 없어져서 그냥 쳐 맞을 텐데…….'

"끼에에에! 끈질긴 인가아아아안!"

쿵! 탓타타타타!

녀석은 괴성을 지르며 달려온다. 뭐? 걷기만 하던 게 이젠 뛰고 있어? 붉은 눈이 더욱 진하게 빛나는 걸 보아 이미 다 죽었어야 할 상황인데 살아 있어서 그런 것이리라.

어이쿠, 곧 도착하시겠네.

"광폭화 2단계냐? 씨발! 진짜 전멸 안 해서 미안하구만! 하지만 나도 죽긴 싫거든?"

오벨리스크를 등에 진 채 고블린 킹 녀석이 가까이 오자, 옆으로 빠진다. 놈은 방향을 틀다가 내가 휙~ 하고 사라지자 그대로 가속도를 줄이지 못하고 나무 집에 처박힌다.

헹! 이런 몰이는 탱커의 기본 중의 기본이지!

하지만 녀석이 갑자기 빨라져서 딜을 하지 못하게 된 세연은 나에게 달려온다.

"아저씨! 이제 어떻게 해요?"

고블린 킹의 체력은 이제 약 2만 5천 정도 남아 있었다. 세연의 딜량이면, 1분 정도만 딜을 하도록 버틸 수만 있으면 어떻게든 될 텐데.

난 내 체력이 재생하는 걸 계속 확인하면서 세연을 바라보고 말한다.

"어떻게 하긴, 내가 계속 개겨 봐야지. 하아~ 진짜 내가 이런 퓨어 탱커 클래스만 아니었어도! 그나저나 방패가 없는데 버텨지려나? 씨발, 얼어 죽을 개좆망 퓨어 탱커라서 미안하다, 야."

"아저씨는 사실 퓨어 탱커 클래스가 아니에요."

"뭐? 너, 죽을 때가 되니 미쳤구나!"

"빨리 인터페이스를 열어 보세요."

참 나, 무슨 소리를 하는 거야? 씨발! 하긴, 죽기 직전에 미치는 놈들이 한둘이겠냐만!

나도 첫 던전에서 냉정하지 못했고 어리석은 오류를 범해 버렸으니 일단 이 녀석의 말을 들어 볼까?

인터페이스창을 열어 세연에게 던져 주려고 하는데…….

"어? 어어? 야! 이거 어떻게 된 거야?"

"아저씨가 바보인 거예요."

"크, 크크큭! 뭐, 좋아. 어떻게 된 건지는 나중에 듣자. 씨발! 뭐 때문에 이렇게 되었는지는 모르겠지만! 확실한 건 지금!"

내 손으로 저 고블린 자식을 때려잡을 수 있다는 거다!

난 환희의 미소를 지으며 남은 체력을 확인한다.

내 체력 바는 11,341/58,454. 포션 하나를 더 입에 물고 쭉 빨아 당기니 간신히 13,211/58,454로 맞춰진다. 이거면……!

"이놈들, 가만 안 두겠다아아악! 〈왕의 일격〉!"

방패가 없는 게 불안하긴 했지만! 원래 탱커라는 건 위기 상황이 되어 체력이 적으면 적어질수록 더욱 단단하게 해 주는 패시브가 많다.

아마 세연에게는 내 몸을 두르고 있는, 발동된 방어 패시브들이 줄줄이 보일 테니 뭐, 죽진 않겠지!

〈왕의 일격〉을 똑바로 쳐다보며 난 놈의 몽둥이에 주먹을 내지른다.

"〈액티브-휩쓸기〉!"

"끼에에에엑! 와, 왕인! 왕인 내가 이렇게! 끄아악!"

빠그적! 콰아아아앙!

서로의 공격이 부딪치고, 흙먼지가 폭발하듯 피어오른다.

고블린 킹은 그대로 땅에 쓰러져 더 이상 움직이지 않았고, 놈의 체력이 0이 된 것을 확인했다. 마지막 내 일격으로 2만 5천가량 남아 있던 놈의 체력이 단숨에 증발해 버린 것이었다.

고블린 킹 체력 : 0/70,000

그리고 내 상태는 엄청 안 좋았다.

> 쇠돌이 체력 : 293/58,454
>
> 상태 이상-상완부 골절, 하완부 골절, 왼팔 골절, 오른팔 골절……

우와, 개딸피. 진짜 이제 한 대만 툭 맞아도 죽겠다. 게다가 골절 상태 이상 개 많아! 어쩐지, 그래서 전신이 아파서 뒈질 지경이었군.

나는 더 이상 서 있을 수 없어서 땅에 드러누워 버렸고, 세연이 깜짝 놀라 쫓아온다.

"아저씨, 괜찮아? 치료를 해야지."

"야! 내버려 두고 어서 가서 소재랑 물건 털어! 그리고 오벨리스크를 부수고 여기에서 나가는 일부터 우선적으로 해! 다른 건 모든 아이템 챙기고, 이 던전을 닫고 난 다음에 해결한다!"

"아, 알았어요, 아저씨."

하아~ 20레벨이나 낮은 던전인데 보스전에서 개고생했네. 아니, 25레벨이면 충분히 저 레벨 존인데, 왜 보스에 광폭화를 붙여 놓은 거야? 미친 오벨리스크 새끼들!

"우와! 아저씨, 영웅템 떴어요."

"그러냐? 네가 갖고 있고, 빨리 오벨리스크나 깨려무나."

챙가앙!

내 말을 들었는지 유리가 부서지는 듯한 소리가 들렸고, 나와 세연은 빛에 휩싸인다.

그렇다. 우린 이 고블린 던전을 무사히 클리어하고 나온 것이었다. 오늘도 죽을 고비를 넘기고 살아남은 것이다.

그리고 난 세연이가 오벨리스크를 깨러 가는 동안 내 인터페이스를 바라본다.

'이게 나라고?'

쇠돌이 클래스 : 저거노트(Juggernaut)

레벨 : 45

스테이터스

근력 : SSS+(360)

민첩 : SS-(105)

마력 : 없음

지력 : E+(24)

체력 : 58,454

원래 내 근력은 C+(36)인데 지금 보니 10배나 높아져 있었다. 민첩도 원래 A+(45)였는데 2배 이상 올라가 있었다.

레어 아이템이나 무슨 버프를 받아서 올라간 게 아니다. 순수 나의 능력치와 낮은 체력으로 인한 패시브가 모두 발동하고 합해져서 올라간 능력치였다.

"하, 하하하!"

허탈해서 웃음이 나온다. 그래, 처음부터 나의 클래스는 망하지도 않았고, 난 약하지도 않았다. 그저 알아차리지 못했을 뿐이다.

내가 가진 재능, 그저 정해진 선에만 머무르는 데 안주했기에 알아차릴 수 없었던 것이겠지.

'느껴진다, 몸의 힘이! 날뛰고 싶어져. 하하! 어라? 나, 울고 있나?'

고통 속에서도 뜨거운 전신으로 몰려오는 고양감이 날 흥분시키고 있었다. 뜨거운 눈물도 흐른다.

지난 3년간 난 꿈도, 미래도 없는 퓨어 탱커인 줄 알았고, 나 자신이 패배한 인생이라고 스스로 생각하고 있었다.

다만, 부모가 남긴 빚을 갚고 떳떳하고 싶다는 알량한 자존심과 그분들이 남긴 유언 때문에 살아 있다고 해도 과언이 아니었다.

"크윽……!"

그동안 스스로의 무력함도 잘 알고 있었다. 학력은 그저 고졸 중퇴.

 다른 특별한 기술도 없고, 그저 할 줄 아는 것이라고는 탱커질 뿐. 그것도 결국 적합자로서 몸이 축나거나 빚더미에 앉아 쓸쓸히 죽는 미래가 눈에 선할 정도로 자신의 한계를 느끼고 있을 때, 세연이 덕에 알아낸 나 자신의 가능성이었다.

 "하하… 끄윽… 하! 끄윽… 으어……."

 눈물이 안 날 수 없었다. 이 환희와 감격을 내 빈곤한 어휘력으로는 뭐라 표현을 하지 못하겠다.

 딱 하나 확실한 것은 나의 클래스 저거노트(Juggernaut)는 강함이라는 희망을 가지고 있다는 것이었다.

 뭐, 구체적으로 어디에 쓸진 몰라도, 이 망할 세상을 살아가는 데 있어 '강함'은 진리였다.

페이즈 2-6

인터미션(Intermission)

던전을 클리어하고 4일 뒤······.

크로니클 적합자 치유 시설의 개인 병실

고블린 던전을 클리어하고, 나는 세연의 부축을 받아 크로니클의 적합자 치유 시설로 왔다. 마지막 일격으로 전신 골절을 당하고 뻗어 버려서 상태가 말이 아니었다.

병원비가 비싸고, 아직 빚은 많이 남았지만 2명뿐이라 고블린 던전에서의 수입이 제법 쏠쏠했다. 특히 대박은 마지막 고블린 킹을 잡고 얻은 몽둥이는 영웅 아이템이었다.

고블린 킹의 권위-영웅 등급

> 분류 : 한 손 둔기
>
> 공격력 +325
>
> 공격 속도 : 빠름
>
> 옵션 1 : 왕의 일격 스킬 Lv.1 사용 가능
>
> 옵션 2 : 근력 증가
>
> 옵션 3 : 민첩성 증가
>
> 레벨 제한 : Lv 25 이상

 이 녀석의 경매가가 1,150만 원이었다. 세금을 떼니까 800만 원이 수중에 들어왔고, 당연히 세연과 나누니 아이템 하나로 400만 원!

 크으! 이 맛에 던전 돈다. 그리고 소재인 고블린의 이빨은 마지막 사냥과 고블린 마을에서 얻은 것까지 합쳐 총 1,200개! 무사히 크로니클의 마트 잡화 상인에게 팔았고, 가격은 개당 2만 원 그대로라서 자그마치 2,400만 원이 들어왔다.

 생각 외로, 소재로 얻은 돈이 적다고 생각할 수 있겠지만!

 '하아~ 무게 제한만 아니었으면 더 들고 올 수 있었는데!'

 나와 세연, 단둘이서 들 수 있는 소재의 양이 한정적이어서 어쩔 수 없었다.

 결국 총수입은 3,200만 원이다. 이걸 단둘이 나누니 한 번에 1,600만 원을 번거나 마찬가지.

평소의 수입은 200~400만 원 사이였는데 던전 한 번에 이렇게 인생을 펼 줄이야. 크으!

"돈이 그렇게 좋아요?"

"어! 개좋아. 사랑해."

"우와, 노골적."

치료 시설에서 치료를 받는 나와 다르게 세연은 상처도 별로 없어서 나 대신 아이템도 팔고, 던전을 클리어했다고 보고 및 레벨 업 갱신까지 모두 마치고 온다.

현재 그녀는 자그마치 19레벨 데스 나이트!

던전 한 번에 9레벨이나 올랐다는 걸 미현 누님께 알렸을 때 한바탕 난리가 났었지만, 어쩔 수 없는 노릇 아닌가? 이건 감추지도 못하는 거니까 말이다.

"하아~ 1,600만 원이나 한 번에 벌었으니 이걸로 뭘 한다? 흐흐흐, 제대로 된 방어구랑 방패나 살까? 헤헤헤!"

"아, 아저씨, 좋아하시는 중에 죄송하지만, 여기, 병원비 청구서요."

"어? 아, 맞아, 이게 있었지. 크윽! 전신 골절이니까 꽤 비쌀 텐데. 보자, 크에에엑! 1,000만 원?"

크! 그래, 그렇지. 뭐, 거의 전신 골절이었으니까 자칫하면 제대로 움직이지도 못했을 거라고. 하하하. 치료비 비싼 건 이미 알고 있었으니까 말이야. 다행히 이번에 수입이 커서 망정이지.

그, 그래도! 그래도 수익이 600만 원이나 된다고! 이것만 해도 역대 최고란 말씀!

"그런데 세연이 너는 좋겠다? 돈 나갈 데가 없어서······."

"음, 아뇨, 저도 이번에 꽤 지출이 생겼어요."

"뭔데?"

"전에 던전 안에서 썼던 크로니클 통신비가 400만 원이 나왔고, 모바일 게임에 1,000만 원을 질렀어요. 그 덕에 제 기사단은 '라운드 나이츠' 최강이 되었습니다. 아저씨?"

무, 무슨 짓거리를 하는 거야! 이 멍청아! 멍청아! 그게 얼마나 힘겹게 번 돈인데! 허망하게 모바일 게임에 1,000만 원이나 지르다니, 금전 감각이 마비되어 있어, 이 녀석! 돈 아까운줄 모르네! 난 빚더미 천지인데! 아직도 10억이나 남아 있는데!

도저히 참을 수 없던 나는 병상에서 세연을 향해 손가락질하며 분노한다.

"안 되겠어. 앞으로 너의 수입도 내가 관리해야겠다."

"과연 부부로서 한 가정의 가계를 관리한다는 거군요. 알겠습니다."

"그런 거 아니야! 이 멍청아! 그럼 너 200만 원밖에 안 남은 거야? 야! 우선 장비부터 바꿔야지! 하아~ 모바일 게임에 지를 돈이 있으면 우선 무장부터 바꾸라고!"

"탱커는 좋은 장비를 차면 오히려 표적이 되기 쉽다고

해서요."

"탱커가 되려면 결국 방어구에 투자를 해야지! 네가 아무리 좋은 클래스라도 아이템발 무시 못 한다?"

하아~ 그래, 아이템도 중요하다. 나야 빚더미 인생이라서 어쩔 수 없이 크로니클 초기 장비만 가지고 3년째 뒹굴고 있었지만, 세연은 빚도 없으니까 금방금방 아이템도 갖추며 성장해서 포텐셜을 터뜨릴 수 있을 것이다.

나와 같이 가겠다고 한 이상, 이 녀석을 반드시 살아남게 하는 게 내가 할 일이었다.

"하아~ 뭐, 이미 날아가 버린 돈은 어쩔 수 없고! 앞으로는 네 돈도 내가 관리할 거니까 그렇게 알아 둬. 어쨌든 너도 탱커가 된다고 했으니 어떻게든 살아남게 해 줘야지."

"예."

"그건 그렇고, 너 내 클래스에 대한 '그거' 어떻게 안 거야? 그리고 나 어떻게 해서 그렇게 된 거지?"

고블린 킹과의 마지막 대치 후 녀석의 말대로 인터페이스를 열자, 스테이터스는 완전 다르게 되어 있었다.

원래 내 근력은 C+. 수치상으로는 36(레벨X0.8)이라는 아주 거지 같은 성장 수치를 가진 스탯이었다.

하지만 어제 세연이의 말을 듣고 열었을 때, 내 근력은 자그만치 360이라는 엄청난 수치가 되어 있었다.

360이 레벨X10이라는 계수면 S등급이 레벨X2 계수일 때

주는 거니까, 즉 근력 : SSS+(2X2X2=8배수)였다는 것.

그만한 힘을 얻었으니 쓰레기 같은 매즈 딜링 스킬인 내 〈액티브-휩쓸기〉의 일격에 고블린 킹이 뻗어 버린 것이다.

하지만 지금은 다시 방패를 착용했기에 근력이 C+로 돌아온 상태였다.

"저거노트는 퓨어 탱커 클래스가 아니라는 걸 어떻게 알아낸 거야? 물론 내 스킬을 보여 주긴 했지만 말이야."

"〈패시브-몬스트러스 크리처 핸드〉를 보세요."

"응? 어디, 〈패시브-몬스트러스 크리처 핸드(Monstrous Creature Hand). 설명 : 무기를 사용하지 못합니다.〉 이게 왜?"

"그 패시브 설명만 제대로예요. 다른 패시브는 다 이상한 개그였지요."

"어? 아, 확실히 그러네. 다른 건 다 이상한 설명인데, 얘만 설명이 제대로 되어 있구나? 하지만 그래도 이거만 가지고 그 상태에 대한 설명은 안 되지 않나."

멀쩡하던 퓨어 탱커급 근력이 순식간에 근접 딜러들을 아득히 능가하는 수치가 되어 버린 현상을 설명할 근거가 되지 않는다.

"아저씨도 엄연히 레어 클래스인 저거노트. 그러면 마스터한 스킬들은 틀림없이 부가 효과가 있어요. 하지만 설명 때문에 그걸 확인할 수는 없음."

"그거야 그렇지. 나도 대충 이름을 보고 감으로 찍는 것들이라서 말이야. 도대체 내 클래스의 설명만 왜 이렇게 개판인 거야?"

"그 단서가 바로 〈패시브-몬스트러스 크리처 핸드(Monstrous Creature Hand)〉 그 의미를 해석하면 〈괴수의 손〉."

이 패시브만 정상적으로 설명된 이유를 찾는다면 분명 단서로 쓸 수 있게 하기 위한 것이리라.

스킬명을 해석한 세연이는 내 눈을 바라보며 인터페이스를 가리킨다. 괴수? 그러면 설마! 머리가 번뜩한 나는 지금 든 생각을 세연에게 말한다.

"즉, 저거 노트 클래스의 정체는? 바로 '괴수'라는 거구나! 그러니까 스킬의 설명을 제대로 알아보기 위해서는 〈괴수의 눈〉이 있어야 하는 거였어."

보는 사람에 따라 세계는 다르게 보인다. 색맹인 존재를 이야기하면 이해가 쉬우리라.

즉, 인간의 눈에는 개드립으로 보이는 스킬 설명들이지만, 괴수의 눈으로 보면 이 설명들을 제대로 읽을 수 있다는 것이다.

클래스에 대한 수수께끼가 풀리자 점점 후련해졌다.

"하, 하하하! 그렇구만! 즉! 레어 클래스라는 건 결국 모두 다 인간의 범주를 벗어난다는 이야기라는 거군!"

"그건 잘 모르겠지만, 어쨌든 아저씨는 원래 퓨어 탱커는 아니지만 스스로 퓨어 탱커라고 생각하며 살아온 괴수야."

인터미션(Intermission) • 249

"그러면 보자. 이거랑 비슷한 계열의 스킬이 〈패시브-몬스트러스 크리처 스킨(Monstrous Creature Skin). 설명 : 피부에 양보하세요.〉 (1/3) 이거다! 이걸 마스터하면 분명 상위 스킬이 개방될 거고, 그중에서 분명 〈패시브-몬스트러스 크리처 아이(Monstrous Creature Eye)〉가 나타날 거라는 거군! 그걸 익히면 이 지랄 같은 설명들도 싹! 제대로 된 표기로 바뀔 테고! 오오오!"

이 스킬들의 설명을 해결할 방법을 알아낸 것만 해도 큰 수확이다.

세연 녀석, 나중에 뽀뽀해 줘야겠군. 그런데 잠깐만, 그래도 어제 전투에서 내 근력이 오른 비밀은 해석되지 않는다. 그건 어떻게 된 거지?

"잠깐, 근데 왜 근력이 오르락내리락한 걸까?"

"그건 방패와 〈패시브-몬스트러스 크리처 핸드〉의 충돌 때문으로 추정돼요. 저거노트 클래스의 정체는 괴수인 만큼 원래 무기를 못 차는 건 당연하지만, 그 '무기 장비 공간'이라고 볼 수 있는 손 쪽에 방패도 들어가니까……."

서, 설마 오벨리스크 녀석이 몇 년 전 온라인 게임 같은 오류를 범할 리가?

즉, 이야기는 이거다. 저거노트는 '무기 착용 불가'라는 게 〈패시브-몬스트러스 크리처 핸드〉에 의해서 적용된다.

하지만 방패는 방어구다. 방패가 들어가는 자리는 바로

그 무기가 들어갈 수 있는 손 부위이다.

> 〈패시브-몬스트러스 크리처 핸드〉
> 설명 : 어라, 왜 손에 뭐가 잡혀 있지? 손에는 아무것도 못 껴야 되는데? 무기면 빼 버려야 하는데? 어, 근데 무기는 아니네? 아, 뭐지? 이거 뭐지? 몰라, 그냥 안 해.

"이런 거라는 거잖아. 이 병신 같은 패시브가, 방패가 무기랑 슬롯을 공유한다는 점을 모르고 우왕좌왕하는데, 방패는 방어구라서 강제로 해제도 못 시킨다는 거고……."

"응. 그 결과, 그 패시브는 있기만 하고 발동을 안 한 상태. 하지만 그 방패가 깨진 순간, 패시브의 조건은 갖춰져서 정상적으로 가동. 아저씨, 방패 깨진 게 어제가 처음?"

아! 그렇구나! 보통 장기적으로 들어가는 던전이라면 수리 도구를 챙겨 가기도 하고, 조합도 제대로 짜고, 대비도 많이 하니까 내 몸의 체력 수치가 낮아지는 경우는 많아도 방패가 깨질 일은 전무했다.

결국 내 클래스는 맨손으로 다녀야 그 힘을 쓰는데, 내가 방패를 낌으로써 회로를 막아 버린 거라는 이야기다.

"근데 평시엔 왜 표시가 안 변한 거지? 그땐 방패를 빼고 있는데 말이야."

"아마 전투 상태여야 그 〈몬스트러스 크리처〉 계열 스킬들이 활성화된다고 생각. 하지만 아저씨는 전투 전에 늘 방패를 낀다."

"어, 그야 파이터 시절부터 이어지던 습관이고, 살아남기 위해서 언제나 대비했었으니까 단 한 번도 방패 없이 전투를 시작한 일이 없지."

살아남기 위해 꼼꼼히 했던 일들이 오히려 내 클래스의 진짜 힘을 옥죄었던 건가? 하하, 진짜 나 용케 45레벨까지 살아 있었네. 자신의 클래스의 힘을 스스로 봉인해 가면서 용케 살았다는 거네! 하하하! 미치겠다. 나, 진짜 미치겠다. 이런 걸 등잔 밑이 어둡다고 하는 건가?

"아저씨, 너무 자기 탓 하지 마. 그건 아마 오벨리스크도 의도하지 않은 일."

"하하, 진짜 어이없다. 그러면 수수께끼가 풀리는군. 방패가 깨지고, 피가 낮아지니 원래는 봉인되어 있었던 내 패시브들의 부가 효과가 모두 폭발해서 확! 하고 능력치가 오른 거군."

거의 죽기 직전의 체력까지 내려가니 본래 36이었던 내 근력이 360까지 증폭되었다. C+가! SSS+로 훌쩍 뛰어 버리는 힘! 이거 개쩔잖아. 나 완전 개쩔잖아?

즉, 나에겐 가능성이 있다는 것이다. 레어 클래스라는 이름에 맞는 막강함이 있다는 것이다.

난 그것도 모르고 여기까지 레벨 업 하면서 방어형 스킬만 찍어서 탱커의 길은 벗어날 수 없지만!

"축하해, 아저씨. 〈하마〉가 될 수 있어서 말이야."

"또 그 〈하마〉인가? 너, 그거 알고 있냐? 〈하마〉를 모티브로 한 전설의 동물."

"몰라."

"이집트 신화에 나오는 괴수. 베히모스의 모티브가 바로 〈하마〉야. 베히모스는 알다시피 괴수이고 말이지. 너, 예지력이나 그런 게 있나 나중에 알아봐라. 어우, 소름 돋아."

마침내 저거노트도 괴수를 모티브 한 클래스라는 점에서 하마에 비유한 그녀의 생각에 소름 돋았다. 어쨌든 강해질 수 있는 걸 알긴 해도 여전히 스킬의 설명을 제대로 확인할 수 없으면 무용지물이다.

제대로 확인하기 위해서라도 어서 빨리 레벨 업을 해서 〈몬스트러스 크리처〉 계열의 스킬들을 마스터해서 〈괴수의 눈〉을 얻는 것이 중요했다.

'하지만 45레벨에서 1레벨 업 할 때마다 경험치가 장난이 아닌데. 하아~ 어제 던전 다 돌았는데도 3퍼센트가 고작. 44레벨에서 45레벨이 되는데 몇 달이 걸렸는데, 그 스킬들을 찍을 때까지는 몇 렙업을 해야 하려나~'

"아저씨, 우리 다음 던전은 언제 갈 거야? 세연은 빨리 강해지고 싶어."

인터미션(Intermission) • 253

"그래, 그래. 퇴원하면 또 같이 파티 해서 던전 가자. 나도 강해지고 싶으니까."

앞길이 깜깜하고 멀다. 하지만 이제는 희망이 생겼다. 강해질 수 있다. 저거노트로서! 탱커로서! 강해질 수 있는 길을 찾은 나도 빨리 나아 침대에서 일어나고 싶었다. 그래서 강해지자. 스캐빈저가 우습게 보지 못할 강한 탱커가 되자.

난 그렇게 결심하며 스마트폰 어플로 파티를 찾아보기 시작했다.

✦ ✦ ✦

고블린 던전 이후 한 달 뒤…….

나는 여전히 세연과의 밴드를 유지 중이었다. 임시로 이 녀석을 구하기 위해 끌어들인 밴드였지만, 지금은 이 녀석에게 코가 꿰어 버려서 동거까지 하는 처지가 되었다. 아니 아예 평생 따라다닌다고 못 박아 버렸다. 졸지에 마누라가 하나 생겨 버린 느낌이랄까?

"뭐, 탱커 주제에 결혼은 말도 안 되는 이야기지."

TV에서 보면 어떤 적합자가 탱커라는 걸 숨기고 결혼했다. 그런데 그걸 들켜 이혼 소송까지 갔는데 대법원에서 잘못이라고 할 정도이니 탱커는 얼마나 죄인이란 말인가?

그리고 최근 인기 있는 드라마가 있는데, 재벌 집 아들과 가난한 간호사에 관한 이야기다. 그런데 알고 보니 그 간호사가 적합자 힐러라는 반전이 있는 러브 스토리였다. 거기서 탱커는 여대생을 이용하고 버리는 악당으로 나온다. 마침 지금 그걸 보고 있는데…….

[으아아! 탱커다! 도망쳐!]
[큭! 희선 아가씨에게 어서 알려!]

"아~ 진짜 작가 죽여 버리고 싶네. 씨발, 말이 되냐? 군인들과 사설 경호원들이 지키는 재벌 집을 겨우 탱커 6명이서 돌파하네. 장난하나? 게다가 탱커가 총을 어떻게 들어? 뒈지고 싶냐!"
"아저씨랑 나라면 단둘도 가능."
뭐, 비현실적인 드라마이긴 하지만 말이야.
세연은 내 옆에서 짧은 반바지에 셔츠 하나 차림인 무방비한 모습으로 같이 TV를 시청 중이다.
완전히 익숙해졌구만~ 그, 근데 검은색에 파란 줄무늬 반바지는 언제 산 건데? 으아!
"야! 그거 내 팬티잖아! 왜 남의 사각팬티를 입어?"
"이거, 되게 편해요. 어차피 남도 아닌데……."
"남이 아니라도 동거하면 좀 신경 써야 하는 거 아니냐?

그 차림새 말이야."

 새하얀 맨다리가 쫙 드러나고, 하의는 오직 남성용 사각팬티 한 장. 상의는 브래지어도 안 한 셔츠 차림의 미소녀.

 진짜 생기 없을 정도로 새하얀 피부와 어우러진 미모는 하나의 조각상 같았지만, 이 녀석은 살아 있는 게 아니었다. 데스 나이트라고 하는 언데드 쪽에 가까운 녀석이다.

"아저씨는 시체에 욕정을 느끼나요? 아, 하지만 세연은 언제든 OK예요."

"너, 그런 소리는 어디서 배운 거야?"

"교육소에서 남자들이 가르쳐 준 건데요? 어차피 탱커 지망생이 살아남으려면, 이라고 하면서 다른 애들한테도 막 이상한 짓을 하더라고요."

"하아~ 뭔지 감이 온다."

 어차피 나가 봐야 1년도 살지 못하고 죽거나 할 애들이니 교육소 안에서도 성희롱은 기본이겠지.

 게다가 탱커가 된다는 건 그만큼 사회의 밑바닥에 떨어진 거나 마찬가지이니, 특히 여자인 세연이가 어떤 취급을 받았을지는 상상도 안 된다.

"어쨌든 여자애는 좀 더 몸을 소중히 해야 한다고……."

"아저씨한테만 하면 된다는 거죠?"

"아니, 나 탱커거든? 탱커 아저씨한테 하면 더욱 안 되지!"

"나도 이제 어엿한 탱커예요."

지금 세연은 23레벨 데스 나이트. 나는 여전히 45레벨 저거노트이다.

고블린 던전에서 있던 일 이후, 서로 다른 던전을 가자고 제의했지만, 세연이 녀석은 '아저씨가 옆에 없으면 불안해요.'라며 어떻게든 나랑 붙어 있으려고 난리를 치는 통에 난 이 녀석이 가는 던전을 따라다니고 있었다.

'하아~ 나도 빨리 레벨 업 해서 이 저거노트 클래스의 비밀을 풀고 싶은데……'

어느 단계에 있을지 모를 〈괴수의 눈〉 스킬을 찍기 위해서 레벨 업이 급했지만 현재 경험치는 21퍼센트. 제대로 스킬에 대해서 알기 전까진 그냥 퓨어 탱커로 남는 게 좋다고 생각한 나였다.

아무리 높은 포텐셜을 가지고 있어도 스킬을 읽을 수 없는 상태에서는 아무것도 확신할 수 없다.

게다가 전에 스캐빈저에게 당했던 터라 더더욱 신중하게 레벨 업 하러 다닌 데다, 그녀의 존재를 알리기 싫어서 일부러 현마 녀석이 물어다 준 편한 알바도 거부했다.

일단 이 녀석이 자립할 때까지만 도와준다고 말은 했지만 지켜지지 않을 것 같다.

'이 지경이 되니 아예 평생 어울릴 것 같구만~ 하아~'

사실 싫으냐고 물으면 싫지는 않다. 저렇게 귀엽고 예쁜

데다 나만 바라봐 주는 애를 누가 싫어하겠는가?

다소 섹드립이 지나치긴 했지만, 그래도 순종적이고 배려도 많이 해 주는 타입. 만화나 게임에서나 나올 듯한 이상적인 여자애니까 내가 좀 껄끄럽게 느끼는 건 어쩔 수 없지.

'너무 적극적이니까 내가 부끄러운 거지.'

"아, 뉴스네요."

세연은 자연스럽게 TV를 보는 내 옆에 찰싹 붙어 온다.

아니, 〈죽은 자〉여도 페로몬 같은 게 나오는 건가? 여성의 향기 같은 게 느껴져서 부끄러웠다.

정신을 돌리기 위해 리모컨을 조작해서 채널을 돌리자 마침 뉴스가 나오고 있었다.

[오늘 세계 최정상급 던전 공략 길드로 불리는 '드래고닉 레기온'이 공식적으로 내한했습니다. 그리고, 드래고닉 레기온의 길드 마스터 '지크프리트'는 새로운 멤버의 영입을 위해서라는 목적을 확실히 설명하였기에 적합자 업계의 큰 관심을 모으고 있습니다. 드래고닉 레기온은 레어 클래스인 '로드 오브 드래곤' 세르베루아 양과 '드래곤 나이트' 지크프리트가 설립한, 전 세계의 기사 클래스 적합자 500명으로 이루어진 길드로서, 평균 레벨 60에 빛나는 영웅들입니다. 전문가들과 한국 주재 길드들은 속히 한국 내 기사 계열 클래스에 대한 관리를 시작하며……]

"드래고닉 레기온?"

"그냥 개쩌는 애들이야. 쟤네는 탱커가 필요 없어. 레어 클래스 로드 오브 드래곤 세르베루아가 던전에서 탱 역할을 맡을 드래곤들을 다 꼬셔 와서 길드 사람들을 태우거든……. 하여간 쟤네는 다 개사기야."

드래곤들도 다양한 종류가 있지만, 어쨌든 인간 탱커들보다는 효율이 좋다. 그래서 세르베루아는 어디를 가든지 국빈 취급이다.

단점이라면 그 드래곤을 타야 하는 조건이 존재하는데, 바로 〈기승〉 스킬이 있어야 한다. 대부분의 기사 클래스가 달고 있는 〈기승〉 스킬 때문에 드래고닉 레기온은 기사 클래스를 찾아다니는 있는 것이었다.

"그러고 보면 너도 〈기승〉 스킬 있지?"

"네, 있어요. 일단 데스 나이트도 기사잖아요."

"그럼 저 드래고닉 레기온에 들어갈 수 있다는 거네. 하하, 지금이라도 이력서를 넣지 그래? 가면 드래곤을 타고 다닐 수 있다고!"

물론 전부가 드래곤을 타는 게 아니라, 와이번, 드레이크 같은 급수가 떨어지는 종을 타는 경우가 더 많았다.

그래도 그런 용들이 탱커 역할을 해 주는 만큼 드래고닉 레기온 길드의 경우 남들이 쉽게 못 뛰는 레이드도 뛸 수 있었고, 세계 최전선 공략 팀이었다.

특히 저 팀의 적합자는 개개인이 유럽 연합 어디에서든 요인 대접을 받을 정도였다.

"난 그것보다 아저씨 위에 타고 싶은데~"

"이상한 소리 좀 하지 마라."

"나, 허리 힘도 좋아서 괜찮음. 위~ 아래~ 위, 위, 아래, 아래~"

손을 말아서 위아래로 움직이는 세연.

내가 무슨 대답을 해 주길 기대하는 걸까, 이 녀석은?

어쨌든 드래고닉 레기온이 한국을 방문한 것과는 별개로 다음 소식이 이어진다.

중국의 넘버원 길드 '황성천하'가 이번에 거암룡 레이드에 도전한다는 이야기와 일본의 적합자 길드가 한국 적합자들을 무차별로 척살한다는 등 각종 이야기가 난립하고 있었다.

그 와중에 난 주머니에서 진동이 울리는 걸 감지한다.

"어라, 누구 전화지?"

(나다, 탱 노예. 요즘 뭐 하길래 연락도 안 해?)

"아, 미래냐? 나야 늘 던전에서 죽치고 빚 갚느라 바쁘지."

(나, 내일 연차인데, 내일도 던전 도냐?)

"아니, 내일은 다시 크로니클에 가려고 했는데? 파티 구하려고 말이지."

(오케이. 그럼 내일 비워.)

아니, 이 여자는 무슨 자기 멋대로야?

하지만 난 정규직 탱커도 아니고, 던전 파티가 있으면 거기 가입하는 고용직이니 딱히 예정은 없다고 대답한다.

"하아~ 알았다. 근데 뭐 하려고?"

(뭐긴, 그냥 만나서 노는 거지. 왜, 싫냐?)

딱히 싫은 건 아니지만. 난 잠시 세연을 돌아본다. 내가 나가면 이 녀석은 혼자서 집을 봐야 할 텐데, 괜찮으려니? 따라붙으려 하겠지?

일단 세연에 대한 것을 현마와 미래에게 이야기하긴 해야 할 터였다. 나중에 갑자기 들켜서 폭탄이 터질 바에야 미리 기화가 있을 때 만나게 해서 통성명을 하게 하는 게 나으리라.

"음~ 상관은 없는데, 일행 하나 붙어도 되냐? 근래 같이 던전 다니는 탱커인데 말이야."

(하아? 웬일로 갑자기 다른 탱커랑 친해지게 된 거야? 언제 죽을지 모르는 녀석들이라고, 괜히 정 주면 안 된다는 게 네 지론이었잖아.)

"아니, 그게, 설명하자면 엄청 길거든. 그러니까~"

"아저씨! 누구 전화예요?"

이 녀석아! 전화하는데 왜 내 옆에 다가와서 그 말을? 크, 큰일이다! 혹시 세연이의 목소리가 들렸나?

(야! 너 지금 누구랑 같이 있냐?)

"아! 음~ 어, 설명하자면 엄청 길거든? 그러니까……."

(야! 너, 어디야?]

"내 집인데! 아, 아니, 그러니까… 자, 잠깐, 이야기 좀 들어 봐. 사정이 좀 복잡한데 말이야."

(마치고 쳐들어갈 테니, 거기 얌전히 있어!)

뚜… 뚜…….

설명하기도 전에 끊어 버렸다. 게다가 선전 포고까지 했네.

망했다. 이대로 도망가야 하나? 아니면 세연이라도 잠시 이 자리를 피하게 해야 하나 싶었다.

아니, 난 미래랑 사귀는 것도 아닌데, 내가 왜? 그냥 탱커 동료고, 잠시 동거할 뿐인데?

뭔가 찜찜하기는 하지만 도망칠 이유는 없다 이거야!

"아저씨, 누구한테 온 전화이기에 그렇게 땀을 흘려요?"

"아, 그냥 아저씨 친구. 예전부터 알던 사이야. 아마… 조금 있으면 올 거야."

그렇게 불안해하며 2시간을 보내자, 오늘도 초인종 대신 문을 화려하게 터뜨리면서 내 집에 들어오는 미래를 만날 수 있었다.

아, 좀! 맨날 고쳐 준다지만, 곱게 못 들어오냐, 이것아!

"와~ 아저씨, 저분 누구예요?"

"방금 전화 온 내 친구."

"여자네요."

철컥!

다짜고짜 사람 머리에 그런 것 좀 겨누지 마라. 패시브 스킬들 또 터지잖아?

미래는 아무 말 없이 내 머리에 플라즈마 런처를 겨눈 채 세연을 마치 품평하듯이 바라본다.

녀석은 아직도 내 사각팬티와 셔츠, 아슬아슬한 차림이다. 그리고 그걸 확인하더니 나에게 으르렁거리듯 말하는데…….

"야, 아무리 탱커가 여자가 궁한 포지션이라지만……. 어디서 납치했어, 이 범죄자 새끼야!"

"납치한 거 아니야, 멍청아."

"씨발, 게다가 복장도! 세상에! 이 변태 자식!"

"그런 생각을 하는 네가 더 변태 같다. 일단 앉아 봐. 천천히 설명해 줄게. 일단 씨발, 문부터 고치고 와!"

"좋아, 여차하면 바로 헌터한테 연락해 버릴 테니까……."

휴우~ 그래도 들어 줄 정신은 있군.

게임이었으면 미래는 세연을 질투해서 저 플라즈마 런처로 여기를 쑥대밭으로 만들거나, 날 쏘려고 하면서 '너를 죽이고 나도 죽겠어!'라며 살인을 벌이거나 했겠지만, 미래 이 녀석은 그저 나랑 친구 사이일 뿐이다. 다만, 문제는 세연이었다.

"잠깐, 이 앉는 포지션 이상하지 않아?"

"하아~"

"무슨 문제라도?"

일단 소파에는 나랑 세연이가 나란히 앉았고, 다른 의자에 미래가 앉은 포지션.

이건 마치 장모나 시어머니에게 결혼을 허락받으러 온 듯한 묘한 느낌이었다. 미래도 분명 나랑 같은 생각을 하고 있을 거고 말이다.

"그래, 어디서 딱 봐도 미성년자로 보이는 여자애를 납치한 거지, 로리콘?"

"납치 아니야. 그러니까, 한 달 좀 더 된 일이긴 한데."

"이미 한 달이나 동거를 했다고? 미친 새끼!"

"하아~ 좀 천천히 다 듣고 따져라. 가만히 있으니까, 진짜!"

나는 한 달 전 크로니클에서 세연을 만난 일부터 차근차근 설명하기 시작했다. 교육소에서 갓 나온 10레벨 소녀가 사지나 다름없는 25레벨 던전 파티에 낀 걸 알고 도와주기 위해 참견했다가 결국 동거하게 된 사연을 말이다.

물론 그녀가 레어 클래스 데스 나이트라는 건 비밀로 해두었다. 그리고 지금은……

야, 너 갑자기 왜 일어서? 너도 이야기를 들어야지.

"아저씨, 세탁 다 돼서~ 빨래 널고 올게."

"어, 그래라. 그 건조실에 있는 창문은 열지 말고. 먼지 엄청 날린다! 그러니까, 난 딱히 쟤를 어떻게 하려 한 것도 아니고, 강제로 납치하거나 그런 건 더더욱 아니라고! 일단 저 녀석이 자립할 수 있을 때까지만 데리고 있는 거야."

"……."

뭐지? 내가 뭘 잘못했나? 깔끔하게 이야기했잖아? 근데 왜 쟤는 저기압인 건데?

천둥 번개가 칠 정도로 인상을 쓰고 있는 미래였다.

내가 뭘 잘못한 거야? 그녀는 주변을 스윽 훑어보면서 하나하나 지적한다.

"아주 부부네, 부부야, 혼인 신고만 하면 딱이네."

"아니, 그런 거 아니라니까……."

"뭐가 아니야? 다 흔적이 보이는구먼!"

침대 위엔 베개 2개. 세탁기 옆에 남자 것, 여자 것 가리지 않고 널리고 있는 속옷들과 앙증맞게 짝을 맞춰 물을 빼고 있는 밥그릇과 접시 한 쌍들!

분명 화장실에는 컵 하나에 칫솔이 2개, 치약 1개가 꽂혀 있었다.

미래의 머릿속에선 이미 강철과 세연이 벌이고 있을 신혼 라이프가 재생되는 중이었다.

'아저씨~ 벌써 아침이야~ 일어나앙~'
'으으… 오늘 던전 안 가는 날인데, 좀 더 자자~'

인터미션(Intermission) • 265

'안 돼, 밥 챙겨 먹어야지.'
'너의 사랑에 이미 배가 부른데~?'
'아잉~ 몰라앙~'

"…래야? 미래야? 일단 소개할 테니까 서로 인사나 해."
"어?"
"안녕하세요, 이세연입니다."

공손하게 인사하는 세연. 하지만 차림새가 여전히 셔츠 한 장에 내 사각팬티라서 위험하긴 했다.

역시 옷을 갈아입힐 걸 그랬나? 싶었지만, 어차피 난 얘랑은 그런 사이가 아니다.

그걸 오히려 역으로 어필하려면 이런 섹시한 차림이 오히려 득이 될 수도 있다고 생각하긴 했지만……

"세상에, 어, 어떻게 이렇게 귀엽고 예쁠 수가 있지? 세상에! 피부에 잡티 하나 없어! 이게 젊음인가? 젊음인가?"
"너랑 5살밖에 차이 안 나, 멍청아."
"아저씨, 이분 무서워요."

내 뒤에 숨는 세연. 이 녀석, 그러고 보니 나 말고는 극도로 다른 사람을 경계한다. 즉, 오로지 나에게만 마음을 연 상태였다.

하지만 그 정도가 심해서, 나에게는 온갖 섹드립을 다 해대며 유혹하는 레벨이라 문제지.

"어, 어쨌든 이대로 이 아이를 너와 동거하게 두는 건 용납할 수 없어! 애초에 결혼도 안 한 남녀가 동거하는 것 자체가 잘못된 거잖아!"

"뭐, 그게 당연한 거겠지."

"세, 세연이는 당연하지 않습니다! 세연이는 아저씨가 없으면 죽어 버릴지도 몰라요!"

사실 미래의 말은 당연했다. 나이도 어린 여자애가 남자의 집에 사는 건 말도 안 되는 일이 분명했건만, 세연이는 당황하며 내 팔을 붙든 채 적극적으로 부인한다.

그녀의 그런 반응에 미래는 머리를 짚으면서 나에게 따지기 시작한다. 아니, 왜?

"너, 도대체 저 아이에게 무슨 짓을 한 거냐? 무슨 약물이라도 구한 거야? 아니면 어디서 세뇌 아이템이라도 주워서 저 아이에게 쓴 거냐?"

"그런 아이템을 주우면 팔아서 빚이나 갚아야지. 그런 게 있다면 수천만 원은 할 텐데."

"아저씨, 저 패시브 때문에 정신 공격 면역이에요. 세뇌 같은 거 안 먹혀요. 오직 먹히는 건 아저씨의 사랑뿐이에요."

지금 불난 데 기름 붓니?

무표정에 무감정한 어조로 그렇게 말하니 진지함이 더욱 묻어나 애정이 느껴지기는 하는데, 미래는 날 통한 공격은 안 되겠다고 생각했는지 세연과 마주 보면서 설득하

인터미션(Intermission) • 267

기 시작한다.

"저기, 세연 양이라고 했지요?"

"예, 아줌마. 왜요?"

"…아, 아줌… 크흠! 이, 일단은 저기, 아직 어려서 잘 모르나 본데… 이 사람 탱커예요. 알아요? 탱커라구요. 언제 죽을지 모르고, 그 위험도도 높아서 아무 보험사에서도 안 받아 주는 데다, 빚도 10억 이상 지고 있는 빚쟁이! 직업병 때문이라지만, 입도 엄청 걸레고! 방금 봤죠? 암만 친구라지만 여자에게도 험한 소리를 하던 거? 더구나 스트레스를 푼다고 하는 짓이, 컴퓨터로 하루 종일 야한 게임 하면서 변태 짓 하는 거라구요! 이런 인간에게 무슨 콩깍지가 씌었는지는 모르지만, 좀 더 자신을 소중히 하세요."

쿨럭! 난 각혈했다. 미래 녀석, 언제 정신 공격을 익힌 거지?

사실이지만 그래도 다른 사람의 입으로 듣는 진실은 너무 가혹했다.

그래, 미안하다. 씨발! 탱커라서 미안하고. 근데 씨발, 빚은 내가 진 거 아니야! 입이 걸레인 건 나도 인정할게, 씨발. 직업병 같은 거라고! 그리고 야한 게임이 뭐 어때서? 나 혼자 만족하는 건데! 남한테 폐 끼치는 건 아니잖아.

'나도 이 정도로 데미지를 받았는데, 세연이도 같은 여자가 저렇게 말하면 뭔가 감이 오겠지?'

"그렇게 치면 저도 탱커예요. 교육소에서 나와 꿈도 미래도 없이 그냥 죽으려 했던 저를 아저씨가 도와주고, 곁에 있어 주고, 지켜 주고, 살아갈 의미를 주었어요. 세연은 그에 보답을 하고 싶은 것뿐이에요."

"…으, 으윽!"

"아저씨, 빚 때문에 힘들면 그냥 세연이 돈 다 빚 갚는 데 써도 돼. 어차피 나 평생 아저씨 곁에 있을 거니까."

 진짜 이 녀석, 사랑이 무겁다. 여자는 사랑에 빠지면 맹목적이 된다지만, 이건 정도가 너무 심했다. 으아! 내가 다 부끄럽다. 진짜 사랑스럽잖아. 아, 안 돼, 정신 차려! 돈 이야기만 나오면 정신이 나가 버린다니까!

 그렇게 말한 세연이는 당당히 이겼다는 듯 나에게 팔짱을 끼고 내 어깨 쪽에 고개를 기댄다.

"세연이는 그저 아저씨의 따뜻함이면 충분해."

 결정타가 들어간 것 같다. 미래는 부들부들 떨다가 결국 폭발해 저주를 퍼붓고 우리 집에서 사라진다.

"이, 이이익! 두고 봐! 너! 분명 후회하게 될 거야! 으아아아앙! 강철이는 바보! 똥개! 멍청이! 탱커!"

 나, 원래 탱커야. 어느새 탱커가 욕설로 취급을 받는 건가?

 어쨌든 한 차례 폭풍이 지나갔고, 어떻게 미래를 위로해야 할지 몰라 고민하는데 내 전화가 울리기 시작한다. 이번엔 현마 녀석이었다. 그새 미래가 전화했구먼. 어떤 의미에서 최종 보스 격인 놈이다.

"…나다."

(미래가 다 이야기했다. 도대체 어떻게 된 거냐? 걔 울면서 전화하던데…….)

"아니, 내가 울린 거 아니거든? 이야기하면 엄청 복잡해지니까 일단 패스해."

(마침 할 이야기도 있고 하니, 내일 보도록 하지.)

"할 이야기라면, 던전 이야기냐?"

(그것도 좀 큰 건이야. 꼭 와라. 우리 길드 사무실 알지? 그럼 바쁘니까 자세한 건 내일 이야기하자.)

딸칵.

휴우, 산 넘어 산인가?

던전 이야기라면 또 탱커로 고용해 갈 셈인 것 같은데, 일이 들어온 거면 거부할 이유가 없다. 아직 빚이 많으니까 말이지. 문제는 이 녀석인데 말이야.

"어이, 세연아."

"네, 아저씨."

"내일 나 현마 만나러 갈 건데, 따라올 거냐? 던전 일 때문에 회의하러 가는 거거든?"

쓰리 스타즈 얼라이언스 길드의 에이스인 크루세이더 차현마. 한국 적합자 사회의 유명인이자 내 친우다. 물론 입장 차이가 너무 커져서 함부로 못 만나는 친구이긴 하지만 말이다. 그런데 좀 큰 건이라?

"큰 건이면 레이드뿐인데……."

"레이드?"

"엄청 큰 던전이라고 생각하면 돼. 보통 한 100명 이상이 들어가는 던전인데, 전에 미노타우로스의 성 영상 봤지?"

"아, 그 매장에서 나왔던 영상이요?"

레이드 게임에서 나온 개념이다. 말 그대로 대규모 던전. 입구의 위용부터가 다르고, 나오는 몬스터도 장난이 아닌 곳이다. 당연히 보스도 막강하다.

그리고 언제나 레이드 던전의 보상은 그만큼 거대했다. 클리어만 할 수 있으면 수십억을 버는 건 일도 아닌 곳으로, 금전뿐만 아니라 때론 기술적인 보상이 있기 때문에 국력의 격차마저 생길 수 있다는 점을 생각하면 그 가치는 더욱 높아진다.

그렇기에 이 레이드 던전이 등장하면 적합자들이 다수 모인 대형 길드에서는 패스파인더와 레인저들이 탐사부터 시작하여 어떻게든 클리어하려고 난리였다.

"근데 언제 어디에 레이드 던전이 생겼지? 뉴스에 나왔을 텐데?"

난 컴퓨터를 켜서 인터넷을 검색한다. 최근 서울 근처… 아니면 한국 내에 레이드 던전이 나타났나.

검색했지만 아무것도 나오질 않는다. 이상하다. 보통 레이드 던전이 생기면 분명 뉴스가 뜨고 난리가 날 텐데. 그렇다면 던전이 생긴 지 얼마 안 되었다거나, 엄청난 가치 때문에 아예 정부 레벨에서 통제했다는 것.

'흠~ 그럼 이거 보통 건수가 아니라는 건데?'

뉴스조차 통제할 정도면 가치가 그만큼 크다는 소리다.

그럴 가능성이 클 만한 던전 계열은 기계수나 매카닉들이 튀어나오는 미래형 던전일 것이다.

온갖 레어 메탈, 새로운 합금의 조합식, 에너지 자원, 희귀 광물, 가끔 희귀하게 NPC 퀘스트랍시고 깨면 매카닉 종족이 보상으로 유전+채유 시설 하나를 통짜로 만들어서 던져 줄 때도 있을 정도니 말이다.

아마 그것이 뜬 게 영국이었나? 미국에서 아주 배가 아파서 자국 내 길드 '캡틴 포스'를 이용해 싸움을 걸었지만, EU 조약으로 불러들인 드래고닉 레기온에 의해 격퇴당했었지.

'즉, 국가 간의 밸런스를 한 번에 바꿔 버릴 수 있는 게 바로 레이드 던전이지.'

레이드 던전인 만큼 당연히 부하 몬스터들도 막강하다. 더구나 이득만 생각해서 그렇지, 미래형 던전의 몬스터들의 맷집은 준 탱커급이면서 한 손에 레이저빔이랑 어깨에는 로켓 런처를 무장한 상태.

레어 메탈이나 재수 없으면 마법 반사 장갑을 끼고 있는 기계수 같은 놈들을 잡을 생각을 하면! 죽어나는 건 역시

나 탱커다.

 그런 놈들이 던전 입구로 나와서 사람들을 습격하기 시작하면 완전 답이 없는 상황이다. 학살이 벌어지는 건 한순간이다.

 '뭐, 꼭 그렇다고 확정된 건 아니니 내일 이야기를 확실히 들어 봐야겠군.'

 "아저씨, 레이드면 위험하지 않아?"

 "엄청 위험하지. 고블린 킹보다 훨씬 센 몬스터들이 즐비하니까."

 꼭 아까 말한 미래형이 아니더라도 뭐가 됐든 위험한 데가 레이드 던전. 그러니 탱커는 반쯤 목숨을 내놓고 싸우러 가는 거나 마찬가지다.

 특히 소모품 취급을 받는 이상, 아마 나 말고도 한 100~200명씩 데려가겠지. 그중 몇 명이나 살아남을지는 아무도 모르지만 말이다.

 "아저씨, 나도 같이 가면 안 돼?"

 "레이드를? 제정신이냐? 씨발! 암만 레어 클래스라도 고작 23레벨이 무슨 레이드야. 아, 물론 길드에서는 탱커를 끌어모으는 중이니 신청하면 받겠지만, 그 레벨에 가면 70퍼센트의 확률로 죽어."

 대부분 죽는다. 그걸 실컷 봐 온 나다. 보스 몬스터의 발길질, 꼬리 치기에 서너 명의 목숨이 사라지고, 마법에 수십 명이 사라지는 걸 봤다.

그나마 레벨이라도 올리고 가면 낫지. 그냥 가면 고기 방패 하다가 죽는 판이다!

"하지만 아저씨도 위험하잖아."

"난 여차하면 튈 거야. 씨발, 위약금 물거나 여차하면 크리스털을 쓸 거야. 참여 안 해도 되는데, 레이드는 보수도 짭짤하고 경험치도 대박이라서 말이야. 뭐, 어떤 레이드인지가 가장 중요한데, 내일 현마를 만나 봐야 알겠지."

"저도 갈래요."

"그래그래, 네 마음대로 해라. 하지만 그 던전 파티에 가는 건 안 돼. 알았냐?"

세연은 내 말에 대답도 안 하고 돌아서 버린다.

저거, 불안한데. 일단 장비도 나보다 좋고, 데스 나이트라는 강한 레어 클래스지만, 레이드 던전은 그런 클래스의 강함으로 어떻게 해 볼 게 아니었다.

나는 불안한 마음을 달래기 위해서 전에 하던 미소녀 연애 시뮬레이션 게임을 켜서 하다가 잠이 들었다.

페이즈 3-1

인간이 5명이나 모이면
반드시 쓰레기가 1명 있다

쓰리 스타즈 얼라이언스 길드 사무실.

왠지 미래의 건물 같은 이 길드의 사무실.

현마의 개인 사무실에 도착한 나는 현마와 커피를 나누면서 우선 근황 이야기부터 시작한다.

세연은 역시나 현마랑 상성이 안 맞는지 내 옆에 찰싹 붙어서 현마를 쳐다보지 않으려고 한다.

"그래, 그 아가씨 때문에 미래가 화가 난 거군?"

"이해를 못하겠어. 지가 내 마누라도 아니고 말이지."

"뭐, 마누라는 아마 희망 사항일 텐데. 어쨌든 그 아가씨는 한 달전쯤 이야기했던 밴드를 같이하는 그 아가씨인가? 교육소에서 나온 이후 한 달 만에 벌써 23레벨이라니,

진도가 엄청 빠른걸? 한 달 동안 던전을 몇 번 돌았지?"

"……."

현마의 질문에도 아무 말도 안 하고 현마를 노려볼 뿐인 세연이었다. 그렇기야 하지. 데스 나이트가 크루세이더랑 상성이 좋을 수가 없으니까 말이다.

나에겐 안 느껴져도 지금 이 둘은 서로가 느낌상 엄청 나게 껄끄러울 것이다. 현마 녀석은 레벨이 완전 고 레벨 (75)이니 태연했지만, 세연은 압도적인 저 레벨(23)이라서 철저히 경계하는 중이었다.

"얘는 낯을 엄청 가리니까 네가 그러려니 해라. 레벨 업은 던전에서, 스캐빈저 새끼들 만나서 전멸 터져 경험치로또 맞은 셈이야."

"흐음~ 그래도 엄청 의외네. 평생 애인 없을 직업 1위인 탱커인 네가 이렇게 여친에게 사랑을 받고 있다니 말이야. 거기에 동거까지 한다면서? 식은 빚 갚고 나서 할 예정인가 보지?"

"개소리 좀 적당히 해. 나 애랑 결혼할 생각 없어. 자립할 때까지 보살펴 주는 보호자 정도로 봐주라."

"전혀 그렇게는 안 보인다만? 뭐, 좋아. 그건 어쩔 수 없지. 그럼 오늘 부른 이유를 말하지."

역시 일하기 직전이라 그리 심하게 추궁을 안 하는군. 자, 이제부터가 중요하지! 일하자! 일! 돈 벌어서 빚 갚아야지!

난 고개를 흔들며 정신을 다잡고 완벽한 업무 모드로 들어간다.

현마는 자신의 품에서 태블릿 PC를 꺼내 조작하면서 나에게 묻는다.

"그 전에 하나만 묻자. 너 클래스, 기사 계열이냐, 〈기승〉 스킬을 가지고 있는 계열이냐?"

"아니, 그딴 거 없다. 왜? 아, 어제 드래고닉 레기온 한국에 왔다고 했지?"

"어, 그거 때문에 혹시나 너 영국에 스카우트될까 봐 그랬지. 지금 다른 길드도 내부 인원이 빠져나갈까 봐 인원 관리 한다더라. 특히 아까 말했던 〈기승〉이나 기사 계열 클래스 말이지."

"너도 엄연히 기사 계열 클래스 아니냐? 크루세이더면 엄연히 성기사잖아."

"하하하, 그렇기야 하지만, 난 〈기승〉 스킬이 없고, 오로지 힐과 유틸기, 버프기에 올인한 형태라 드래고닉 레기온의 대상이 아니야. 이제 와서 방향을 바꾸기엔 너무 레벨이 높지."

거의 세계 랭커급이고, 그런 사람을 함부로 내주거나 할 쓰리 스타즈 얼라이언스가 아니었다.

어쨌든 현마는 태블릿 PC를 조작하더니 나에게 사진들

을 보여 주기 시작한다. 이번에 갈 레이드 던전인가 보군.

거대한 동굴로 된 던전으로, 입구에서부터 오벨리스크가 보이는 곳이었다.

그런데 안에 있는 몬스터가 장난이 아니다. 흙색 피부를 한 거대한 도마뱀이 혀를 날름거리고 있었다. 그리고 그 주변에는 사람 모양의 석상이 있었다.

"이거 바실리스크냐? 주변에 있는 석상들을 보아하니 그런 것 같은데?"

"그냥 바실리스크는 35레벨대 몬스터지만, 이 녀석은 55레벨 몬스터인 그레이트 바실리스크다."

"뭐야, 그래 봐야 기본 바실리스크에 체력이랑 레벨만 올라간 거잖아. 공략은 같을 거 아니야? 이런 걸 큰 건수라고 하냐?"

"그냥 잡기만 하는 거라면 큰 건수가 아니지. 하지만 드래고닉 레기온이 이 몬스터를 테이밍하고자 협력을 요청했다."

"뭐? 레이드 보스급을 테이밍한다고?"

드래고닉 레기온의 대장 격인 '드래곤 나이트' 지크프리트는 기사 클래스들의 통솔을 맡고, '로드 오브 드래곤'인 세르베루아가 길드 내의 기사들에게 탈 드래곤들을 테이밍해 주는 것으로 유명하다.

물론 여기서 드래곤은 꼭 우리가 아는 드래곤이 아니라

유사 용족도 포함하는 거지만, 이 바실리스크도 엄연히 유사 용족으로 판정되어 용족 데미지 증가 기술이 있으면 잡기가 수월해진다.

"보수도 엄청 커. 우리 길드에만 주어진 사업비가 20억이지."

"우와, 씨발! 돈지랄 보소."

"드래고닉 레기온은 EU의 전폭적인 지원을 받을뿐더러, 각종 레이드 던전을 최우선적으로 깨는 만큼, 경제력도 엄청나지. 오죽했으면 영국 왕실에 레이드 보상으로 받은 유전+채유 시설을 통째로 줘 버렸겠어? 그것도 세계가 100년은 쓸 양이라더군. EU에서는 그래서인지 얼마 전 알프스 산맥 일부를 드래고닉 레기온의 사유지로 지정해 버렸더군. 용들이 살 만한 곳을 마련해 주는 셈치고 말이야. 일설에 따르면, 조 단위의 금액을 가지고 있을 거라고, 전문가들은 추정한다만?"

압도적인 자본력을 가지는 드래고닉 레기온에게는 그냥 돈을 가지고 있는 것보다는 새로운 용 한 마리에 투자하는 것이 나으리라.

더구나 그레이트 바실리스크를 테이밍한다면 55레벨 탱커가 순식간에 생겨 버리는 거나 마찬가지다. 어쨌든 난 놈들의 자본력에 경악한다.

"그런 걸 생각하면 확실히 20억은 푼돈이네. 와, 씨발! 그럼 고작 55레벨 몬스터 던전을 왜 공개 안 했던 거야? 어제 인터넷을 검색해도 안 나오던데?"

"아, 그거? 최근 정부 정책이 바뀌어서 레이드 던전은 쉽게 공개를 안 해. 타 국가에서 태클이 들어올 수도 있고, 첩보전이 되어 버릴 테니 최대한 감추려고 하지. 그런데 패스파인더들을 통해 조사한 결과, 이 던전의 수익이 별로 안 된다더군."

"흠, 하긴 던전이 방 하나 정도의 작은 곳인 데다, 딱히 금화나 보석은 안 보이니 기대할 만한 건 바실리스크의 소재나 드롭되는 아이템 정도인가? 근데 이건 그냥 35레벨 바실리스크가 주는 거랑 비슷하거나 같다는 거군."

"어쨌든 이번 테이밍 작전에는 상당수의 탱커가 필요할 뿐더러, 그냥 저 레벨들로 채워 가는 걸로는 힘들어. 하지만 한국 내의 35레벨 이상 탱커를 다 합쳐 봐야 30명도 안 되는 건 너도 알지?"

그거야 당연히 알지. 던전에서 사망률, 부상률 높지. 스캐빈저 새끼들이 맨날 노리지. 딜링 스킬 찍고 딜러로 도망을 가 버리지. 그렇다고 돈을 많이 주는 것도 아니지. 보험 회사에서도 안 받아 주지. 입에 달라붙은 건 욕밖에 없지. 에휴~ 아주 좆같은 현실이라서 자살 안 하는 게 신기한 직업이지.

"더구나 55레벨 레이드인지라 탱커들을 구하는 게 어려울 것 같아서, 드래고닉 레기온은 아주 파격적인 제안을 걸었어. 보스 몬스터를 테이밍하는 거라서 다른 수입도 안 나오고, 드롭 아이템도 안 나오는 데다 경험치도 안 주니 보수가 파격 그 자체더군. 놀라지 마라, 강철. 탱커의 경우 보수가 무려 레벨X500만 원이다. 물론 그냥 다 받는 건 아니고, 최소 20레벨 이상이어야 한다는 조건이 있지."

"뭐, 뭐? 씨발, 미친! 진짜 파격적이네?"

와, 씨발! 세계 넘버원 길드는 돈 지랄도 레벨이 다르네! 그럼 내가 45레벨이니까 얼마야? 씨발, 2억 2천! 지, 진정하자. 와, 세상에나. 이게 무슨 기회야? 완전 개쩌는데? 자, 잠깐만, 액수에만 혹해서 될 게 아니라고! 진정하자. 진정해라, 강철.

"다만 보수가 파격적인 만큼 선금의 비율은 10분의 1만 줄 거고, 나머진 테이밍이 성공적으로 되면 준다고 했어. 그리고 포션과 같은 소모품은 일제히 드래고닉 레기온이 지급해 줄 거야. 어떠냐? 그리고 이번엔 나도 참전하고, 대한민국 최상위 길드 에이스들은 모두 참전한다고 생각하면 돼."

"기타 공략이라든가, 그레이트 바실리스크의 추가 패턴 같은 건 파악했냐? 더불어 테이밍 조건이 뭐야? 파격적인 보수를 준다는 건 그만큼 빡세다는 걸 말하는 거잖아."

"음~ 간단하지만 힘들지. 약 한 시간 동안, 로드 오브 드래곤의 주술이 끝날 때까지 버티는 거야."

"개빡세네. 55레벨 레이드 몬스터를 1시간 동안이나 붙잡고 버티라고? 광폭화는? 분명 레이드급이라서 광폭화 시간이 길 테지만 1시간보단 짧을 거라고! 더구나 보스 몬스터라면 추가 패턴을 가지고 있을 건데, 광폭화 이후 아예 필드 전멸기를 쓰면 어떡하려고?"

"안심해라. 이미 사전 조사는 했어. 확실히 광폭화는 존재하지만 전멸기는 쓰지 않고, 던전에서 난동만 부린다더군. 일반 공략 시간은 40분. 즉 광폭화 이후 20분을 버텨야 한다는 거다."

미쳤군, 미쳤어. 그 20분 안에 몇 명이나 죽을지 생각을 하지 못하는 건가? 아니지, 어차피 탱커들은 그런 존재지. 씨발, 소모품이라는 거지. 그래, 씨발! 어차피 딜도, 힐도, 기술적으로 도움도 안 되는 탱커 100명~200명의 목숨 값으로 돈 버는 게 나은 세상이니 말이지.

"잘도 이런 미친 공략 하는 걸 내버려 두는구만? 길드도, 정부도 미쳤어!"

"이미 드래고닉 레기온에서는 각 정당과 정부 요인들에게 돈을 뿌려 댔고, 대한민국 최정상 길드들도 각종 선물과 돈으로 로비를 끝낸 상태이니 방해받을 건 없지."

"결국 이득을 보는 건 드래고닉 레기온과 정부랑 거대 길드인가? 또 씨발, 우리만 죽어 나가는구만! 씨발, 말이 돼?

공략이 도를 넘게 미쳐 가네! 광폭화한 몬스터를 20분이나 어떻게 붙들고 있으란 말이야? 나, 안 해."

얼마 전 고블린 킹을 광폭화시켜 두고 잡은 기억까지 나는지라 난 더더욱 미쳤다고 느껴진다. 나보다 20레벨 넘게 낮은 놈이 광폭화한 걸 피똥 싸게 잡았는데.

내가 안 한다고 하며 나가려 하자 현마가 날 붙잡는다.

"잠깐만 기다려 줘, 철아. 이 레이드엔 네가 정말 꼭 필요해. 전 세계적으로 45레벨 이상 탱커의 숫자는 20명 정도밖에 안 돼. 한국 내에는 너를 포함해서 45레벨 이상 탱커가 단 3명이야! 뒤의 20분은 모르지만, 앞의 40분을 버티려면 너 정도의 탱커가 둘은 꼭 필요해!"

"하아~ 드래고닉 레기온에는 탱커 없대? 그 잘난 용으로 탱 하면 되잖아."

"본래는 그런 방식으로 했는데, 이 던전은 좁아서 말이야. 다른 용종이 들어갈 만한 공간이 나오질 않아. 더불어 천장도 낮아서 비행도 안 되니 오로지 사람들로만 채워서 갈 수밖에 없지. 그레이트 바실리스크를 제대로 힐을 받으면서 탱 하려면 못해도 40레벨이 넘는 탱커여야 하는데, 우리 길드 정규직 탱커들도 보통 35레벨쯤까지 하다가 다 그만둬버리니 문제야."

"그야 씨발, 니네뿐만 아니라 한국의 길드 대부분이 탱커를 무슨 생산직 노동자로 취급하니까 그렇지. 할당량 주고 안 채우면 급여 깎아, 휴일도 제대로 안 줘, 새 던전 열리면 바로 튀어오라고 씨발, 부모님이랑 만나는 중에도 전화해서 불러. 씨발, 설날에 고향에 가 있는데 이벤트 던전 열렸다고 강제로 일하러 오라는 데가 어디 있냐?"

길드 정규직 탱커들은 이런 빡빡한 일정에 맞추고, 혹사당해 대부분 35레벨쯤에 지쳐서 나가거나, 아예 스킬 포인트를 겁나게 아껴서 그만두고 고용직 딜러로 전향해 버리거나, 그냥 목돈을 모아서 때려치우는 게 대부분이었다.

나도 가끔 정규직 탱커들이랑 이야기할 기회가 있어서 나름 사정은 알고 있다.

"그리고 한국 길드들이 대박 성적이 안 나오는 게 바로 그 때문이지. 너희 딜러나 힐러 레벨만큼 성장하는 탱커가 없으니 말이야. 그렇다고 저 드래고닉 레기온처럼 탱커를 대신할 존재인 용종을 다루는 것도 아니고 말이지."

반면 미국의 캡틴 포스는 마블의 모 히어로 영향인지 방패를 쓰는 '실드 디펜더' 클래스에 대한 로망이 있고, 대우도 좋다. 그래서 아예 실드 디펜더로 구성된 부대가 있을 정도다.

일본의 경우는 아예 매카닉 계열 직업들을 모아 강화복이나 로봇을 만들어서 탱커 역할을 하게 하려고 연구 중이고, 중국은 그냥 인구발로 해결하거나 무투가 계열 직업으로 탱을 할 수 있게 연구하고 있다.

어쨌든 전 인류 적합자들은 상위 던전으로 갈수록 필요한 탱커에 대한 대비를 철저히 하고 있었다.

"너희 길드나 다른 데는 뭐 없냐? 탱커 없이 결국 그냥 이대로 가기로 한 거야?"

"후우~ 탱커에 대한 필요성을 아무리 이야기해도 위의 녀석들이 답이 없다. 하아~ 그래 놓고 기업 새끼들은, 우리는 왜 저기 '드래고닉 레기온'처럼 안 되냐고 지랄하고! 진짜 그 새끼들은 레어 클래스발로 탱커를 대신할 용을 쓰는 거라 그런 건데. 제길, 힐러인 나에게 말해 봐야 무슨 소용이냐고!"

"너도 고생이다. 니네 길드 마스터는 뭐 하길레 너 혼자 암이란 암은 다 처먹냐?"

"국내 다른 길드도 마찬가지야. 다른 나라들은 탱커에 대한 대응을 하고 있는데, 주류들은 다 자기들은 딜러, 힐러라고 남 말인 양 해서 답이 없다, 야. 그래서 널 이번 그레이트 바실리스크 포획 작전에 쓰려는 거야. 넌 거부하고 있고 말이야."

"전이 정상 같으면 하겠는데 씨발, 광폭화하고 20분이나 더 버티라는 건 심하잖아."

"널 살리게 내가 힐을 해 준다고 해도?"

쓰리 스타즈 얼라이언스의 에이스이자, 세계에서도 손꼽히는 크루세이더인 차현마의 힐이라. 믿음직했지만, 상대가 너무 나쁘다.

한순간이라도 힐이 끊기면 난 죽은 거나 마찬가지인 데다, 내가 광폭화가 걸린 놈의 공격을 버틸 수 있을지가 의문이었다. 물론 공격을 버틸 수만 있다면 75레벨의 초고 레벨 힐러인 차현마라면 살릴 수 있을 거지만 말이다.

"네가 힐을 준다고 해도 내가 55레벨 그레이트 바실리스크의 광폭화된 공격을 버틸 리가 없는데!"

"장비도 풀 세팅! 올 영웅 등급 세팅 대여해 줄게! 그럼 충분히 버틸 것 같은데 말이야."

"대여라."

"엄연히 길드 자산이라 내가 뭐 어떻게 할 수도 없으니 말이지. 거기에 드래고닉 레기온에서 제시하는 보수 이외의 특별 보수도 별도로 지급할게. 전부 네 레벨에 맞는 45레벨 세팅으로!"

음~ 이 녀석, 뭐 때문에 이렇게까지 절박한 겨? 거기보다 레벨이 더 높고 빡셌던 미노타우로스 성 때는 나 안 데리고 가도 실컷 잘 깨 놓고선.

일단 장비를 빌려준다는 이야기에 이어 특별 보수까지 들어가자 내 마음은 요동치기 시작했다. 거기에 힐러가 현마라면 나한테 힐을 끊을 일도 없을 거고, 이 녀석, 버프랑 유틸기도 빵빵하니까 할 만할지도 모르겠네.

"음~ 요즘은 레벨 업이 목표라서 말이지. 경험치 못 얻는 일은 그다지 하고 싶지 않았는데. 근데 왜 그렇게 이번 건에 투자를 많이 하는 거야?"

"그게 사실은 오늘 중으로……."

똑똑.

사무실 밖에서 노크 소리가 들려온다. 현마는 급히 문을 열어 주러 뛰어간다.

아니, 쓰리 스타즈 얼라이언스의 에이스나 되는 녀석이 문을 직접 열어 줘?

문을 통해 들어온 것은 서양인이었다. 백금발에 순백의 로브 차림을 한 20대 중반 정도로 보이는 아리따운 여성과 정장 차림에 주황빛 머리칼을 한 30대 초반의 남성이었다.

"아, 오셨습니까, 지크프리트 님, 그리고 세르베루아 양. 이쪽에 앉으시지요."

"예. 오랜만입니다, 미스터 마틸드마키. 뱀파이어 로드 합동 레이드 이후 오랜만이군요."

"……."

지, 지크프리트라면? 그 드래고닉 레기온의 마스터잖아. 레어 클래스 드래곤 나이트. 말 그대로 용기사!

어떤 용이든 자신의 레벨 이하면 기승을 허락하게 만들며, 〈레전드리 양손 도검-발뭉〉과 〈레전드리 양손 창-브류나크〉를 사용해서 싸우는 현 세계 최강의 기사로 82레벨에 빛나는 세계 최강의 적합자 중 한 명이었다. 그리고 그의 뒤를 따라오는 여성은 마찬가지로 레어 클래스 로드 오브 드래곤인 세르베루아. 그 어떤 용종이든 테이밍할 수 있다는 클래스로, 같은 길드 내에 있는 기사와 맹약을 받고 테이밍한 용종을 탈 수 있게 계약할 수 있는 클래스라고 한다. 즉, 드래고닉 레기온의 두 기둥이 이곳에 나타난 것이다.

'우, 와악! 이런 거물들이 왜 여기에 온 겨?'

"그런데 미스터 마틸드마키, 이분들은?"

"아, 이번 레이드에 참여할 분입니다. 쇠돌아, 어서 인사드려. 드래고닉 레기온의 마스터 지크프리트 님과 세르베루아 님시다."

"아, 예. 안녕하세요. 쇠돌이이고, 클래스는 비밀이지만 일단 탱커입니다."

일단 상대는 세계 최강의 적합자였기에 난 일단 예의를 갖추고 탱커인 걸 밝힌 다음 물러난다. 지크프리트와 세르베루아는 날 유심히 보기 시작하는데…….

"호오? 5만이 넘는 체력이시라니! 퓨어 탱커이신요?"

"아, 예. 레벨은 45입니다."

"세상에~! 역시 한국 최고의 쓰리 스타즈 얼라이언스 길드답군요. 40레벨이 넘어가는 퓨어 탱커라니! 하하하!"

아니, 저기, 저는 그 정규직 탱커가 아니고, 고용직에 있는 야생의 탱커입니다만? 근데 이 양반은 내 체력을 어떻게 아는 거야? 고 레벨의 레어 클래스라 뭔가 다르긴 다른 거 같은데.

 그러던 이 녀석은 내 옆에 붙어서 조용히 있던 세연을 보며 깜짝 놀란다.

"세상에! 이 여성분은? 혹시 기사 클래스이십니까? 제〈패시브-기사의 혼〉이 반응하는 걸 보니 맞는 것 같은데요."

"응, 기사 계열은 맞아. 하지만 난 레이드 참여 못 해."

"흐음~ 그렇군요. 혹시 괜찮으시다면 저희 드래고닉 레기온에 들어오실 생각은 없으신가요? 기사 클래스라면 적극 모시고 있습니다."

"죄송합니다만, 세연이는 이미 임자가 있어요."

〈기사의 혼〉인가? 세연이 데스 나이트라는 건 감지하지 못하지만, 그래도 같은 기사 계열이라는 건 감지가 가능하구나. 필시 저걸로 감지했으리라.

 그리고 너 무슨 소릴 하는 거냐? 임자라니! 지크프리트는 날 보고는 고개를 끄덕이며 웃는다.

"과연? 애인 사이시라는 거군요. 그러면 그쪽 분도 같이 저희 드래고닉 레기온에 들어오시는 건?"

"크, 크흠! 지크프리트 님! 엄연히 남의 길드 사람을 그렇게 마구 헤드헌팅 하시는 건 매너 위반 아닌지?"

"아하하, 죄송합니다, 미스터 마틸드마키. 이 적합자 업계, 특히 저희 드래고닉 레기온은 언제나 인원 부족이라서요. 어쨌든 두 분, 생각 있으면 여기 명함을 드릴 테니 연락

인간이 5명이나 모이면 반드시 쓰레기가 1명 있다 • 291

을 주세요. 최고의 대우를 해 드리지요."

'저게 세계 최정상의 여유인가? 하아~ 대단하구만~ 응?'

슥슥.

누군가가 내 머리카락을 쓰다듬는 게 느껴진다. 난 깜짝 놀라 세연을 쳐다보았지만 그녀는 어리둥절하다는 표정을 지었고, 양손으로 멀쩡히 내 손을 꼬옥 잡고 있었다.

난 내 머리를 만지는 이가 누군지 싶어서 뒤를 돌아보았는데, 로드 오브 드래곤으로 유명한 드래고닉 레기온 부 길드 마스터인 세르베루아가 내 머리를 동네 강아지처럼 쓰다듬는 게 아닌가? 뭐야?

"저, 저기? 왜 제 머리는?"

"어라? 어라라? 이상하네."

뭐가 이상하다는 겁니까? 이상하다는 생각을 해야 할 건 나지! 대뜸 처음 보는 여자가 머리를 쓰다듬, 쓰다듬 하고 있다니, 뭐야?

그 여자는 날 자세히 보려는 듯 노려본다. 윽! 백금발에 녹안의 아름다운 외모이니 기분이 나쁘지 않았지만, 뭔가 관찰하려는 듯한 그 시선은 많이 부담스러웠다.

"흐으음~ 저기, 혹시 패시브 스킬 뭐 가지고 계신 거 있으세요? 자꾸 제 서치에 걸리시네. 왜지? 끄응. 제 〈패시브-용종 감지(Dragon Search)〉에 이상하게 걸리시네. 끄응~ 신호 엄청 약하게 나오는데, 뭐 아이템이라도 있으신 거예요?"

"아, 아뇨. 그냥 패시브에 용 이름이 들어가는 거랑 기술에 들어가는 거 몇 개뿐인데 말이죠."

"흐으음~ 뭐, 그런 걸로 해 둘게요. 어쨌든 탱커분이 꽤 든든하니 마음이 놓이네요. 잘 부탁합니다."

어떻게든 얼버무린 덕에 무난히 넘어갔지만… 사실 기술이나 패시브 이름만 가지고 용종 감지에 들어갈 리가 없잖아! 물론 내 클래스가 저거노트라는 괴수 계열이라서 신호에 들어간다면 그건 그거대로 웃긴 일이다.

어쨌든 내 말을 들은 그녀는 순순히 물러난다. 다행이라면 다행인데, 어느새 현마는 내 앞에 계약서를 가져온다.

야! 나 아직 간다고 안 했어!

'이미 저분들은 네가 마음에 드는 거 같은데 그냥 가면 안 되냐? 갑자기 너 안 간다고 하면 난리 날 것 같은데. 봐, 40레벨 넘는 탱커 구하기 힘든 거 구했다고, 지금 딱 이미지 좋은 순간에 네가 이러면…….'

이, 이 미친 새끼가! 남의 마음에 들고 말고 할 게 어디 있어? 아! 진짜 이상한 놈이네.

난 부인하려고 했지만, 이미 그 망할 드래곤 나이트는 날 보며 미소 짓고 있었다.

아니, 뭐야? 뭐냐고? 그 잘해 보자는 미소 뭐냐고?

결국 나는 포기하고 그 제안을 받아들인다. 이다음엔 자연스럽게 수당 협상으로 들어간다.

"제기랄. 야, 특별 수당 얼마나 줄 거냐?"

"내 권한이면 한 2,000만 원까지?"

"존나 짜네. 씨발! 보수의 원금은 2억이 넘어가는데 특별 수당은 그거밖에 안 쳐주냐? 수당의 50퍼센트 가자."

"야, 그러면 길드에서 난리 나. 무슨 탱커 특별 수당을 1억이나 주냐고 난리 날 텐데! 그 돈으로 차라리 20~30레벨 탱커 20~30명을 더 쓰고 말지."

"이 미친 조건 보고 승낙할 새끼 있으면 콜하라고 해라."

55레벨 레이드 보스급을 일반 시간 40분, 광폭화 시간 20분 동안 버텨야 하는 조건. 그거 걸고 구할 수 있으면 구해 봐라.

결국 나와 드래고닉 레기온에서 온 두 사람을 번갈아 보던 현마는 한숨을 푹 쉬며 고개를 숙이고 결정한다.

"알았다. 내 수당에서 빼서 줄게. 에휴~ 진짜 탱커 문제 어떻게 안 하면 난리 나겠네."

음~ 내가 좀 심했나? 싶기도 했지만 무언가 떠오른 나는 조심스럽게 현마에게 묻는다.

"근데 넌 이번 건으로 계약금이랑 수당 얼마 받냐?"

"응? 아, 선금 1억에 성공 시 수당 4억을 제시받았지."

"……"

아, 물론 이 녀석은 세계 최강급 힐러니까 나 같은 탱커와 다르다!는 개뿔. 씨발, 얘는 수틀리면 바로 자기한테 무적기 쓰고 튈 수 있는 새끼인데!

 난 그런 한탄을 가슴에 넣어 두고, 얌전히 계약서에 사인을 완료했다. 이걸로 지옥 같은 레이드에 가는구나, 씨발!

 '사실 빡세긴 하지만, 이것저것 다 챙겨 보면 안 될 레이드는 아니니깐 말이야.'

 어차피 계약서에 사인을 한 이상 물러날 방법은 없다. 이제부터는 살아남을 방법을 찾을 수밖에 없다.

 상대가 나쁘다는 거 빼고는 다른 상황은 모두 좋다는 게 그래도 나은 점. 승산은 어느 정도 있었다. 장비, 물약, 힐, 버프 모조리 최상급에, 힐러들도 모조리 그레이트 바실리스크보다 고 레벨이다. 많이 빡세서 그렇지, 못 이룰 조건은 아니라는 말씀이다.

 결국 계약은 성립되었고, 이제는 돌이킬 수가 없게 되었다.

페이즈 3-2

Keep The Place! (1)

　세연이를 일단 대기실에 놔두고, 나와 현마 둘은 우선 내 장비를 알아보기 위해서 지하로 내려간다.
　목적지는 지하에 있는 장비 보관소. 쓰리 스타즈 얼라이언스에서 얻은 아이템을 보관하고 관리하는 곳으로, 마치 은행같이 거대한 쇠문을 통과해야 안의 전경이 보인다. 나는 단말기 하나를 켜면서 현마와 이야기를 나눈다.
　"음, 역시 석화 저항을 우선으로 챙길 거냐?"
　"개소리, 씨발! 그건 저항 물약으로 때우고, 죄다 다 물방 세팅으로 갈 거야. 어차피 너, 석화 해제도 되잖아."
　"흠, 그렇군."
　광폭화 이후 무서운 건 바실리스크 특유의 석화 브레스

나 그런 게 아니라, 광폭화 버프로 세진 그레이트 바실리스크의 평타다.

그러니 그걸 최대한 버티려면 물리 방어 세팅을 위주로 하는 게 최우선이라고 여긴 나는 장비 보관소 앞에 있는 단말기로 이리저리 쓰리 스타즈 얼라이언스 창고에 있는 아이템 리스트를 계속해서 뒤지고 있었다.

"야, 투구는 강철 골렘의 머리, 이걸로 할까?"

"속도 엄청 떨어지는데, 그 시리즈로 끼게? 더구나 무게도 엄청 무거워서 그 시리즈로 다 입으면 물약도 몇 개 못 들어."

"아니, 투구만 챙기려고 하는 거야. 물리 공격 내성이 머리만 15퍼센트니까 말이야."

"세트 옵션 안 챙기려고?"

"안 챙겨. 네 말마따나 풀 세트로 끼면 물리 내성이 65퍼센트까지 되는데, 마법 내성은 -50퍼센트라서 석화 브레스에 물에 넣은 솜사탕처럼 된다고. 그냥 깔끔하게 15퍼센트만 챙기고 페널티를 안 받는 게 낫지."

상대는 물리와 마법 공격을 다 할 수 있는 그레이트 바실리스크다. 석화 내성 물약을 써도 브레스 자체의 데미지는 어떻게 할 수 없다.

목표는 완전 물리 방어 세팅이지만, 그렇다곤 해도 마법 데미지를 더 받아서는 안 되는 것이었다. 계속해서 아이템 리스트를 뒤지던 내 옆에서 현마가 말한다.

"네 덕택에 희생을 줄일 수 있겠어. 정말 다행이다."

"닥쳐, 씨발. 이번에는 구성 몇 명으로 가냐?"

"일단 탱커는 한 40명 정도 데려가려고 잡고 있고, 힐러는 평균 레벨 63으로 15명. 딜러는 평균 레벨 65로 15명을 구성했어. 그 외 드래고닉 레기온에서 5명이 들어올 거야."

"나 말고 40레벨 넘는 탱커는 구했어?"

"어. 43레벨의 아머드 나이트로 레어 클래스는 아니지만, 엄청 보기 힘든 클래스지. 자료 볼래?"

아머드 나이트라니. 미친 이공계로 대기업에서 다들 데려가려고 난리인 공학계 클래스잖아. 그런데 미친 그냥 딜러를 해도 모자랄 판에 탱커라니. 개도 보통 미친놈은 아닌가 보네.

"코드 네임은 머라우더. 보다시피 전신을 강화복으로 뒤집어쓰고, 한쪽 팔엔 티타늄 합금 방패를! 다른 손에는 영웅 아이템인 복제 묠니르를 들고 있어. 저 복제 묠니르의 전기 데미지로 마비와 해머 마스터리의 스턴을 위주로 CC를 뻥뻥 터뜨리며 탱 하는 타입이지."

"이야, 멋지네. 저거 근데 진짜 기술로 팔아도 돈 엄청 벌텐데, 왜 이런 탱커질이나 하고 있다냐?"

자료에 있는 녀석은 키가 3미터가량이나 되었고, 얼굴도 완전히 덮고 있어 투구의 안광밖에 보이질 않았다.

어쨌든 강화복이 거구의 체형이라서 압박도 장난이 아니었지만, 떠오르는 건 그저 안타까움뿐이었다.

아니, 잘 먹고 잘살 수 있으면서 왜 이런 짓을 하나 몰라? 그래도 이놈 참 탱킹은 잘하겠구만!

"나도 만난 적은 없어서 자세한 사정은 몰라. 어쨌든 너랑 이 머라우더가 기둥이 될 거고, 나머지 탱커들은 그저 잠시 너희의 생존기 쿨 다운과 치료 시간을 벌어 주는 도발 셔틀 역할, 혹은 딜러와 캐스팅 중일 로드 오브 드래곤의 호위를 맡을 거야."

"이래저래 따지고 갖출 거 갖추니 뭐 승산은 생기는구만? 전반 40분은 생각보다 쉽게 가겠군."

"문제는 광폭화 20분이지. 나도 마력 물약을 바리바리 싸들고 갈 거야."

"상태 이상을 연계로 처넣어야 한다는 건데? 탱커끼리도 미팅해야겠다."

워낙 시궁창 인생들이라 잘 뭉치지도 못하는데. 더구나 다들 밑바닥 신세라 서로 친하지도 않다.

딜러는 각자 클래스별로 모임이 있고, 힐러들은 전체적으로 서로 노하우를 공유하는 모임이 있지만 시궁창 인생인 탱커들은 어서 딜러로 빠져나갈 궁리만 해 대는지라 그런 게 없다.

더구나 여긴 한국이라 밑의 녀석들이 뭉친다는 건 상상도 하지 못하니 답이 없다는 느낌이다.

어쨌든 나는 내가 살기 위해서 아이템 세팅을 계속 고민

하고 있었는데 좋은 물건이 눈에 띈다.

"어? 이 '미노타우로스 왕의 갑옷' 레벨 제한 감소 달려 있네. 이야, 이거 개쩌는데?"

"야, 잠깐만, 그건 말이야."

미노타우로스 왕의 갑옷-영웅 등급

분류 : 풀 플레이트 상의

방어력 : +1,554

체력 : +1,200

무게 : 4kg

옵션 1 : 물리 내성 증가(7%)

옵션 2 : 마법 내성 증가(5%)

옵션 3 : 근력 증가

옵션 4 : 요구 레벨 감소 60 → 45

레벨 제한 : 45 이상

캬! 옵션도 죄다 꿀이고, 딱 내 레벨에 낄 수 있네.

그러면서 아이템 레벨은 60제 등급이다. 이거 완전 우월한데? 난 지체 없이 그 아이템을 드래그해서 넣는다.

역시 개쩌는 길드라서 아이템도 좋은 게 많네. 다음 아이템을 고르려는데 옆에서 무언가 소란스러운 소리가 들린다.

"야! 씨바아아! 어떤 새끼가 '미노타우로스 왕의 갑옷' 손 댔어! 씨발, 돌았냐?"

"엥?"

"야~ 잠깐만 기다리랬잖아. 그 갑옷은 아직 길드에서 분배가 안 된 아이템인 데다 노리는 사람도 많은 물건인데. 빨리 들키기 전에 도로 빼놔."

거대 길드인 만큼 여러 개의 단말기가 준비되어 있었는데, 내가 꺼낸 아이템은 손대면 안 되는 물건이었나 보다. 하긴, 씨발, 옵션이 좋아도 너무 좋은 물건이었다.

씨발, 그럼 건들지 못하게 잠가 두든가!

나는 한숨을 내쉬면서 빼 두려는데 누군가 내 목덜미를 잡고 당긴다. 뭐야, 씨발!

"개새끼! 이놈이었어! 형님! 찾았습니다!"

"어이쿠, 함부로 우리 물건을 건들던 쥐새끼가 이놈이었나? 어라, 차 대리님? 이놈 차 대리님 담당입니까?"

"예, 유근호 차장님. 이 바보가 실수를 저질러서 정말 죄송합니다. 하하하."

현마는 그대로 내 머리를 붙잡고 고개를 숙이게 한다.

아, 씨발. 모르면 그럴 수도 있지. 아주 사람 죽일 놈 만드네. 진짜 짜증난다. 분배도 안 된 거라고 그냥 말하면 되는데 씨발, 목덜미를 잡고 당기는 건 뭐야?

현마가 차장이라고 부른 사람과 다른 남자 한 명이 날 바라보며 말하고 있었다.

"뭐야, 이놈? 우리 하청받던 탱커 놈 아냐? 차 대리님, 이런 놈이 우리 창고를 뒤지게 내버려 두는 겁니까?"

"하하, 이번에 레이드가 있어서요. 근데 이 녀석 장비 수준으로는 탱이 안 될 거 같아서 잠시 대여해 주려고요."

"헤엥? 탱커에게 장비 대여라니. 그런 거 우리 길드에서 처음 듣는 일인데? 암만 레이드라 해도 탱커 새끼들 다 구질구질해서 먹고 나를까 봐 저희 길드 정규직이 아니고서는 대여 불가 아닌가요?"

큭! 아, 씨발 새끼 진짜! 물론 내가 씨발, 빚도 많고 구질구질한 탱커 새끼인 거 아는데, 그렇다고 대놓고 말하냐?

휴우, 세연이 녀석을 위의 대기실에 놔두길 잘했다.

"에이~ 어차피 탱커 같은 거 장비 하나의 가치만도 못한데 그냥 한 10명쯤 더 고용해서 쓰는 게 낫죠. 하하하! 더구나 이 '미노타우로스 왕의 갑옷'은 경매가가 족히 5,000만 원 정도 나오는 물건인 데다, 옵션도 좋아서 지금 우리 길드의 근접 딜러들도 눈에 불을 켜고 노리고 있어요."

나도 안다, 이 물건 명품인 거. 풀 플레이트 메일을 착용할 수 있는 탱커뿐만 아니라 근접 딜러들에게도 버릴 게 없는 옵션뿐이긴 했다.

크리티컬 증가 하나 없는 게 아쉬웠을 뿐, 레벨 제한 감소 덕에 60레벨 영웅 아이템 옵션인 근력 증가를 받는 건 대박이나 다름없었다.

"근데 그런 귀중한 걸 탱커 새끼에게 빌려주는 게 말이나 되냐는 말입니다. 장비 값보다 싸니까 그냥 더 고용해서 고기 방패 시키면 되는 것을!"

"게다가 이놈 엄연히 우리 길드 소속도 아니잖습니까!"

"실수한 거니깐 너무 그러지 마십시오. 이 녀석도 모르고 한 겁니다."

이게 탱커의 인식이다. 씨발, 그래. 장비 값보다 아까운 게 탱커지. 안 하면 그만이지. 없으면 어떻게 하냐?라고 생각하는 이도 많을 텐데, 생각보다 파이터 클래스는 많고, 대부분 근접 직업인데 근접 딜러는 쉽게 되는 게 아니다. 거의 모든 근접 직업들은 저 레벨에는 전부 탱커에서 시작해서 올라가야 하며, 적합자의 일이 아니고서는 요즘 일자리도 구하기 어려운데 보수만큼은 세니까 위험해도 어쩔 수 없이 사람들이 올 수밖에 없다. 그러니 대우도 이 모양이다.

"하하, 그럼 차 대리님의 얼굴 봐서 이번만큼은 봐 드리지요. 하하하!"

"예. 그럼 수고하십시오."

쾅!

천하의 크루세이더 현마가 고개를 숙인 덕인지 놈들은 곱게 물러난다.

씨발! 지들은 얼마나 잘났는데? 아오! 나는 짜증 나서 단말기를 강하게 후려친다.

"이래서 내가 길드 안 들려는 거야. 씨발, 근데 넌 왜 저런 아저씨들한테 굽실거리냐? 너, 이 길드 에이스 맞아?"

"일단은 나이도 나보다 훨씬 많고, 직급도 나보다 높아. 거기에 유근호 차장과 그 일파는 우리 길드 내에서도 발언권이 센 편이야. 그는 야만 전사라는 완전 근접 딜러+버프까지 가지고 있는 클래스고, 다른 근딜러들과의 시너지도 좋은 편이라서 패거리를 만들어 버렸지. 그래서 나도 좀 골치 아프고 말이야."

"하아~ 그렇구만. 야, 설마 저 양반들도 이번 레이드에 참여하냐?"

"어. 일단 야만 전사 클래스는 체력 증가 버프를 가지고 있어서 꼭 끼워 넣어야 해서 말이야. 당연히 레이드 규모인 만큼 66레벨 야만 전사인 유근호 차장을 안 데려갈 순 없지."

여차하면 내가 그 새끼 앞을 지켜야 하는 경우도 생긴다는 건데, 그냥 계약 해지할까?

아까 그 일 때문에 나는 지금 완전 기분이 상해서 장비를 고를 기분이 아니었다.

레이드 날짜나 묻고 오늘은 돌아가야겠다고 생각한다.

"야, 레이드 언제냐? 일단 장비는 내일이나 모레 다시 오는 게 낫겠다."

"어? 레이드는 아마 일주일 정도 후? 지금 일정 조정 중이야. 그러면 네가 쓸 수 있는 장비 리스트를 메일로 보내줄게. 그리고 레이드 보수 선금인 2,250만 원은 저녁쯤에 입금될 거다."

"어. 에휴~"

결론은 오늘은 퇴근이다. 그리고 나는 세연을 데리러 대기실로 향하는데…… 뭐야?

"오, 귀여운 아가씨. 뭐 하러 온 거야? 혹시 우리 쓰리 스타즈 얼라이언스에 입단?"

"우리 길드, 한국의 최정상이라서 쉽게 들어오진 못하는데~ 나 이래 봬도 이 길드에서 대단한 사람이야~"

"아, 아저씨! 돌아왔어요?"

아까 이야기했던 차장 놈이랑 그 똘마니가 세연에게 다가가 추파를 던지고 있던 것이었다. 하아~ 얘는 가만히 있어도 문제인 건가?

그리고 세연은 날 보자마자 추파를 걸던 두 사람을 무시하고는 나에게 걸어온다. 그래, 그래야 이 녀석 스타일이지.

나도 그에 맞추어 지금 멍해져 있는 두 사람을 무시하며 세연과의 대화만 한다. 솔직히 나도 이놈들이랑 이야기하기가 싫었다.

"일 마치신 건가요?"

"뭐, 일단 오늘은 볼일이 끝났어."

"결국 그 위험한 레이드 가시는 거네요."
"승산이 아주 없는 것도 아니고, 택틱만 좋으면 할 만할 것 같아. 무엇보다 보수가 짭짤하잖아. 어차피 위험한 탱커 인생, 빨리 빚 갚아 버리는 게 최고지."

등 뒤에서 따가운 시선이 느껴지고, 내 패시브들도 경고를 막 날리지만 난 무시한다. 게다가 세연은 늘 하는 것처럼 나에게 팔짱을 끼고 달라붙어 오니 더더욱 등 뒤의 살기가 짙어진다. 하긴, 그렇겠지. 개좆밥 같은 고용직 탱커 새끼가 이런 예쁜 여친을 데리고 다녀서 배알이 꼴릴 테니 말이다.

분명 이런 생각이나 하고 있겠지.

'뭐야? 씨발, 고작 탱커 새끼가 저렇게 귀여운 여자를?'
'저 새끼, 뭐야?'
'게다가 우리가 추파 던지는 걸 알고 비웃었어?'

그래도 대한민국 최고 길드라는 간판을 달고 있다고 대놓고 제지하면서 지랄하진 않는구만?

일도 끝났으니 나는 저녁 식사 메뉴를 고민하면서 세연과 쓰리 스타즈 길드를 나가 크로니클 상점가로 향한다.

세연에게 추파를 던지고, 강철에게 굴욕을 당한 두 사람은 현재 대기실에서 분을 터뜨리고 있었다. 자신들을 무시하며 돌아간 게 마음에 들지 않은 것이리라.

"저 망할 새끼의 눈 보셨습니까? 제길, 우릴 무시하다니! 확 담가 버릴까요? 끽해야 탱커인데!"

"아냐. 우선 저 새끼의 신상부터 알아 와."

"예? 차장님?"

"저 새끼의 신상 알아 와. 우리 길드랑 계약해서 일하는 놈이니까 찾기는 쉬울 거 아냐! 그리고 그 옆에 있던 여자애도 알아오고. 방금 밑에서 내가 누군지 알았는데도 무시했다 이거지?"

유근호 차장은 분을 터뜨리며 부하에게 명령을 한다.

그는 감히 괘씸한 탱커 녀석이 자신이 누군지 알고도 굽실대지도 않고 생 까고 가 버리는 게 거슬렸다.

고작해야 고기 방패나 하는 고용직 탱커 주제에! 이 쓰리스타즈 길드에서 딜량은 탑에 들고, 버프도 할 수 있어 길드 중 최정상인 A팀의 일원인 자신을 무시했다는 게 기분이 나빴다.

"그냥 길드 가입을 미끼로 하는 것보다 더 수월한 수단이 생겼잖아~ 크흐흐, 탱커 주제에 저렇게 예쁜 여친을 둔 게 죄지. 스캐빈저 놈들에게 의뢰하면 편하잖아."

"과, 과연 차장님이십니다!"

대한민국 최고의 길드원이었지만, 그는 뒤로 스캐빈저 길드에도 연줄을 대고 있었다.

대한민국 적합자 세계는 던전을 공략하며 돈을 버는 일이 주였지만, 그만큼 중요한 것은 경쟁자의 제거와 권력의 강화였다. 레벨의 성장, 우수한 장비의 획득! 나아가서는 이 길드를 장악하고, 더 나아가서는 정부까지 함부로 할 수 없는 권력의 획득! 그러면 돈과 여자 모든 걸 마음대로 할 수 있다.

'정말이지, 오벨리스크라는 녀석은 대견하단 말이야. 이런 힘을 공짜로 나눠 주니까! 게다가 스캐빈저라는 놈들도 있고, 세상 좋아졌지.'

인간의 한계를 넘은 적합자 집단의 세계는 일반적인 공권력이 통용되지 않는다. 탱커 새끼들만 해도 그렇다. 그냥 전쟁터에 쏟아붓는 군인들처럼 죽어도 아무런 제재 따위 없다. 딜러나 힐러도 적합한 사정만 있다면 언제든 죽여도 된다.

강철처럼 힘겹게 살아가는 이들이 있는 반면, 우월함을 가지고 다른 사람들을 하찮게 보는 이들도 존재하는 곳. 그리고 그런 이들에게 언제든 칼을 들이댈 수 있는 세계가 바로 적합자들이 사는 곳이었다.

난 세연이와 저녁을 먹기 위해 뼈다귀 해장국집에 왔다.

이 녀석이 여자애이기에 하는 배려는 한 달이나 동거하면서 없어진 셈이다. 이젠 서로를 편하게 대하게 되어… 그러니까~ 이걸 뭐라고 해야 하나?

"마누라요, 마누라."

"그건 절대 아니다. 무슨 소릴 하는 거야?"

"그런데 여보, 왜 굳이 그런 레이드를 승낙하신 거예요?"

은근슬쩍 이상한 호칭 집어넣지 마라. 주변 사람들이 놀라서 쳐다보잖아. 딱 봐도 미성년자로 보이는 녀석이 그러면 주변 사람들은 장난 OR 무슨 사정이 생겨서 사고 친 젊은 커플로 생각하겠지. 물론 대재앙 이전의 평화로운 세상이었다면 전자로 해석했겠지만, 던전이 열리고, 오벨리스크가 나타나 언제 위험한 상황이 올지 모르는 지금의 세상에서는 후자의 의미로 약간 무게가 쏠린다고!

"우선 그 호칭부터 그만둬라. 다른 사람들이 오해하잖아."

"예."

"일단 내가 그 레이드를 승낙한 건 보수가 세다는 것도 있지만!"

"그게 다 아니었어요?"

크윽! 이 녀석, 내가 돈밖에 모르는 줄 아나? 아니, 맞긴 하지만! 위험한 만큼 액수도 좋은 편이고, 지원도 좋은 것도 있지. 사실 위험하긴 해도 레이드라는 건 자기 할 일만 딱딱 해내면 전혀 위험할 게 없다.

"낮에는 실컷 위험하다고 어필했으면서, 갑자기 태도가 바뀌네요."

"그거야 돈 좀 올리려고 압박을 넣은 거지. 교섭의 기술 몰라? 덕택에 추가로 1억을 받았으니 총액은 3억 2천 정도군."

"아예 막 올려서 10억까지 가지 그랬어요?"

"그럴 거면 그냥 다른 탱커 한 30명 새로 고용하는 게 싸게 먹히지. 거래에는 적정선이 있는 법이야. 10억씩이나 부르는 건 아예 거래를 파투 내야 할 때 쓰는 법이지. 그리고 나라고 생각 없이 분위기에 휩쓸려서 허락한 줄 아냐?"

나도 나대로 생각이 있었다. 현마도 눈치채지 못한 깜짝 놀랄 서프라이즈가 말이다.

내 레어 클래스, 저거노트. 세연과 함께한 한 달간 레벨 업 경험치가 적다곤 해도 단서를 잡은 이상 내 자신의 클래스와 패시브 효과를 어느 정도 밝혀 두는 데 성공했다.

"세연아, 젓가락으로 날 찔러 봐."

"예? 아, 예."

"조금만 더 세게! 큽! 옳지!"

토옥!

세연이 젓가락으로 날 찌르고 내가 통증을 느낄 정도가 되자, 자동으로 전투 상태가 된다. 그리고 난 스테이터스를 열어서 바라본다.

지금은 방패를 안 끼고 있기 때문에 당연히 내 패시브는 모두 정상 작동 상태, 전투가 걸리자 순식간에 변한다.

원래의 능력치를 아득히 웃도는 압도적인 수치! 난 세연에게 살짝 보여 주면서 자랑스러워한다.

"어때, 어때?"

"인간이 아니네요."

 심플하지만 맞는 말이었다. 이 수치는 보통 적합자 인간이 100레벨에 도달해도 얻을 수 없는 수치이니 말이다(물론 아이템빨은 제외). 마력은 여전히 없지만, 근력과 체력은 인간의 레벨을 벗어난 지 오래다.

"네 덕에 알아낸 사실이지만, 내가 봐도 인간이 아니긴 해. 하지만 이 정도는 되어야 레어 클래스지 않냐? 내가 보통 탱커였다면 이 레이드는 무조건 거절했겠지만, 내가 사실은 퓨어 탱커도 아니었잖아. 레어 클래스 완전 좋군!"

"아저씨, 왠지 기분 좋아 보이시네요."

 그야 세상이 달라 보일 정도다. 나 자신에 대해 조사하면 조사할수록, 내 안에 잠들어 있는 괴물이 뭔지 알아 갈수록 나 자신도 변하는 느낌이었다. 구질구질한 퓨어 탱커로 살던 3년이 바보 같을 정도로 말이다.

"결론을 말하자면, 적어도 나만큼은 살아남을 자신이 있다는 거야. 기왕 이렇게 된 거, 돈도 팍팍 벌고 말이지."

"아저씨?"

 너도 3년간 시궁창 인생을 살다가 달라져 봐라. 오늘 봤던 차장인지, 포장인지 하는 그 새끼도 사실 마음만 먹으면 한주먹에 날려 버릴 수 있을 정도였다고! 레이드 뛸 거라서 참고 참은 거지만. 에? 근데 너, 나보고 괴물이라고 했냐? 자기는 데스 나이트면서, 참 나.

난 계속해서 해장국을 먹어 치우는데 세연은 날 가리키며 말을 건다.

"아저씨, 눈."

"어? 내 눈? 왜? 어라라, 뭐야?"

식탁 유리에 살짝 비친 내 눈은 황금색을 띠고 있었다. 게다가 눈동자는 세로로 가늘게 찢어진 형태. 마치 도마뱀이나 파충류의 눈 같았다.

이거 뭐야? 잠시 후, 내 눈은 원래의 동그란 형태로 돌아온다. 에휴~ 깜짝이야.

"휴우~ 이게 뭔 일이라니?"

"아저씨의 클래스, 뭔가 위험한 것 같지 않아?"

"데스 나이트인 네가 할 말이냐? 자, 다 먹었으면 가자."

"응."

세연은 우려가 담긴 눈으로 날 바라본다. 하긴, 어느 정도 밝혔다곤 하지만, 난 여전히 내 클래스의 스킬 설명들을 읽지 못한다. 확실히 우려되는 부분이 없지는 않다.

또 스킬들 중 부작용을 가진 스킬이 없으리라는 법도 없다. 확실히 알기 전까진 그저 레벨 업을 하면서 가만히 있는 게 좋다고 이성적으로 생각하지만, 이상했다.

'뭐, 뭐지, 이 고양감은?'

그때 고블린 킹을 죽이고 환희에 찼을 때, 난 살았다는 안도감 이상의 무언가를 느끼고 있었다. 그리고 그 이후 한 달

Keep The Place! (1) • 315

간은 평상시와 같은 방패를 끼고 퓨어 탱커로서 파티를 했었는데, 오늘 갑자기 방패를 빼고, 패시브를 발동시키니 몸에 이변이 발생하는 것이었다. 나도 모르게 호전적이 되었다고 해야 하나?

어쨌든 밥값을 지불하고 식당에서 나온 나와 세연은 맨션으로 돌아가기 위해 버스에 올라탄다.

"아저씨, 우린 차 안 사?"

"나, 면허 없어. 젠장! 그리고 돈이 어디 있냐?"

3년간 빚 갚느라 던전 뺑이만 쳐 대서 면허 딸 시간도 없었고, 무엇보다 차를 살 돈이 없다.

에휴, 씨발! 뭐, 버스 타고 다니는 게 불편하긴 불편하다. 마음 놓고 밤새도록 놀지도 못하고, 외박은 현마가 데려다 줄 수 있을 때만 했고. 게다가 서울 근처의 던전 일만 하는 나로서는 차량을 구입할 필요성도 못 느꼈다.

"갑자기 차 소리는 왜 꺼내는 거야? 버스 타는 게 힘드냐?"

"음~ 그런 건 아닌데, 이제 곧 나올 아이도 있으니까 차를 사는 게 좋지 않을까 해서……."

"…푸웁!"

푸웁!

승객들 다 뿜었어! 야! 그게 무슨 개소리야? 난 너랑 한(?) 적도 없다고! 마치 배 속에 뭔가 있는 것처럼, 배를 살짝 문지르는 듯한 그 손짓 멈춰! 묘하게 섹시하잖아! 아, 아니지!

갑자기 주변 사람들이 웅성거리기 시작했다. 그야 당연하지. 아무리 봐도 10대 중반으로 보이는 세연이 갑자기 '아이' 이야기를 꺼내니 자연스럽게 날 바라보면서 웅성거리기 시작한 것이다.

아, 아니! 잠깐만요!

"세상에~ 요즘 젊은 애들은~"
"아이라니. 세상에, 저리 어린애를!"
"이거 신고해야 하나요?"
"쯧쯧… 아빠 될 사람은 끽해야 20대 중반 같은데, 어디서 사고를 쳐 가지고. 쯧쯧."

"야, 너 갑자기 무슨 개소리를 하는 거야?"
"이제야 원래의 아저씨 같아졌다."

넌 또 뭔 이상한 소리를 하는 거야. 원래의 나라니, 참 나.

세연의 이상한 소리 때문인지, 승객들이 늘어나는 대로 나는 시선을 받았고, 노약자석에 타고 있던 한 아줌마는 '어이구, 아가씨. 여기 와서 앉아. 홑몸이 아니잖어.' 하면서 세연에게 자리를 양보해 준다.

아니, 아줌마, 걔 데스 나이트라서 임신 못해요.

"너, 진짜 장난 아니다. 결국 임산부 취급까지 받냐?"
"이러려고 한 소린 아닌데. 아까는 그저 아저씨가 너무

Keep The Place! (1) • 317

무서웠어."

"참 나, 무서울 게 어디 있어. 무서우면 네가 더 무서워야 정상이지."

난 세연의 머리를 쓰다듬는다. 이 녀석은 쓸데없이 세심했다. 아니지, 쓸데없다고 한 건 심했구나.

세연은 언제나 나에게 진심으로 대하고 있을 뿐이다. 진심으로 좋아서, 날 생각해 주고 있는 거다. 무표정에 어조가 무뚝뚝해서 잘 눈치채지 못하는 부분이지만 말이다.

그걸 알아채니까 뭐라고 하던 내가 바보 같아졌다.

[이번 정류장은 13번 구역입니다.]

"야, 내리자. 이번에 내려서 지하철 타야 돼."
"응."
세연과 내린 나는 지하철역을 향해 걷기 시작한다.

13번 구역부터 내가 사는 22번 구역까지는 대재앙 이후 빈민가 비슷하게 된 신 서울의 어둠 같은 곳이었다.

과거 강남으로 불리면서 땅값이고 뭐고 다 대한민국 최고를 향했지만, 지금은 역으로 서울 최악의 구역이 되어 버린 곳이 여기였다.

주변부터가 벌써 살풍경하고, 오래되거나 손상된 건물들이 즐비했다. 그런데 갑자기 머릿속에서 음성이 들린다.

[〈패시브-저, 오늘은 통금 있어서…….〉가 활성화되었습니다.]

[〈패시브-차가운 심장? 그거 죽은 거잖아.〉가 활성화되었습니다.]

"아저씨, 아저씨. 나 패시브 켜졌어."

"나도야. 스캐빈저인가? 이거 빈민가에 오자마자 이런 꼴인 거 보면 장난 아니군."

세연은 위협 수치를 올려 주는 〈패시브-공포의 존재〉를 마스터한 이후 생긴 상위 스킬, 〈패시브-공포의 군주〉(1/3)의 효과로 인해 어둠 속에서 자신에게 살의를 품는 존재들을 감지할 수 있었다.

참고로 원래 효과는 그 자신을 노리는 대상을 감지해서 그들에게 공포심을 심어 줘 스탯 1랭크 이상을 낮추는 스킬이다. 다만, 스탯 다운은 사거리가 존재해서 위치까지 파악하기는 쉽지 않았다.

나의 경우는 〈패시브-저, 오늘은 통금이 있어서…….〉(M), 〈패시브-거, 거긴 안 돼요.〉(M), 〈패시브-차가운 심장? 그거 죽은 거잖아.〉(M). 이 3종 세트가 울리면서 상대의 위치랑 정보가 나온다.

어쨌든 마치 준비가 되어 있었던 것 같은 대기의 상태로 보아 한 달 새 내 정보를 알아차렸나 보군.

"전에 만났던 씹덕후 새끼들인가 보네."

"아, 그 코스프레 하던 변태요?"

"어, 아마 길드를 통해서 날 수배했겠지. 스캐빈저 놈들은 하이에나 같아서 잘 뭉치거든!"

하지만 이상한 건 내 레벨이 45레벨인 걸 알면서 움직인다는 점이다. 내 레벨 정도면 스캐빈저들은 때리다가 지치고, 헌터를 부를 때까지 시간이 끌려서 공치는 경우가 대부분이다. 즉, 사슴이나 영양이 아니라. 나 정도면 코끼리로 취급이 되어 하이에나들이 건들기를 꺼릴 수밖에 없는 거다.

근데도 이렇게 노린다는 건 보통 화가 난 게 아니라는 거다.

"스캐빈저 놈들, 어지간히 분했나 보네."

"그러게 말이에요."

어쩌면 대인전(對人戰)용 스킬만 다 찍은 PVP 전문 클래스가 올지도 모른다. 아니, 사실상 거너, 아처, 도적 등 민첩과 관련된 클래스들은 죄다 스킬 트리에 따라서 PVP가 되니까 뭐가 뭔지 구별하는 게 더 귀찮을 정도다.

어쨌든 녀석들의 공통된 주 방식은 사람을 저격하거나 원거리에서 극딜을 퍼부어 죽이고, 남은 근딜들이 그 녀석들을 지키는 구도다. 탱커들을 말려 죽이기에 딱 좋은 구성이다.

'음, 헌터에 신고해야 하나?'

2권에 계속

www.mayabook.co.kr

www.mayabook.co.kr

www.mayabook.co.kr

www.mayabook.co.kr